佐生絢穂
Sasho Ayaho
シア・ジーグァン
Xia jīguān

GALERIE
BERITH

この力、本物の龍なのかよ……!
GALERIE BERITH

「どこだ？　ここは？」
GALERIE BERITH

「日本だよ。
きみの知らないべつの日本」

04
Where Angels Fear To Tread

THE HOLLOW REGALIA

The girl is a dragon.
The boy is the dragon slayer.

滅びたもうひとつの日本

虚ろなレガリア
THE HOLLOW REGALIA

STORY／CHARACTER

――日本という国家の滅びた世界。

龍殺しの少年と龍の少女は、日本人最後の生き残りとして、廃墟の街“二十三区”で巡り会う。

それは八頭の龍すべてを殺し、新たな“世界の王”を選ぶ戦いの幕開けだった。

ギャルリー・ベリト

欧州に本拠を置く貿易商社。主に兵器や軍事技術を扱う死の商人である。

自衛のための民間軍事部門を持つ。出資者はベリト侯爵家。

鳴沢八尋
Narusawa Yahiro

不死者

龍の血を浴びて不死者となった少年。数少ない日本人の生き残り。隔離地帯『二十三区』から骨董や美術品を運び出す『回収屋』として一人きりで生きてきた。大殺戮で行方不明になった妹、鳴沢珠依を捜し続けていたが、現在はベリト姉妹と行動を共にしている。

侭奈彩葉
Mamana Iroha

魍獣使いの少女

隔離地帯『二十三区』の中心部で生き延びていた日本人の少女。崩壊した東京ドームの跡地で、七人の弟妹たちと一緒に暮らしていた。感情豊かで涙もろい。魍獣を支配する特殊な能力を持ち、そのせいで民間軍事会社に狙われていたが、弟妹と共にギャルリー・ベリトの保護下にある。

伊呂波わおん Iroha Waon

ジュリエッタ・ベリト
Giulietta Berith

天真爛漫な格闘家

武器商人ギャルリー・ベリトの執行役員。ロゼッタの双子の姉。中国系の東洋人だが、現在はベリト侯爵家の本拠地であるベルギーに国籍を置いている。人間離れした身体能力を持ち、格闘戦では不死者であるヤヒロを圧倒するほど。人懐こい性格で、部下たちから慕われている。

ロゼッタ・ベリト
Rosetta Berith

冷徹な狙撃手

武器商人ギャルリー・ベリトの執行役員。ジュリエッタの双子の妹。人間離れした身体能力を持ち、特に銃器の扱いに天賦の才を持つ。姉とは対照的に沈着冷静で、ほとんど感情を表に出さない。部隊の作戦指揮を執ることが多い。姉のジュリエッタを溺愛している。

姫川丹奈
Himekawa Nina

欧州重力子研究機構の研究員。飛び級で博士号を取得した天才。沼の龍ルクスリアの巫女であり、物理学的な観点から龍の権能について研究している。

湊久樹
Minato Hisaki

丹奈と契約した不死者の青年。まるで忠犬のように丹奈に付き従っているが、彼本来の目的や動機は不明。無礼で他人とのコミュニケーションに難があるが実は律儀な性格。

舞坂みやび
Maisaka Miyabi

風の龍イラの巫女。ジャーナリスト志望で、大殺戮が起きる前は報道番組のキャスターとして活躍していた。大学のミスコンでグランプリの経験もある才色兼備の女性だが、現在は負傷のために杖をついており、常に右目を隠している。

山瀬道慈
Yamase Douzi

みやびと契約した不死者の男。ヤマドー名義で様々な企業や団体の問題を暴露する配信を行っている。本業は報道カメラマン。真実を伝えるためなら手段を選ばないという考えを持って行動していた。横浜での事件で命を落とす。

清滝澄華
Kiyotaki Sumika

水の龍アシーディアの巫女。前向きで明るく、現実的な性格。龍の巫女の能力を自覚するのが遅く、大殺戮後二年間ほどは普通の人間として娼館に身を寄せていた。

相良善
Sagara Zen

澄華と契約した不死者の青年。正義感が強く実直な性格だが、頭が固く融通が利かない一面も。大殺戮発生当時は海外の名門寄宿学校に通っており、日本に帰国する際に過酷な体験をしている。

統合体（ガンツァイト）

龍がもたらす災厄から人類を守ることを目的とする超国家組織。過去に出現した龍の記録や記憶を受け継いでいるだけでなく、多数の神器を保有しているといわれている。

鳴沢珠依
Narusawa Sui

地の龍の巫女

鳴沢八尋の妹。龍を召喚する能力を持つ巫女であり、大殺戮を引き起こした張本人。その際に負った傷が原因で、不定期の長い『眠り』に陥る身体になった。現在は『統合体』に保護され、彼らの庇護を得る代わりに実験体として扱われている。

オーギュスト・ネイサン
Auguste Nathan

統合体の使者

アフリカ系日本人の医師で『統合体（ガンツァイト）』のエージェント。鳴沢珠依を護衛し、彼女の望みを叶える一方で、龍の巫女である彼女を実験体として利用している。

序幕　Prologue

THE HOLLOW REGALIA

PROLOGUE

荒れ果てたひび割れだらけの国道を、一台のオフロードバイクが疾走していた。

運転しているのは、高校の制服を着た長身の少年だ。

リアシートには同じく制服姿の少女が乗っている。

長い髪を明るく染めたファッショナブルな雰囲気の日本人――

水の龍〝アシーディア〟の巫女、清滝澄華である。

「いたよ、ゼン！　上！」

道沿いに立つビルを見上げて、澄華が叫んだ。

壊れかけのビルの屋上に、若い女の姿が見える。

ほっそりとした美しい女性だ。しかし彼女の右目は人間のものではなく、蛇のように金色に輝いている。

「舞坂みやびか！　つかまってろ、澄華！」

相楽善がバイクを加速させた。

路上に浮いた砂礫(されき)を蹴散らしながら、ゼンたちは女性のいるビルの入り口へと向かう。

風の龍〝イラ〟の巫女(みこ)である舞坂(まいさか)みやびが、〝不死者(ラザルス)〟山瀬道慈(ヤマセドウジ)と組んで、横浜(よこはま)市内に冥界門(プルトネイオン)を出現させたのは四日前のことだ。

山瀬道慈(ヤマセドウジ)が鳴沢八尋(ナルサワヤヒロ)によって滅ぼされたあとも、みやびは一人で逃走し、そのまま行方をくらましていた。無人偵察機を運用できるギャルリー・ベリトの協力がなければ、ゼンたちが彼女に再び追いつくことは不可能だっただろう。

しかし、追いすがるゼンたちを嘲笑(あざわら)うように、みやびは次々に隣のビルへと移動していく。数メートル、あるいは十数メートルも離れたビルとビルの間を飛び越えているのだ。

人間離れした彼女の跳躍力を見て、澄華(すみか)が呆然(ぼうぜん)と目を見張る。

「嘘(うそ)!?　みやびちゃん、あんなこと出来たの……!?」

「風の龍(イラ)の神蝕能(レガリア)だ。不死者(ラザルス)もいないのに、よく使う!」

ゼンが荒々しく舌打ちした。

大気を自在に操るのは、みやびの持つ風の龍(イラ)の権能だ。

しかしゼンたち不死者(ラザルス)と違って生身の肉体しか持たない龍の巫女(みこ)は、本来、その能力を多用することはできない。脆弱(ぜいじゃく)な人間の細胞が、神蝕能(レガリア)の反動に耐えられないからだ。

だが、過去に限界を超えて神蝕能(レガリア)を行使したみやびの肉体は、すでに龍人(りゅうじん)化が進行していた。少なくとも彼女の右目と左足は、完全に龍の姿に変わっている。そんなみやびが、今さら神蝕能(レガリア)の反動に怯(おび)える理由はない。

ビルの狭間(はざま)を軽々と飛び越える彼女の身体能力も、龍人(りゅうじん)化の副産物だ。機動力のあるオフロードバイクを使っても、みやびに追いつくのは容易でなかった。そして――

「なに!?　この音……!?」

頭上から聞こえてきた轟音(ごうおん)に、澄華(すみか)が表情を険しくする。

近づいてくる航空機の機影を見上げて、ゼンが呻(うめ)いた。漆黒に塗られた軍用ヘリコプター。

「ヘリコプター……！　舞坂(まいさか)みやびを回収するつもりか！」

ゼンも何度か見かけたことがある統合体(ガンツアイト)の連絡機だ。

「ダメ、ゼン！　統合体(ガンツアイト)のヘリを攻撃したらさすがにまずいでしょ！」

バイクを止めたゼンの目的に気づいて、澄華(すみか)が声を上擦らせる。

統合体(ガンツアイト)とは、古(いにしえ)より龍の存在を知り、その再出現に備えてきたという超国家組織だ。みやびたちが横浜(よこはま)に冥界門(プルトネイオン)を出現させたのも、統合体(ガンツアイト)に指示されたからだと聞いている。

彼らと正面切って敵対するのは、ゼンたちにとっても望ましいことではない。ゼンと澄華(すみか)の後見人である海運会社ノア・トランステックも、統合体(ガンツアイト)の構成員だからだ。

だからといって、みやびをこのまま見逃すという選択肢はなかった。

加護を与えていた不死者(ラザルス)すら裏切り、生きる目的を失った今の彼女は、制御を失った爆弾のようなものだ。目を離すとどんな行動に出るかわからない。そうなる前に彼女を確保するため、ゼンと澄華(すみか)は横浜(よこはま)に残ったのだ。

「だったら攻撃しなければいい」

ゼンがバイクのフロントフォークにくくりつけていた鞘(さや)から剣を抜く。年代物の西洋剣(スモールソード)だ。

無造作に構えたその剣を、ゼンは接近してくるヘリへと向けた。

剣身(けんしん)が一瞬だけ白く曇り、鋼鉄製の刃(やいば)に水滴が浮かぶ。

そして次の瞬間、その水滴は白煙を噴き上げる凍気の奔流へと変わった。

大気中の水蒸気を触媒にして生み出されたのは、膨大な量の液体窒素と液体酸素。水の龍(アシーディア)の神蝕能(レガリア)だ。

急激な温度低下によって発生した濃霧が地上を覆い尽くし、街全体へと広がっていく。

地表付近の視界はせいぜい数メートル。どれだけ優秀なパイロットでも、この状況でヘリをみやびに接近させるのは不可能だろう。迂闊(うかつ)に高度を落とせば、建物に激突する危険がある。

「ちょっと、ゼン！　うちらもみやびちゃんを見失っちゃったんだけど……！」

「そうでもないさ」

「え？　ああ、なるほどね……」

ゼンの余裕めいた態度の理由に気づいて、澄華(すみか)が安心したように目を細めた。

みやびのいたビルの周囲を覆うように、分厚い氷の壁がそそり立っている。ゼンはみやびを、彼女のいたビルごと、氷の檻(おり)に閉じこめたのだ。

氷壁の一部に穴を空け、ゼンと澄華は廃ビルの中へと入る。埃をかぶった非常階段を上って、傾いた屋上に辿り着くまで、おそらく五分もかからなかったはずだ。

舞坂みやびは、少し困ったような表情を浮かべて、崩れかけたビルの屋上に立っていた。

ゼンが神蝕能で生み出した氷壁の厚さは二メートルを超えている。龍人化したみやびの能力をもってしても、容易く破壊することはできなかったのだろう。

「こんなに熱烈なファンに追いかけられたのは久しぶりだわ。だけど、ストーキングはさすがにマナー違反よ？」

近づいてきたゼンと澄華に気づいて、みやびがゆっくりと振り返る。冗談めかした彼女の言葉は、ゼンたちへの遠回しな非難だった。

「ごめんね、みやびちゃん。でも、このままほっとくわけにはいかないからさ」

「あなたには訊きたいことがある。すまないが、拘束させてもらうぞ」

澄華とゼンが、真剣な口調でみやびに告げる。

みやびは長い髪を鬱陶しげに払って微笑んだ。

前触れもなく強い風が巻き起こり、彼女の周囲でヒュンと渦を巻く。

風の龍の権能。衝撃波の弾丸が発動する気配。だが、ゼンはその前に、みやびとの距離を一気に詰めていた。

「無駄だ、舞坂みやび！」

水蒸気爆発の反動を推進力に変えたゼンの加速に、戦闘に不慣れなみやびは反応できない。

不完全なまま放たれた威力の低い衝撃波をあっさりと突き抜けて、ゼンはみやびの正面に着地した。そして無防備なみやびの首筋に向かって、西洋剣（スモールソード）の柄（つか）を叩（たた）きこもうとする。

その攻撃を受け止めたのは、突然、ゼンの目の前に突き出された剣だった。

巨大な槍（やり）の穂先にも似た、刃渡り一メートルを超える両刃の大剣（たいけん）だ。

「……なにっ⁉」

激しい金属音を立ててゼンの剣が弾（はじ）かれ、その反動でゼンも後退する。

みやびの前に現れてゼンの攻撃を防いだのは、フード付きの黒パーカーを着た若い男だった。

ゼンと年格好のさほど変わらない青年だ。

「おまえは……！」

驚愕（きょうがく）に目を見張りながら、ゼンが剣を構え直す。

みやびも意外そうな表情で、青年の背中を眺めていた。唐突な援軍の出現に、彼女も戸惑っているらしい。

黒パーカーの青年は、無言のままゼンを睨（にら）んで大剣（たいけん）を向けてくる。敵意は感じられないが、それだけに彼の目的が読めない。訓練された猟犬のような雰囲気の青年だ。

「女性に手を上げるのは、駄目ですよー」

やがてみやびの背後から、やや間延びしたにこやかな声が聞こえてきた。

屋上の隅に立っていたのは、女子大生のような服装の小柄な女性だ。

身長は百五十センチに満たない程度。童顔のせいで、年齢はよくわからない。

長身で大人びた雰囲気のみやびとは対照的な容姿だが、二人がまとう気配にはどこか似通った部分があった。龍の気配だ。

「姫川(ひめかわ)……丹奈(にな)……！」

ゼンは彼女の名前を低く呟(つぶや)いた。

よく出来ましたと言わんばかりに、童顔の女性がふわりと笑う。

「ゼン、姫川(ひめかわ)さんって……」

「ああ。俺たちと同じ日本人の生き残り……沼の龍(ルクスリア)の巫女(みこ)だ」

澄華(すみか)の質問に、ゼンが答える。

直接顔を合わせたのは初めてだが、姫川丹奈(ひめかわにな)の存在をゼンは知っていた。目の前の小柄な女性の容姿は、鳴沢八尋(ナルサワヤヒロ)から聞いた姫川丹奈(ひめかわにな)の特徴と完全に一致する。

彼女がこの場に現れた理由として、思い当たる可能性は一つだけ——おそらく丹奈(にな)の目的は、舞坂(まいさか)みやびの回収だ。統合体(ガンツアイト)が派遣した連絡用ヘリに彼女たちは乗ってきたのだ。

「どうやって俺の氷壁を抜けてきた？」

「ふふ……内緒ですー」

ゼンの質問を、丹奈(にな)は笑ってはぐらかす。

ビルの周囲を覆い尽くす氷の檻(おり)に、破壊された痕跡は残っていない。丹奈(にな)たちの接近に、ゼンが気づかなかったのはそのせいだ。

彼女たちはまるで魔法のように、ゼンの氷壁をすり抜けてこの場に現れたのである。

「なにしに来たのか知らないけど、お姉さん、みやびちゃんを渡してくれない？」

人懐(ひとなつ)っこく微笑(ほほえ)みながら、澄華(すみか)が丹奈(にな)に要求する。

「残念ですけどー、私たちも彼女に用があるんですよねー」

丹奈(にな)は微笑(ほほえ)みながらきっぱりと拒絶した。

ゼンが小さく舌打ちする。

「統合体(ガンツアイト)の指示か？」

「そうだと言ったら、この場は譲ってくれますか？」

「譲れないな。統合体(ガンツアイト)の目的が大殺戮(ジェノサイド)の再現だとわかった以上、やつらを信用する理由がない」

「まあ、そうなりますよねー」

丹奈(にな)が素っ気なく肩をすくめた。

異変が起きたのは、その直後だ。突然、裏切られたような表情で丹奈(にな)を睨(にら)みつけ、みやびは苦しげに喉を押さえた。彼女のしなやかな長身が、目眩(めまい)を起こしたようにぐらりと揺れる。

そのまま声も出せずに倒れるみやびを、丹奈(にな)は両腕で抱き止めた。

まるでみやびが倒れることを、最初から予期していたような丹奈の振る舞いだ。

「みやびちゃん⁉」

「姫川丹奈、貴様……！」

澄華が小さく悲鳴を漏らし、ゼンが激昂して丹奈へと詰め寄った。

そんなゼンの前に立ちはだかったのは、黒パーカーの青年だ。

「その人に触れるな」

「ちっ！」

青年が突き出す大剣を、ゼンは大きく飛び退いて回避した。自分の剣で受け止めなかったのは、ゾッとするような嫌な予感を覚えたからだ。あの大剣に触れてはならない。不死者としての本能が、ゼンにそう警告している。

「ヒサキくん。ついでだから、彼らも捕まえちゃってくださいー」

「了解だ、丹奈」

姫川丹奈の一方的な指示を、黒パーカーの青年があっさりと受け入れる。

忠実な猟犬を思わせる彼の態度に、ゼンは苛立ちと憤りを覚えた。

「湊久樹……沼の龍の不死者か！」

「――【闇龗沼矛】」

ヒサキと呼ばれた青年が、ゼンの問いかけを無視して、大剣を足元へと叩きつけた。

屋上の床面が強烈な酸に侵されたように紫色に変色し、音もなく液状に融解していく。

触れるものすべてを溶かす、物質沼化(ぶっしつしょうか)。沼の龍〝ルクスリア〟の神蝕能(レガリア)だ。

「物質の液状化……そうか。その能力で俺の氷壁を溶かして、この檻(おり)の中に入ってきたのか」

瞬(またた)く間(ま)に浸蝕(しんしょく)範囲を広げていくヒサキの沼化(しょうか)を、ゼンは冷静に観察する。

物体そのものを変質させる沼の龍(ルクスリア)の神蝕能(レガリア)は、たしかに脅威といえるだろう。肉体を溶かされてしまったら、不死者(ラザルス)の再生能力もどこまで役に立つかわからない。

しかも地面に触れている限り、沼化の浸蝕(しんしょく)は防げない。攻撃される側にとっては、極めて厄介な能力だといえる。

「――だが、凍らせてしまえば無意味だな」

剣の切っ先を足元に向けて、ゼンは己の能力を発動した。

純白の霧を纏(まと)った強烈な凍気が、液状化した屋上を凍りつかせ、沼化(しょうか)の浸蝕(しんしょく)を喰(く)い止める。

同じ液体に干渉するという権能同士、ゼンの神蝕能(レガリア)は、ヒサキのそれに対して相性がいい。

己の優位を確信して、ゼンは無造作にヒサキへと近づいた。

「あははー……やっぱり、そんなふうに勘違いしちゃいますよねー」

丹奈(にな)が朗らかな笑みを浮かべて告げる。

落ち着き払った彼女の態度に、ゼンはかすかな困惑を覚えた。

その直後、ゼンの視界が揺れた。全身が硬直して、痺(しび)れた指先から力が抜ける。

呼吸が出来ず、酸素を求めて喉の奥が痙攣（けいれん）する。

「ゼン……ごめん……ミスった、かも……」

「澄華（すみか）!?」

ゼンの背後にいた澄華（すみか）が、軽い音を立ててその場に頽（くずお）れた。

それを見て、ゼンはようやく異変の原因に気づく。

沼の龍（ルクスリア）の権能は物質沼化（ぶっしつしょうか）。その効果は地面を溶かすだけではない。

ヒサキの神蝕能（レガリア）は、その効果範囲（フィールド）全体を沼そのものに変えるのだ。そして沼地には、酸欠などを引き起こす危険なガスを噴出するものもある。

地面を融解させたのは、ゼンの意識を引きつけるための囮（おとり）。ヒサキと丹奈（にな）の本当の狙いは、発生したガスでゼンと澄華（すみか）を無力化することだ。

ガスの成分が致死的なものでなければ、不死者（ラザルス）の再生能力も役に立たない。単に意識を奪われるだけだ。

「沼地には迂闊（うかつ）に踏みこんじゃ駄目ですよー……どんな危険があるかわかりませんからねー」

丹奈（にな）が他人事（ひとごと）のような口調で、平然と告げる。

「卑怯（ひきょう）な……真似（まね）を……」

声にならない罵倒の言葉を絞り出しながら、ゼンは為（な）すすべもなく意識を手放した。

†

周囲に誰もいないことを確認して、ヤヒロは錆(さび)の浮いた金属製の扉を開ける。

密閉された貨物コンテナの中には、移動式の小さなベッドがひとつだけ置かれていた。

ベッドに横たわっているのは小柄な人影。

透きとおるような肌と真っ白な髪の、人形めいた美しい少女だ。

眠り続ける彼女の全身にはいくつもの電極が貼り付けられ、細い腕には点滴のチューブが挿入されている。血の気を無くした唇は青白く、幼さを残した美貌はガラス細工のように儚(はかな)げだ。

だが、一方で彼女の両手足は、金属製の手錠と鎖で何重にも拘束されていた。

まるで凶悪な犯罪者か、移送中の猛獣のような扱いだ。

意識不明の無力な状態でありながら、それほどまでに彼女は危険視されているのだ。

その理由をヤヒロは知っている。

彼女——鳴沢珠依(ナルサワスイ)は龍の巫女(みこ)。東京都心に巨大な冥界門(プルトネイオン)を穿(うが)ち、大殺戮(ジエイノサイド)を引き起こした張本人なのである。

しかし今なら、彼女を殺せる。

珠依(スイ)が召喚しようとした龍をヤヒロが拒絶し、彼女がヤヒロの体内に流しこんだ膨大な龍気は、侭奈彩葉(ままないろは)の炎で焼かれた。その反動で今の珠依(スイ)は、意識を保てないほど衰弱しているのだ。

「珠依(スイ)……！」

眠り続ける妹を見下ろして、ヤヒロは隠し持っていたナイフを抜いた。

刃渡り十五センチにも満たない小型のナイフだ。ヤヒロが普段、猛獣相手に振り回している打刀(うちがたな)に比べれば、笑ってしまうほどに頼りない。

だが、目の前にいる小柄な少女を殺すにはそれで充分だ。

四年間。ヤヒロは彼女を殺すためだけに、絶望の中で地を這(は)いながら生きてきた。

一億三千万人もの日本人を殺した彼女に、罪を償わせるために。

そして彼女に利用されたヤヒロ自身の復讐(ふくしゅう)のために。

彼女の心臓に向けてナイフを振り下ろせば、その屈辱の日々は終わる。

鳴沢珠依(ナルサワスイ)を殺せば、すべてが――

それがわかっていても、ヤヒロは妹を殺すことができなかった。

彼女を殺せば、日本人を生き返らせることができなくなるという。猛獣へと姿を変えられた日本人たちを冥界から呼び戻すためには、地の龍(スベルビア)の神蝕能(レガリア)が必要だからだ。

知ったことか、とヤヒロは思う。

珠依(スイ)への恨みを晴らすためなら、日本人がこのまま本当に死に絶えても構わない。それがヤヒロの正直な気持ちだ。

それでもヤヒロがためらったのは、もう一人の少女の顔が脳裏をよぎったからだった。
おそらく彼女は、ヤヒロが珠依を殺すことを望まない。
そして日本人復活の望みが絶たれれば、彼女はきっと悲しむだろう。
「くっ……」
ヤヒロはナイフを握る右手をゆっくりと下ろした。
彩葉と出会う前のヤヒロなら、迷わずにこの場で珠依を殺せた。
それがわかっているからこそ、今の自分が不甲斐なく思える。
ヤヒロは奥歯を強く噛み締めながら、ナイフを鞘に収めて珠依に背を向けた。
今はまだ、復讐の時間ではない――
そう自分に言い聞かせながら、貨物コンテナをあとにする。
だからヤヒロは気づかなかった。
彼が立ち去ったあとのコンテナ内に、小さな呟きが洩れたことを。
「兄……様……」
少女の唇がかすかに震え、吐息のような言葉を紡ぐ。
閉じたままの彼女の目から、ひとしずくの涙がこぼれ落ちた。
悪夢に怯える子どものように。
鳴沢珠依は眠り続けたまま泣いていたのだった。

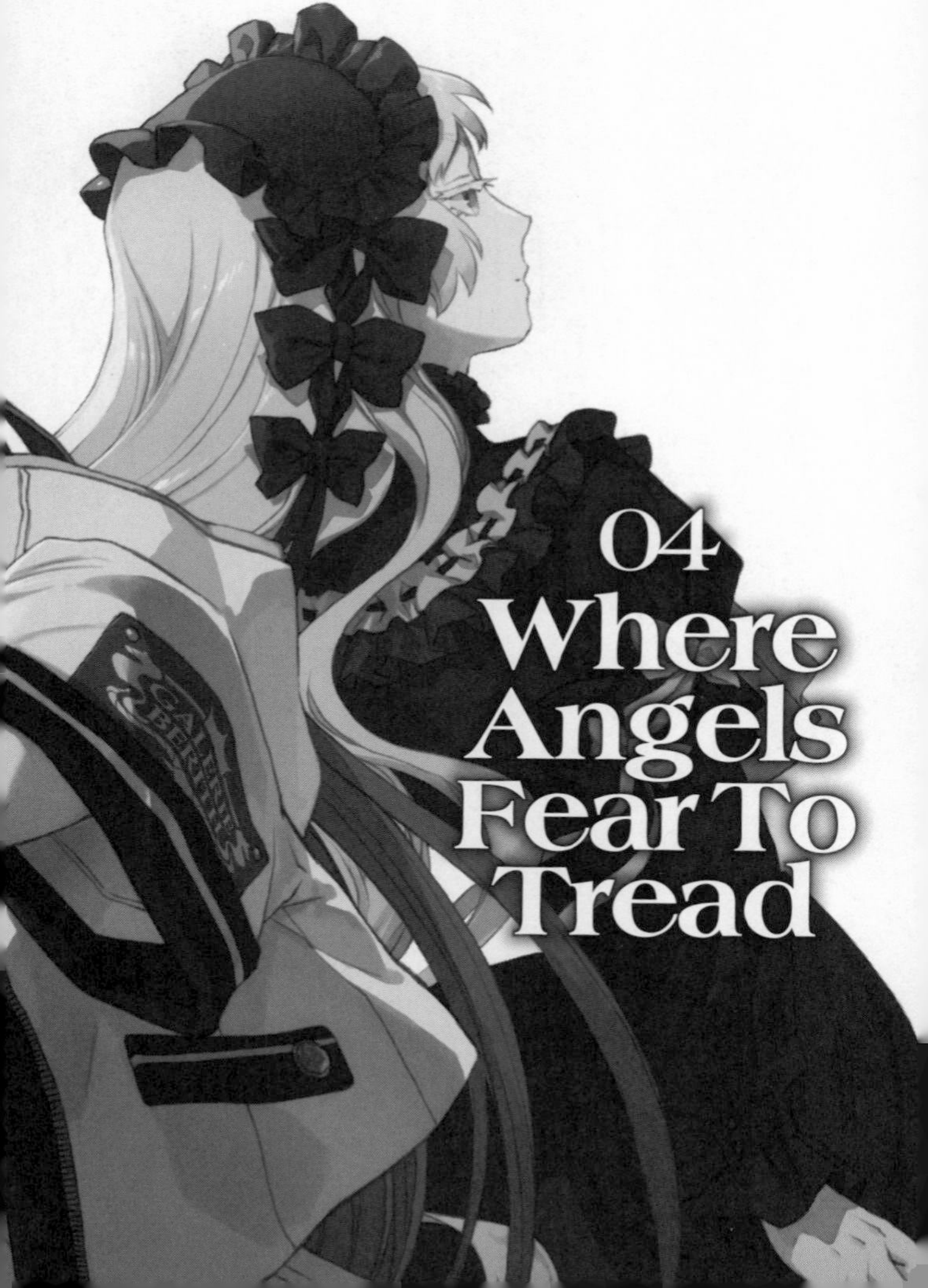

04 Where Angels Fear To Tread

THE HOLLOW REGALIA

Presented by
MIKUMO GAKUTO
Illustration
MIYUU
Cover Design by Fujita Shunya
(Kusano Tsuyoshi Design)

第一幕　レリクト・レガリア

THE HOLLOW REGALIA

CHAPTER.1

1

「山だ！　すごい山！」

「富士山（ふじさん）か？　あれ、富士山（ふじさん）だろ？」

「あたしも見たい！　京太（きょうた）、希理（きり）、場所変わって！」

列車の走行音に交じって響いてきたのは、幼い子どもたちの騒々しい声だった。

侭奈（ままな）彩葉（いろは）の弟妹（きょうだい）——ほのかと京太（きょうた）、希理（きり）の九歳児トリオが装甲列車〝揺光星（ヤオクアンシン）〟の壁に張りついて、狭い車窓から見える景色に歓声を上げている。

「あんたたち、騒ぐならよそでやってよ。まだみんな食事中なんだから」

同じく彩葉（いろは）の妹である十二歳の滝尾（たきお）凜花（りんか）が、騒ぐほのかたちをたしなめた。身内に甘い彩葉（いろは）に代わって幼い弟妹（きょうだい）のしつけをするのは、しっかり者の凜花（りんか）の役目らしい。

彼女の言うとおり揺光星(ヤオクアンシン)の食堂車は混み合っていて、非番の戦闘員(オペレーター)たち十人ほどが一斉に食事をとっている。もっとも車内の空気は全体的に緩く、はしゃぐ子どもたちに対して誰かが苛立(いらだ)っている様子はない。

今回のギャルリー・ベリトの遠征の目的は、京都(きょうと)の奥地で、天帝の一族の娘——妙翅院迦楼羅(みょうじいんかるら)に会うことだ。〝不死者(ラザルス)〟鳴沢(ナルサワ)八尋(ヤヒロ)と、火の龍〝アワリティア〟の巫女(みこ)、侭奈彩葉(ままないろは)が、迦楼羅(かるら)に直々(じきじき)に招かれたのだ。

当然、戦闘が目的ではないし、よその民間軍事会社との利害の対立もない。その情報を聞かされているせいか、戦闘員(オペレーター)たちの顔つきは心なしか普段よりも穏やかだ。

「でも、ほのかたちの気持ちもわかるな。列車から見える景色ってワクワクするよね」

十一歳の澄田蓮(すみたれん)が、ぼそりと独り言のように呟(つぶや)いた。年齢のわりに大人びた印象のある少年だが、車窓の外へと向けた彼の目には年相応の好奇心が浮かんでいる。

大殺戮(ジェイノサイド)によって日本が崩壊して約四年。彩葉(いろは)の弟妹(きょうだい)たちの間では比較的年長の蓮(れん)ですら、列車に乗って旅行した記憶はほとんど残っていない。

重武装の装甲列車による旅は必ずしも快適とはいえないが、それでも彼らにとっては滅多にない貴重な体験である。ワクワクするという言葉は、嘘偽(うそいつわ)りのない蓮(れん)の本心のはずだ。

「ははっ、わかってるじゃないか。鉄道はいいよな。この鉄の塊(かたまり)はただの移動手段じゃなくて、人類の歴史と文化の重みが詰まってるんだよ。な、ヤヒロもそう思うだろ？」

分隊長のジョッシュ・キーガンが、隣に座るヤヒロの肩に馴(な)れ馴(な)れしく手を置いた。

「歴史と文化の重みとやらは知らないけど、乗ってるだけで遠くに連れてってくれるのはいいと思うよ。申(シン)さんのご飯も美味(おい)しいし」

ジョッシュの質問に答えるふりをして、ヤヒロはやんわりと話題を逸(そ)らす。

元警官という職業柄か、なにかと面倒見がいいジョッシュだが、彼には重度の鉄道オタクという欠点がある。特に自ら設計にも関わったという揺光星(ヤオクアンシン)のことは溺愛しており、鉄道関係の話になると長いのだ。いちいちつき合ってはいられない、というのがヤヒロの正直な気持ちである。

「まあ、遠征中の楽しみといったらメシは外せないからな」

ジョッシュが苦笑まじりにうなずいた。

ギャルリーの本部がある横浜(よこはま)から京都(きょうと)までの距離は約五百キロ。新幹線が存在した時代なら、わずか二時間半の道のりだ。仮に在来線を乗り継いでも、半日はかからなかっただろう。

しかし大殺戮(ジェノサイド)によって日本人が死に絶えた今、所要時間はその何倍にも延びている。鉄道を管理する事業者が存在しないため、線路の転轍器(てんてつき)などを自力で操作しなければならないし、線路の状況や落下物の除去にも気を遣う必要があるからだ。

目的地である京都(きょうと)への到着予定は七十二時間後。進路上に魍獣(もうじゅう)などが出現した場合、それを排除するためにさらなる遅延が予想されている。

その間の戦闘員（オペレーター）たちの最大の娯楽が、食事というのは紛れもない事実である。揺光星（ヤオクアンシン）には狭いながらも立派な食堂車が用意されていて、ギャルリーのお抱え料理人である申志煥（シンジファン）が手のこんだ料理を振る舞ってくれるのだ。彩葉（いろは）の幼い弟妹（きょうだい）たちが遠征への同行を認められたのも、厨房（ちゅうぼう）の手伝いという労働力としての役割を期待されてのことだった。

「うーん、本当に贅沢（ぜいたく）だよね。外の景色を眺めながら、こんなふうに食事が出来るなんて」

頬いっぱいにマラサダを頬張ったまま、幸せそうな表情で呟（つぶや）いたのは彩葉（いろは）だった。

砂糖をまぶしたポルトガル風の揚げパン。それとアサイーボウルと呼ばれるブラジル発祥のスムージーが、ギャルリーの今日の昼食メニューだ。彩葉（いろは）は特に揚げパンを気に入ったらしく、さっきから何度もおかわりを繰り返している。

「あれ、ヤヒロは食べないの？　せっかく揚げたてなのに、冷めちゃうよ？」

「俺はいい。よかったら代わりに喰（く）ってくれ。残したらもったいないからな」

「え⁉　くれるの⁉」

昼食のプレートを差し出すヤヒロを見て、彩葉（いろは）が大きく目を瞬（またた）いた。

ヤヒロはスムージーをわずかに啜（すす）っただけで、プレートの上の揚げパンはまるまる手つかずで残っている。それを見た彩葉（いろは）の表情には、期待よりも戸惑いの色が広がった。

「ずるい、ママ姉ちゃんだけ！」

「揚げパンはもう残ってないって言われたのに！」

「俺たちも食べたかった！」

「うっせえな。欲しけりゃ彩葉にわけてもらえばいいだろ……ってなんだ？」

揚げパンを彩葉に譲ったヤヒロに、九歳児トリオの抗議の声が殺到する。鬱陶しげに手を振ってヤヒロが彼らを追い払おうとしていると、その額に彩葉がいきなり掌を触れてきた。

「どうしたの、ヤヒロ？　昨日もご飯残してたよね？　もしかして体調悪い？　熱がある？」

「ちょっと食欲がないだけだ。そんな騒ぐほどのことじゃないだろ」

彩葉が心配そうにヤヒロの顔をのぞきこみ、距離の近さにヤヒロは思わず息を呑んだ。硬直するヤヒロの姿を見て、ジョッシュやギャルリーの戦闘員たちがニヤニヤと笑う。しかし彩葉はそれを気にした素振りもなく、さらに勢いよくヤヒロへと詰め寄った。

「食欲がないって、大丈夫なの？　そういえばちょっと顔色も悪い？」

「気のせいだ。ていうか、ぐいぐい来すぎだろ。オカンかよ」

「誰がオカン⁉　それを言うならお姉ちゃんでしょう⁉」

軽く呆れ気味のヤヒロの言葉に、人が心配してあげてるのに、と彩葉が憤慨する。ヤヒロは、やれやれと軽く息を吐き出して、

「俺なんかのことよりも、おまえの妹は大丈夫なのか？」

「妹？　絢穂のこと？」

一瞬きょとんと目を丸くして、彩葉は柔らかく微笑んだ。

「たぶん大丈夫。もう熱は下がったみたいだし、さすがに疲れが出たんじゃないかな。まあ、いろいろあったからね」

「そうだな」

ヤヒロは静かに首肯した。

彩葉(いろは)の妹である佐生絢穂(さしょうあやほ)は、ファフニール兵に襲撃されたところを水の龍(アシーデイア)の巫女(みこ)である清滝澄華(きよたきすみか)と〝不死者(ラザルス)〟相楽善(さがらぜん)に救われ、そのまま二人に拉致(らち)された。そしてヤヒロを呼び出すための人質として使われた挙げ句に、龍人化(りゅうじんか)したヤヒロの暴走に間近で巻きこまれたのだ。

そんな騒ぎが起きてから、ようやく四日が過ぎたばかりだ。まだ十四歳の絢穂(あやほ)が体調を崩してしまったとしても、それは無理のないことだった。彼女の不調の原因に少なからず関わっているヤヒロとしては、責任を感じずにはいられない。

しかし無意識に深刻な表情を浮かべたヤヒロの前で、彩葉(いろは)が素(す)っ頓狂(とんきょう)な大声を上げる。

「——って、こら、それわたしのマラサダ！」

ヤヒロとの会話に気をとられていた彩葉(いろは)の隙を衝(つ)き、京太(きょうた)とほのかが素早く揚げパンをかすめ取っていた。そんな弟妹(きょうだい)たちを、彩葉(いろは)は大人げなく眉をつり上げて追いかける。

「ママ姉ちゃんのじゃなくて、ヤヒロのだろ！」

「自分は、さっき二回もおかわりしてたじゃない！」

「彩葉(いろは)ちゃんは、あんまり食べ過ぎないほうがいいよ。このあと配信があるのに、お腹(なか)ぽっこりしてちゃまずいでしょ」

「う……そうだね。それは、そう……」

まだ九歳の希理に諭されて、彩葉は力なく動きを止めた。

揚げパンをパクつき始めた弟妹たちを羨ましげに眺めつつ、下っ腹を押さえて嘆息する。

露出の高い配信用の衣装を着るために、彩葉は彩葉なりに体型に気を遣っていたらしい。

「配信ってなんだ？　列車の中で動画を撮る気か？」

ヤヒロが怪訝な表情で彩葉を見た。

軍用車両として作られた揺光星の音響は劣悪で、とても生配信に適した環境とはいえない。

いくら配信中毒気味の彩葉といえども、あえてこんな状況で動画配信をする必要があるとは思えなかった。

しかし彩葉は真顔で首を縦に振る。

「魍獣のことを、みんなに知ってもらうんだよ。せっかくチャンネル登録者数も増えたしね」

「知ってもらう……って、公表する気か？　魍獣の正体が実は人間だったって」

ヤヒロが声を硬くした。食堂車内にいた戦闘員たちも無関心を装いながら、さりげなくヤヒロたちの会話に注意を向けてくる。

「黙ってるわけにはいかないでしょ。死に絶えたっていわれてた日本人が生き残ってたんだよ」

「魍獣に姿を変えられてな」

「びっくりだよね、ね、ヌエマル」

彩葉はあっけらかんとした口調でそう言って、足元にいた魍獣を抱き上げた。子犬のようなサイズの白い魍獣が、昼寝の邪魔をした彩葉を迷惑そうに見返している。

「もしかしたら、きみも元は人間だったりするのかな？」

構わず強引に頬をすり寄せながら、彩葉が白い魍獣に訊く。

そんな彼女の言葉を聞いて、ヤヒロは酷い目眩に襲われた。ふらふらと食堂車の壁にもたれて、無意識に奥歯を噛み締める。背中にじっとりと汗が浮いた。喉が詰まって呼吸が出来ない。彩葉が抱いている小さな魍獣の姿が、なにか恐ろしいもののように感じられる。

「ヤヒロ……!?　どうしたの、大丈夫!?」

青ざめたヤヒロの顔に気づいて、彩葉が慌てた。ヌエマルを胸に抱いたまま、再びヤヒロに詰め寄ってくる。

「気にするな。少し電車に酔っただけだ」

「気になるよ、そんな真っ青な顔しちゃって。席、替わるよ？　列車の進行方向に向いて座ってたほうが楽なんでしょ？」

「大丈夫だから、少し静かにしてくれ。耳元で騒がれるのは、さすがにしんどい」

「あ、ごめん」

彩葉が反省してしゅんと項垂れる。

そんな彼女の姿に、ヤヒロは軽い罪悪感を覚えた。

本来なら、彩葉がヤヒロを気遣う必要はないのだ。ヤヒロが抱えている罪の意識は彼女とは無関係。すべてヤヒロ自身が招いたものなのだから。

だからヤヒロは、強引に話をすり替える。

「配信のこと、よくジュリたちが許可したな？」

「うーん、ロゼは少し渋ってたんだけどね。ジュリが、配信できるならやっていいよって」

彩葉が、そう言って不満げに唇を尖らせた。

「へえ」

素っ気ない相槌を打ちながら、引っかかる言い方だな、とヤヒロは心の中だけで呟いた。

2

それからしばらくして配信の準備を整えた彩葉は、めずらしく表情を強張らせたままカメラの前に座っていた。少しでも緊張を紛らわせようとしているのか、獣耳のウィッグをしきりに触って、耳と前髪の位置を調整している。

「いやあ、ドキドキするね、こういうの」

ひとしきり発声練習を繰り返して、彩葉はぎこちない笑みを浮かべてみせた。

人間が龍の影響を受けて魍獣に変わる。それは世界的なパニックを引き起こしかねない危険な情報だ。そして龍の巫女である彩葉自身、その現象と無関係ではない。下手すれば魍獣化の元凶として、排斥される可能性すらある。それなのに、彩葉は自らその情報を拡散しようとしている。緊張するな、というのはさすがに無理があるだろう。

彩葉の緊張は、同じ客車にいるヤヒロや凛花にも伝わってくる。

「べつにやめてもいいんだぞ。無理におまえが公表する必要なんてないだろ？」

張り詰めた空気に耐えかねて、ヤヒロが言った。

しかし彩葉は笑って首を振る。

「うん。でも、こうしてる今も日本のどこかで軍の人たちと魍獣が戦ってたりするでしょ。魍獣の正体が人間だってわかったら、そういう無駄な争いが減るかも知れないし」

「魍獣の命を守るためかよ」

「違うよ。両方とも人間の命だよ」

咎めるように呟いたヤヒロを、彩葉が不思議そうに見返した。

ヤヒロは無言で拳を強く握る。そう。魍獣の正体は人間だ。だが、その事実を彩葉のように、すんなりと受け入れられる人間は少数派だろう。

大殺戮の発生以来、世界中の国々が軍隊を日本に送りこみ、何百万体もの魍獣を殺している。魍獣の正体が人間だったと認めることは、すなわち彼らが何百万人もの一般人を虐殺したと認めることになるからだ。

そして、それはヤヒロも例外ではない。二十三区で暮らしていた四年間で、ヤヒロは数え切れないほどの魍獣を殺している。望んで殺したわけではないが、だからといって殺戮の事実が消えるわけでもない。彩葉の言葉は、その罪を否応なくヤヒロに突きつけた。自分が殺人鬼にでもなった気分だ。

そんなヤヒロの葛藤に気づかず、彩葉はスマホのカメラに向き直り、ライブ配信のアプリを起動した。山瀬道慈の暴露配信で盛り上がった結果、彩葉のチャンネル登録者数は五十万人を超えている。今回の生配信の待機所にも、すでに二千人近い視聴者が集まっていた。事前に彩葉が何度も宣伝していたからだ。

「わおーん。こんにちは、伊呂波わおんです」

いつもより少しだけ控えめなテンションで、彩葉が視聴者に呼びかける。

普段と違う彩葉の雰囲気に、視聴者たちは敏感に反応した。動画のコメント欄にちらほらと、戸惑ったような言葉が書きこまれる。

それを見て覚悟を決めたのか、彩葉は一度言葉を切って呼吸を整えた。

「今夜はみんなに重大な告知があります。わたしたち日本人の現状についての話です。えーと、突然こんな真面目な内容ですみません。四年前の大殺戮で死に絶えたといわれてる日本人なんですけど……なんですけど、あ、あれ……？」

真顔で説明を始めたはずの彩葉が、途中でなぜか焦ったようにスマホの画面をのぞきこむ。

照明係を担当していた凛花が、見かねたように小声で訊いた。

「彩葉ちゃん、どうしたの？」

「わかんない。急に画面がぐるぐるになって……アプリが落ちたわけじゃないのに、なんで？ネットにもちゃんとつながってるよね……？」

応答しないスマホを眺めたまま、彩葉が途方に暮れたように自問する。

彩葉が動画配信に使っているのは低軌道衛星を利用した軍用回線だ。移動中の列車からでも安定した通信速度を維持している。スマホのアプリが落ちたのでなければ、配信が止まった原因は動画配信サイトの側にあるということだ。

「アプリを再起動するので、少しお待ちくださいねー……って、え？」

ひとまず配信を中止して、接続をやり直そうとしていた彩葉が、画面に出てきたメッセージを見て動きを止めた。大きく見開いた双眸に、驚愕の色が広がっていく。

「嘘!? なんで……ええっ!?」

「彩葉ちゃん？」

「わたしのアカウント……バンされちゃってる……」

「バン？　アカウントが削除されたってこと？」

凛花が怪訝な口調で訊き返す。

彩葉は弱々しくうなずいて、今にも泣き出しそうな表情でスマホの画面を連打した。

ヤヒロも自分のスマホを取り出して、わおんの配信チャンネルを開こうとする。しかし画面に表示されたのは、お探しのチャンネルはありません、という無情なメッセージだけだった。

「待って。どうして。やだやだ……過去の動画アーカイヴも全部消えてる……嘘でしょう⁉」

彩葉は半泣きになりながら、なおも必死でスマホの画面を連打する。

アカウントが削除されたということは、彼女がこれまで四年間かけて撮り溜めた過去の動画が一瞬で消失したということだ。諦めきれないのも無理はないだろう。

「……なるほど。そう来たか」

呆然と立ち尽くすヤヒロの背後から聞こえてきたのは、張りのある低い声だった。

振り返ったヤヒロの視界に、長身の黒人男性の姿が映る。統合体のエージェント、オーギュスト・ネイサンだ。

本来はギャルリー・ベリトの捕虜という扱いのはずのネイサンだが、特に監視や拘束を受けることもなく、自由に揺光星の中を歩き回っていた。地の龍の神蝕能を操る彼を、拘束することはできないというのがその理由だ。

「おそらく統合体の仕業だろう。思ったよりも早かったな」

半ば独り言のような口調で、ネイサンが言った。

ヤヒロは疑わしげな眼差しを彼に向ける。

「統合体が配信サイトに働きかけて、わおんのアカウントを潰したっていうのか？　なんでわざわざそんな真似を……？」

「情報が漏れるのを恐れてるんだ。龍の出現が魍獣たちを呼び覚まし、その魍獣に襲われた人間が魍獣に変わる――その事実は、人々の恐怖を煽りたい彼らにとっての切り札だからな」

「……魍獣化した人間を元に戻せる、なんて噂が出回ったらまずいってことか」

「そうだな。ほかの人間ならまだしも、侭奈彩葉の口からそれが語られるのは不都合だ」

「あいつが龍の巫女だってことは世界中に知られてるからな」

「ああ」

ヤヒロの呟きに、ネイサンがうなずく。

龍の影響で生きた人間が魍獣に変わり、その魍獣を再び人に戻す術が存在する――にわかには信じがたい荒唐無稽な話だが、それを彩葉が発信すると意味合いが変わってくる。

彼女が龍の巫女であり、大殺戮のきっかけを生み出した一人だという情報を広めたのは、ほかならぬ統合体自身だからだ。

人の魍獣への変化を引き起こすのが龍だと証明されている以上、魍獣化した人間を戻せるという彩葉の発言にも一定の説得力がある。それを嫌った統合体が、彩葉の配信アカウントを停止させるというのは、言われてみればありそうなことだ。

「うう……最近はチャンネル登録者数もいい感じで伸びてたのに……」

ついにアカウントの復活を諦めた彩葉（いろは）が、スマホを握りしめたままテーブルに突っ伏した。

「まあ、消されたものは仕方ないし、新しくアカウントを作り直すしかないんじゃない？」

彩葉（いろは）の肩に手を置いて、凛花（りんか）が姉を慰める。しかし彩葉（いろは）は、涙目のままスマホの画面を凛花（りんか）に向けて、

「わたしもそう思ったんだけど、見てよ、これ」

「もしかして、成りすまし？　これはひどいね……」

配信サイトの検索結果として表示されたのは、わおんに成りすました別人たちの動画だ。

一部には本物のわおんが霞（かす）むほどのものすごい美人の配信者（ストリーマー）や、それなりに面白そうな企画も上がっている。しかし残る大半のクオリティはひどい。本物のわおんには似ても似つかない偽者（にせもの）というだけでなく、動画の内容も見るに堪えないものばかりだ。

これも彩葉（いろは）の痕跡を消すための、統合体（ガンツァイト）の妨害なのだろう。

「ううう、悔しいよ……訴えてやる……！」

「訴えるって、どこにだよ……」

怒りに肩を震わせる彩葉（いろは）を見ながら、ヤヒロはやれやれと息を吐いた。

「ヤヒロはいいの⁉　わたしたちの思い出が詰まった動画が全部消えちゃったんだよ⁉」

「わたしたち……って、俺の思い出は関係なくないか？」

「ヤヒロはわたしの古参ファンでしょ……!?」

「それは、まあ、懐(なつ)かしくないわけじゃないけどな……」

ヤヒロが歯切れの悪い口調で認める。

伊呂波(いろは)わおんという配信者(ストリーマー)は、ギャルリー・ベリトに出会うまでの四年間で、ヤヒロの孤独を癒やしてくれた唯一の心の支えだった。その思い出がすべて失われたことに、動揺していないわけではない。

とはいえ、その四年間の記憶はヤヒロにとって、どちらかといえばあまり振り返りたくない嫌な思い出だ。こうして彩葉(いろは)本人と出会えた以上、動画が消えても、それほど悲しいとは思わない。本人を目の前にしては言えないが、彩葉(いろは)の動画はたいして面白いものでもないからだ。

「統合体(ガンツァイト)めぇ……覚えてなさいよ。このまま泣き寝入りなんて絶対にしてあげないから……」

怒りが治まらないというふうに、彩葉(いろは)が眉を吊(つ)り上(あ)げて宣言する。

そんな彩葉(いろは)に、落ち着いた口調でネイサンが告げた。

「ならば、一日でも早く妙翅院迦楼羅(みょうじいんかるら)に会うことだ」

「……どうして?」

「実際に魍獣(もうじゅう)から日本人を再生してみせたほうが、単に情報を拡散するよりも効果的だ。統合体(ガンツァイト)への嫌がらせが目的ならばな」

「なるほど……!」

統合体(ガンツアイト)への嫌がらせという言葉が気に入ったのか、彩葉(いろは)が力強くうなずいた。

彩葉(いろは)を無責任に励ますネイサンの真意がわからず、ヤヒロは彼の横顔を静かに睨(にら)みつけるのだった。

3

「──山瀬道慈(ヤマセドウジ)が撮影した動画も消されているようだな」

彩葉(いろは)と凛花(りんか)が自分たちの寝台に戻ったあとも、客車に一人で残っていたヤヒロにネイサンが声をかけてきた。

外部との連絡を遮断するため、彼に通信機器は与えられていないはずだが、ネイサンはどこかで勝手に配信サイトの状況を確認してきたらしい。もともとが神出鬼没なネイサンだけに、その程度では今さら驚く気にもなれないが。

「それも統合体(ガンツアイト)がやったのか？」

「ああ。動画が消えても、人々の記憶には残っている。そのほうが恐怖を助長するのがわかっているんだろう。おかげで大殺戮(ジェノサイド)に関するＳＮＳ上の議論も、ずいぶん活発になっているようだ」

「統合体(ガンツアイト)の思い通りというわけか」

「今のところは、そうなるな」

皮肉のこもったヤヒロの言葉に、ネイサンはあっさりとうなずいた。

ヤヒロは苛立(いらだ)たしげに息を吐く。

「他人事(ひとごと)みたいに言ってるが、あんただって統合体(ガンツァイト)の人間じゃないのか？」

「だとすれば、きみも統合体(ガンツァイト)の一員だな、鳴沢八尋(ナルサワヤヒロ)」

「俺が？」

「ベリト侯爵家は、統合体(ガンツァイト)を構成する二十二氏族の一つだ。当然、彼らの庇護(ひご)を受けているきみと侭奈彩葉(ままないろは)も、統合体(ガンツァイト)の関係者ということになる」

「俺は龍を殺すために仕方なくギャルリー・ベリトに雇われているだけだ。統合体(ガンツァイト)は、その龍を利用しようとしてる連中なんだろ？　立場が真逆じゃないか？」

「いや、同じだ。龍は人々の願いを叶(かな)えて恵みをもたらす存在であると同時に、災厄の元凶として英雄に狩られる怪物でもある。龍を利用することと、龍を討伐することは矛盾しない」

ネイサンは愉快そうに微笑(ほほえ)みながら、ヤヒロの正面に腰を下ろした。

そのことにヤヒロは少し困惑した。

ネイサンがジュリやロゼとどういう話し合いをしたのかは知らないが、たとえ捕虜になったからといって、彼が自分の持っている情報をペラペラと話すとは思えない。そのネイサンが、自分からヤヒロに話しかけてきたのが意外だったのだ。

そんなヤヒロの当惑を見透かしたように、ネイサンが続ける。

「それこそが統合体(ガンツァイト)が持つ二面性の原因だ。結局のところ、統合体(ガンツァイト)というのは、龍を利用して成り上がった者たちの末裔(まつえい)に過ぎないということだよ」

「どういう意味だ？」

「古代の王侯貴族や神官たちの中には、龍を殺すなり手懐(てなず)けるなりしたことで、自らの権威を高めて地位を得た者たちがいただろう？」

「ああ……」

ヤヒロはネイサンの言葉にうなずいた。

アジア圏では多くの国で、龍が皇帝の権威を象徴する瑞獣(ずいじゅう)とされている。逆に龍を退治することで権威を示した王侯貴族や聖職者も多い。ヤヒロと彩葉(いろは)はその情報を、ジュリとロゼに無理やり教えこまれていた。

「ギャルリー・ベリトの母体であるベリト侯爵家は、その一例だ。もちろん天帝家もな」

ネイサンは、そう言ってなぜか哀れむように首を振った。

「もっとも前回の龍の出現から千数百年が過ぎ、彼らの多くは社会への影響力を失いつつある。天帝家ですら政治的な実権を奪われて久しく、ベリト侯爵家に至っては今や一介の武器商人に過ぎないという有様(ありさま)だ」

「だから連中は龍を復活させようとしてるのか。自分たちの栄華を取り戻すために……？」

「そういうことだ。龍を屏風から引っ張り出さないことには、龍退治もできないからな」

ネイサンが皮肉っぽく肩をすくめて言う。

「天帝家が日本人を復活させようとしているのも、そのためか……？」

「さて……それは私ではなく、迦楼羅本人に訊くべきだな」

ヤヒロの質問をはぐらかすように、ネイサンは曖昧に首を振った。

「だったら、あんた個人の目的はなんだ、オーギュスト・ネイサン？　あんたはなんのために統合体や天帝家に協力している？」

「日本人である私が、日本人を生き返らせようとするのはおかしいか？」

「本当に……それだけの理由で……？」

ネイサンに正面から見据えられて、ヤヒロは思いがけず戸惑った。

たしかにネイサンの主張には矛盾はない。彼自身が語った経歴が本物なら、ネイサンは日本に帰化した両親から生まれた日本人であり、同胞を復活させるというわかりやすい動機がある。

だとしても、彼がつい先日まで統合体のエージェントとして活動していたのは事実であり、その統合体を裏切ったと言われても、素直に信じられないのは当然だ。

「少なくとも私が鳴沢珠依を保護していたのは、彼女が日本人の復活に必要だからだ。きみやライマット伯爵に、彼女を殺させるわけにはいかなかった」

ヤヒロの疑念に答えるように、ネイサンが続けた。

彼の口から珠依の名前が出たことに、ヤヒロは思わず腰を浮かした。

「だけど、あいつのせいで、俺たちは……！」

「鳴沢珠依を殺しても、きみの罪を償うことはできない」

「っ……！」

冷水のようなネイサンの言葉に、激昂したヤヒロは続けるべき言葉を失った。

ヤヒロは妹を憎んでいる。鳴沢珠依を殺したいほどに憎悪している。

彼女はヤヒロの肉親を殺し、ヤヒロ自身を龍へと変えた。そして大殺戮を引き起こし、日本という国家そのものを滅ぼしたのだ。ヤヒロには彼女を憎む理由がある。

だがその憎しみの正体が、自分の罪から目を逸らすためのものだということにも気づいていた。二十三区のド真ん中に巨大な冥界門を穿ったのも、地上に魍獣たちを喚び出したのも、そしてその魍獣たちを殺したのも、ヤヒロ自身なのだから——

「あんたは……なにが言いたいんだ……？」

「これまでに自分が何体もの魍獣を殺してきたことを気に病んでいるのではないかと思ったが、違ったかな？」

ネイサンが聖職者を思わせる静かな声音で、ヤヒロに訊く。

「先に襲ってきたのはあいつらだ」

ヤヒロは弱々しい口調で反論した。

その言葉は嘘ではなかった。ヤヒロが、自ら望んで魍獣を殺したことは一度もない。あれは復讐だったのだ。魍獣はヤヒロを殺そうとした。だから殺した。それだけだ。

ネイサンは、そんなヤヒロの言い訳を静かに受け入れた。

哀れむように。そしてヤヒロの弱さを嘲笑うように——

「そうだ。きみは自分の身を守っただけだ。たとえきみが不死身だったとしても」

4

揺光星が旧・名古屋市内に到着したのは、翌朝になってからのことだった。ほとんど眠れないまま夜を明かしたヤヒロは、ようやく微睡みはじめたところでロゼッタ・ベリトに叩き起こされる。

「おはようございます、ヤヒロ。ずいぶん酷い顔をしていますね」

「……一日の最初の挨拶がそれかよ」

狭苦しい寝台から這い出しながら、ヤヒロは不満を口にした。

自分が酷い顔をしているのは、鏡を見るまでもなくわかっている。不眠の原因は昨日のネイサンとの会話だ。

揺光星の九号車。貨物区画のコンテナ内に、昏睡状態の鳴沢珠依が生命維持装置に繋がれた姿で置かれている。

珠依を殺すかどうかナイフを握った状態で散々迷い、結局、彼女にそれを突き立てることができないまま、ヤヒロは寝台に戻ってきた。その結果がこの有様だ。

「そんなことよりも、そろそろ起きてもらえますか。もうすぐ名古屋駅要塞に着きますので。あなたには彩葉の護衛をお願いします」

洗顔用のタオルをヤヒロに投げ渡しながら、ロゼが言う。

ヤヒロはタオルを受け取って、聞き慣れない言葉に眉をひそめた。

「名古屋駅……要塞？」

「ええ。またの名を城塞都市〝名古屋〟――かつての名古屋駅を中心にした、中華連邦軍の駐留基地です」

「……駅？　あれが？」

車窓に映る暗緑色の壁を眺めて、ヤヒロは呻く。

そこにあったのは分厚い装甲に覆われた、どこまでも果てしなく続く防壁だった。列車から見える範囲だけでも、長さ数キロメートルはありそうだ。中世ヨーロッパの城塞都市のように、名古屋駅の周囲を長大な装甲防壁がぐるりと取り囲んでいるのだ。

旧・名古屋市は大殺戮における激戦区の一つである。付近には今も爆撃の痕跡が生々しく残り、特に市街の中心部には人工的な建物がほとんど残っていない。

そんな起伏の乏しい土地に忽然と現れた巨大な要塞は、まるでこの世のものではないような非現実感を漂わせていた。

揺光星が走る線路は、その防壁に埋めこまれた開閉式の門へと続いている。門の内側に見えたのは、密集する建物の群れだった。

防壁の外に広がる荒野とは対照的に、門の内側には近代的な都市が建設されているのだ。

「駐留基地というか……街だよな?」

「はい。推定される人口は、軍人と軍関係者だけで約七万五千人。日本に駐留している軍の戦力としては、米軍に次ぐ規模でしょう」

呆れ混じりのヤヒロの言葉に、ロゼが律儀に答えてくる。

「それだけの人数を日本に集めて、こいつらはなにをやってるんだ?」

「日本を分割統治している八カ国の目的は、表向きには日本国の領土の保全です。要するに、どこかの国が勝手に日本を占領しないように相互監視しているのですよ」

「抜け駆けを防ぐために牽制し合ってるのか……」

ヤヒロは車両に備え付けの洗面台で、乱暴に顔を洗いながら溜息をついた。

地下資源には乏しい日本だが、豊富な水資源や温暖な気候など、その国土には充分な利用価値がある。そしてなによりも日本の位置は、海上交通の要衝に位置する重要な戦略拠点だ。

住民を失った日本列島は、各国にとって喉から手が出るほどに欲しい土地なのだ。だからこそ各国政府は、多額の軍事予算を費やしてまで、分割統治という形式を続けているのだろう。

だが、たったそれだけの理由で、これほどの要塞都市を建設する必要があるとは思えない。

「いや。表向きには……ってことは、裏の目的もあるのか？」

ヤヒロが顔を上げてロゼに訊く。

「ええ。私たちと同じです。日本国内に残された有形無形の資源や資産の回収。どちらかといえば、こちらが主な目的でしょうか。ヤヒロも心当たりがあるのでは？」

「ああ……」

ヤヒロは濡れた前髪をかき上げながらうなずいた。

二十三区にいたころのヤヒロは、廃墟に残された美術品や工芸品を持ち出して海外に売ることで、目先の生活費と情報料を稼いでいた。その当時の依頼主の多くは、軍の関係者だ。

一部の将校が自分の利益やコレクションのために仕事を依頼してくることもあれば、依頼主が軍そのものだったこともある。

「だとしても、これだけの規模の街を作る必要はないんじゃないか？」

「そのとおりです。ですが、真相は作った本人たちに訊いてみないとわかりませんね」

身支度を調えるヤヒロを眺めながら、冷ややかな口調でロゼが言う。

「訊いたら素直に教えてくれるのか？」

「それは彼らの目的次第でしょう。気になりますか？」

「気にならないわけじゃないが、べつに名古屋に用はないんだろ」

「そうだね。京都に行くためには、どうしてもここを通らないといけないってだけ。素直に通してくれるかどうかは、これからの交渉次第だけどね」

ヤヒロの質問に答えたのはロゼではなく、指揮車両のほうから顔を出した双子の姉のジュリエッタ・ベリトだった。

ジュリが着ているのはいつもの露出度高めの戦闘服ではなく、ビジネススーツ風の礼装だ。どうやら彼女はギャルリー・ベリトの責任者として、名古屋駅要塞を管理している中華連邦軍と交渉に当たるつもりらしい。

「ジュリエッタ様、要塞への進入許可が取れました。速度を十五キロ以下に落として接近するようにとの要請が来ています」

短躯で恰幅のいい揺光星の列車長、マイロ・オールディスが、通信用のヘッドセットをかけたままジュリに報告する。

指揮車両内のモニタには、正面に迫ってくる名古屋駅要塞の門が大きく映し出されていた。門へと続く跳ね橋が降りてきて線路がつながり、ようやく駅内に進入できるようになる。

「オーケー。じゃあ、なるべくゆっくり入ってあげて。向こうの機嫌を損ねないようにね」

「承知しました。揺光星、名古屋駅要塞に進入します」

ジュリの指示にオールディスはうなずき、ヘッドセット越しに運転手に指示を出す。

灰色の装甲列車が、重武装の車体を軋ませながら減速を開始した。

しかし名古屋駅要塞へと近づくにつれて、ヤヒロの表情が険しさを増す。要塞を覆っていた土埃が晴れて、名古屋駅を囲む防壁の姿が鮮明に見えてきたからだ。

その防壁は、単に分厚く巨大というだけではなかった。

幾度も補修を重ねた暗緑色の装甲板に、真新しい傷跡が無数に刻みつけられている。遠目にも目立つ黒い染みの正体は、乾いた血痕。数万人規模の軍隊が、幾度も攻城戦を繰り返したような壮絶な戦いの跡だ。

それを見た瞬間、ヤヒロたちは理解する。

名古屋駅を取り囲む装甲防壁は、単なる装飾や虚仮威しではない。この要塞は、今も何者かとの戦闘の最前線にあるのだと——

「ロゼ、これは……」

「ええ。気に入りませんね。できれば早々に立ち去りたいところですが」

戸惑うヤヒロの問いかけに、ロゼが平坦な口調で答える。

「何事もなく通してもらえるといいけどね」

ジュリが投げやりに呟いて、肩をすくめた。

その言葉に不吉な予感を覚えるヤヒロたちを乗せて、装甲列車は巨大な要塞の中へと入っていく。

5

名古屋駅要塞のプラットホームは、ヤヒロが想像していたよりも遥かに広大だった。

ホーム形状は、十面九線の広大な頭端式。ギラギラとした照明と鋼板を張っただけの無骨な屋根が、単なる駅というより、まさしく軍事基地という雰囲気を醸し出している。

ホームに停車している車両も、ほとんどが軍需物資を運ぶ貨物列車だ。駅の構内には簡単な車両整備と補給ができる設備が設けられ、慌ただしく走り回る整備士たちを、武装した警備員が見張っていた。

揺光星が停車を命じられたのは、そのホームの端にある、吹きさらしの不便な場所だった。

ジュリと彼女の護衛がホームに降りて、中華連邦軍の担当者との交渉を始めている。その間、ヤヒロは言われたとおりに、彩葉と彼女の弟妹たちの護衛として指揮車両の中に残っていた。

ギャルリー・ベリトが火の龍の巫女を匿っていることは、今や公然の秘密だ。傭兵の街である横浜で彩葉に手出ししようとする国はいなかったが、ここは中華連邦が統治する土地である。統合体の意向を無視して、中華連邦側が彩葉の引き渡しを要求してくる可能性はゼロではない。

そのことをロゼに散々言い含められたせいか、彩葉はめずらしく文句も言わずに大人しくしている。退屈を持て余して騒ぎ出すかと心配された彼女の弟妹たちも、なぜか興味津々といったふうに窓に張りついている。

「なに見てるんだ、あいつら？」

怪訝に思ってヤヒロが訊く。アカウントの消えた動画配信サイトを未練がましくスマホで眺めていた彩葉は、少しやさぐれたような表情で顔を上げ、

「見たことない列車が停まってるんだって。恰好いいやつ」

「列車？」

ヤヒロは子どもたちの肩越しに、揺光星の窓をのぞきこんだ。

たしかに少し毛色の変わった外見の列車が、少し離れたプラットホームに停車している。いかにも快適で速そうな、銀色に塗られた流線型の車両だ。しかしヤヒロの注意を引いたのは、その子どもも受けしそうなデザインに隠された、無数の銃座や砲塔だった。

それは武装の数で揺光星をも上回る、最新鋭の装甲列車だったのだ。

「民間所有の装甲列車なのか……？」

車体に描かれた派手なロゴに気づいて、ヤヒロが呟く。

その呟きに答えたのは、ロゼだった。

「梅羅拉電子有限公司……中華連邦の情報産業大手ですね。民間軍事部門を持っているとは聞いていませんでしたが」

「情報産業の会社が、今の日本になんの用があるんだ？」

「さあ。もしかしたら、軍と組んで兵器開発に手を出すつもりなのかもしれませんね」

「兵器開発……？」

「ええ。この国は新型兵器の試験をやるには最適ですから」

「っ……」

ロゼの淡々とした呟(つぶや)きに、ヤヒロは無言で唇を噛(か)んだ。

日本各地に残された無人の廃墟(はいきょ)は、たしかに兵器メーカーにとっては絶好の試験場だろう。一般市民に気兼ねする必要もなく、好きな地形を自由に選べる。

そしてなによりも日本には、兵器の性能を試す恰好(かっこう)の標的がある。魍獣(もうじゅう)を駆除するついでに、彼らは新兵器をテストすればいいのだから。

しかし今のヤヒロたちに、それを止める力はない。まずは妙翅院迦楼羅(みょうじいんかるら)に会い、日本人を復活させるのが先だ。そのためにも、ここで中華連邦軍とは敵対するわけにはいかないのだ。

しかし交渉に赴いたジュリたちが、揺光星(ヤオクアンシン)に戻ってくる気配はなかった。

それどころか、モニタ越しに外の様子を見ているロゼの表情が次第に険しさを増していく。

「ロゼ？」

「なにかトラブルがあったようですね」

「トラブル？　ジュリが揉(も)めてるのか？」

「ヤヒロ」

「わかった。おまえについていけばいいんだな？」

ヤヒロがロゼの言葉を先回りして言った。

少なくとも個人レベルの戦闘力では、不死者(ラザルス)のヤヒロはギャルリー・ベリトが保有する最大の戦力だ。そのヤヒロに同行を命じるということは、ロゼは最悪、この場で戦闘になる可能性を視野に入れているのだろう。どうやら中華連邦軍の交渉担当は、平和的な人間ではないらしい。

「わたしは？　わたしも一緒に行ったほうがよくない、ロゼ？」

彩葉(いろは)が勢いよく腰を浮かせて言った。なんだかんだで彼女も退屈を持て余していたらしい。

しかしそんな彩葉(いろは)に向かって、凛花(りんか)が容赦なく言い放つ。

「やめたほうがいいよ、彩葉(いろは)ちゃん。話が余計にこじれるから」

「え、ひどくない……⁉」

彩葉(いろは)がショックを受けたように五歳年下の妹を見るが、蓮(れん)やほかの弟妹(きょうだい)たちも凛花(りんか)と一緒に首を振った。実際、感情がもろに顔に出る彩葉(いろは)は交渉事にまったく不向きだし、そのことは本人よりも彼女の弟妹(きょうだい)たちのほうがよくわかっているらしい。

わかりやすく落ちこむ彩葉(いろは)を置き去りに、ヤヒロはロゼに連れられて装甲列車の外に出る。

ジュリたちはホームの中央付近にいた。

向かい合っているのは、軍属の事務官らしき集団だ。だが彼らの中に一人だけ、毛色の違う男が交じっていた。士官服を着た長身の男である。

ジュリに無茶な要求を突きつけて交渉を長引かせているのは、どうやらその士官らしい。近づいてくるヤヒロたちに気づいて、彼は不意に視線を向けてくる。

「双子の片割れか。おまえがギャルリー・ベリトのもう一人の責任者だな？」

男がぞんざいな口調で言った。

彼のふてぶてしい表情に、ヤヒロは豹を連想した。虎よりも細身だが、素早く狡猾で、同じくらい鋭い牙を持っている。そんな剣呑な雰囲気の人物だ。

「執行役員のロゼッタ・ベリトです。ご尊名をお聞かせ願えますか？」

ロゼが事務的に訊き返した。男がハッと鼻先で笑う。

「シア・ジーグァンだ。この城塞都市の守備隊副司令を任されている」

「副司令？」

ロゼがかすかに眉を寄せた。

シアの年齢は三十前後。役職のわりにずいぶん若い。よほど有力な後ろ楯を持っているのか、あるいはなんらかの実績を買われたのか——今の日本に派遣されている時点で、後者の可能性が高かった。

だとすれば、かなり危険な相手だ。そのタイプの人間は、新たな功績を上げるために強引な手段を選ぶことも厭わないからだ。

「そうだ。で、そっちが噂(うわさ)の不死者(ラザルス)か」

ロゼの背後に立つヤヒロを睨(にら)んで、シアがニヤリと攻撃的に笑った。

そして彼は突然、腰に佩(は)いていた軍刀を抜く。その切っ先が正確にヤヒロの喉へと伸びて、ヤヒロはそれをギリギリで回避した。

「っ！」

「ハッ……生意気にかわすじゃねえか、ガキが……！」

軍刀を突き出した姿勢のまま、シアは歓喜の表情を浮かべる。

ヤヒロは軽く腰を落として身構えながら、背筋に冷たいものを感じていた。

シアの攻撃をよけたのは、頭で理解しての行動ではない。獣のようなシアの殺気に、肉体が無意識に反応したのだ。より正確に言うならば、ヤヒロがよけられるかどうかをシアは試したのだろう。だからこそ彼は笑ったのだ。

「うちの契約社員(コントラクター)をいじめるのはやめてくれないかな、シア上校」

ジュリが微笑(ほほえ)みながらシアを牽制(けんせい)した。

「契約社員(コントラクター)か」

軍刀を鞘(さや)に戻しながら、シアは短く鼻を鳴らす。

「まあいい。この要塞(ようさい)をタダで通過させろってのが、おまえらの要求だそうだな、ギャルリー・ベリト？」

「タダとは言ってないよ。ちゃんと通行料は払うってば」

「日本国内の無害通行権は、ナガサキ協定で認められているはずです。正規の施設使用料は事前に中華連邦軍に入金済みですし」

ジュリとロゼがそれぞれ反論した。無害通行権とは、その地の安全や秩序を害さないことを条件に、他国の支配地域を自由に通り抜けることができるという権利。八カ国によって分割統治されている日本国内における特例だ。

シアは不機嫌そうに唇を曲げて、背後にいた自分の部下に確認する。

「そうなのか？」

「はい。こちらに」

事務官は慌ててうなずきながら、抱えていた金属製のアタッシェケースを開けた。ケースの中に詰まっていたのは、金塊だ。

換金すれば相当な金額になるはずだが、シアはそれを一瞥して嘲るように笑った。

「足りねえな」

「だいぶ奮発したつもりでしたが」

「こんなもんじゃ全然足りねえよ。おまえらが大殺戮を引き起こした龍の巫女を抱えてるってのはわかってんだ」

シアが鋭い視線をロゼたちに向けた。

「無害通行権と言ったな、ロゼッタ・ベリト。だが、おまえらの行動が本当に無害だって証拠がどこにある？　それを証明できるだけの対価を寄越せ。それまでは、ここは通せねえ」

ロゼがめずらしく気圧されたように黙りこむ。

ヤヒロは、シアという男の危険度の評価を上方修正した。

シアの発言は強引だが、理屈が通っている。龍の巫女は、そこに存在するだけで、人間を魍獣化させるという災厄を撒き散らす。少なくとも、その可能性がある存在だと認識されている。

だからこそ、ギャルリー・ベリトが自らの安全性を証明するのは難しい。シアはその弱みを的確に突いてきたのだ。あのジュリが交渉にてこずるのも道理だった。

「なにが望みですか、シア上校？」

双子の姉と目を合わせてうなずき合い、妹が渋々と口を開いた。

「レリクトだ」

シアが獰猛な笑みを浮かべて言う。

「龍の巫女を渡せとは言わねえ。おまえらが保有している山の龍の遺存宝器を置いていけ。それならおまえらのことは見逃してやる」

「なっ……」

ヤヒロは思わず声を洩らした。

遺存宝器という言葉は初耳だが、それがなにを意味しているのかはすぐにわかった。〝山の龍の巫女〟三崎知流花と、〝不死者〟神喜多天羽が遺した深紅の結晶。それを引き渡せ、とシアは要求しているのだ。

「その反応……ギャルリー・ベリトが遺存宝器を持ってるって話は、どうやら偽情報じゃなかったようだな」

「たかが駅の通行料金に、ずいぶん吹っ掛けたものですね」

ロゼが溜息まじりに告げた。

シアは悪びれることなく笑って首を振る。

「おまえらが持て余しているお荷物を、タダで引き取ってやろうと言ってるんだ。むしろ感謝して欲しいものだな」

「あんなものを手に入れてどうするつもりだ？　アクセサリーにでもするつもりか？」

ヤヒロがシアを睨んで訊いた。

シアはそんなヤヒロを眺めて、少し驚いたように眉を上げる。

「なんだ、不死者。アレの使い方も知らなかったのか？」

「使い方……？」

ヤヒロが訝るように問い返す。

その直後、駅の構内に、けたたましいサイレンの音が鳴り響いた。

まるで戦争状態を思わせる、物々しい警報音だった。大気が震えるようなサイレンの轟音に、ホームで作業していた整備士たちが我先にと避難を開始する。

「——副司令」

「来たか」

部下らしき兵士に呼びかけられて、シアがうなずく。

シアが部下から渡されたのは、銃だった。銃身の長さや太さが通常の拳銃の三倍近くある、恐ろしく巨大な拳銃だ。ふと見ればシアの部下たち全員が、同様の銃を持っている。

「ヤヒロ！」

混乱の中、ヤヒロは背後から名前を呼ばれて振り向いた。

揺光星の指揮車両から飛び出してきたのは、白い小型犬のような魍獣を抱いた彩葉だった。彼女の表情は硬く強張り、髪を振り乱しながらヤヒロたちのほうへと駆け寄ってくる。

「……彩葉？」

「魍獣が近づいて来てるの！　すごい数！」

どうして列車の外に出たのかとヤヒロが問い質す前に、彩葉が声を上擦らせて早口で叫んだ。

「魍獣……？」

「ほう……よく気づいたな」

困惑するヤヒロとは対照的に、シアが感心したように言う。

「そうか、おまえが火の龍(アワリティア)の巫女(みこ)か。今日はあの頭のおかしな恰好(かっこう)はしないのか？」

「あの恰好(かっこう)のどこがおかしいのよ⁉　可愛(かわい)いでしょうが……！」

シアの暴言に、彩葉(いろは)が憤慨したように言い返し、それを訊(き)いたシアがカラカラと笑った。

「ちょうどいい。レリクトの使い方を実演してやるよ。俺たちにレリクトを渡したほうが、どれだけ人類にとって有益かよくわかるようにな！」

巨大な拳銃を構えたシアが、ヤヒロを挑発的に睨(にら)みつけて言い放つ。

名古屋(なごや)駅要塞(ようさい)の装甲防壁が凄(すさ)まじい衝撃で揺れたのは、それからすぐのことだった。

6

「おまえらは列車の中に引きこもって大人しくしてろ、ギャルリー・ベリト。くれぐれも俺たちの邪魔だけはしてくれるなよ。魍獣(もうじゅう)どもと一緒に潰されたくなければな！」

半ば恫喝(どうかつ)するように言い残し、シアは部下たちを引き連れて離れていく。

べえ、とジュリが彼の背中に向けて舌を出し、ロゼは無言で息を吐いた。

そしてロゼは、制服の襟に埋めこんだ通信機で、揺光星(ヤオクアンシン)の指揮車両へと呼びかける。

「——状況は？」

『少し待ってくれ。今、無人機(ドローン)からの映像が回ってきたところだ。要塞(ようさい)内は中華連邦軍の電波妨害が酷くて、防壁の外の映像だけになっちまうが……』

通信機から聞こえてきたのは、指揮車両に残してきたジョッシュの声だった。

魍獣の襲撃を知らせるサイレンが鳴ってすぐに、彼は部下に命じて、情報収集用の無人機を飛ばしていたらしい。

『確認できた魍獣の総数は、目視できる範囲で三百から四百ってとこだな。ほとんどの個体がグレードⅡ以上だ。さすがに横浜で起きた大発生に比べればだいぶ小規模だが、そのぶん人間側の戦力も少ない。防ぎきれるかどうかは微妙だぞ』

無人機が収集した情報を、ジョッシュが苦々しげな口調で伝えてくる。

横浜で、珠依の開けた冥界門から出現した魍獣は、七百体以上だったと推定されている。しかし横浜には、十万人の傭兵を抱える連合会が存在し、魍獣に対する防衛ラインとして機能していた。

一方、名古屋駅要塞の総人口は約七万五千人。しかもその大半は非戦闘員だ。強固な防壁に守られているとはいえ、楽観できる戦況ではない。

「魍獣たちの目的はなんだ？　俺たちを狙ってるわけじゃないんだろ？」

ジョッシュとロゼの通信を聞きながら、ヤヒロは隣にいたジュリに訊く。

「そうだね。連邦軍の反応を見る限り、彼らは日常的に魍獣たちの襲撃を受けてるみたいだし。ごっつい装甲防壁で駅を覆ってるのも、そのせいかな」

ジュリが澄ました口調で言った。その分析にヤヒロは納得する。

魍獣の襲撃を知らせるサイレンが響いてからの整備士たちの、素早い避難の様子を思い出す。彼らは間違いなく魍獣の襲撃に慣れていた。名古屋駅要塞の装甲防壁に残された傷跡は、魍獣との戦闘の痕跡だったのだ。

『ロゼッタお嬢様、エンジン始動の許可をください。このまま中にいるのは危険です。揺光星の武装が使えない。せめて駅の外に出ないと——』

列車長のオールディスが、焦りを滲ませた声でロゼに懇願した。

「だからといって、門を開けてはもらえないでしょうね」

ロゼが薄く溜息をついて、列車長の要求を却下した。

防壁に埋めこまれた跳ね上げ式の門が開かないことには、名古屋駅要塞からは出られない。しかし魍獣の大群が押し寄せているこの状況で、門を開けることは不可能だ。そんなことをすれば、たちまち魍獣たちの侵入を許して、泥沼の市街戦に突入することになるからだ。

『こんな駅、さっさと通り過ぎてりゃ面倒に巻きこまれずに済んだのにな。中華連邦の連中、余計なことしやがって……！』

ジョッシュがたまらず呪詛の言葉を吐く。

中華連邦軍にとってギャルリー・ベリトは、彼らの客ですらない、ただ足止めしているだけの余所者だ。当然、勝手に魍獣相手の戦闘に参加するわけにもいかない。許されるのは、最低限の自衛だけだろう。まともな戦闘準備も出来ない状況では、ストレスが溜(た)まるのも当然だ。

「いえ、問題はありません。ジョッシュは引き続き情報収集を。待機中の全戦闘員(オペレーター)は対魍獣(たいもうじゅう)戦闘の用意。ただし、揺光星(ヤオクアンシン)の防衛のみを優先し、こちらからの攻撃は行わないものとします」

『防衛のみ？　いいのか？　このままだと五分以内に防壁が突破されるらしいぞ？』

装甲列車の戦術AIが予想したデータを、ジョッシュが心配そうに読み上げる。中華連邦軍の戦力だけでは、魍獣(もうじゅう)の侵攻を食い止められない——AIはそう予想しているのだ。

　このままロゼたちが手をこまねいていたら、駅構内に雪崩(なだ)れこんできた魍獣(もうじゅう)の群れに、揺光星(ヤオクアンシン)が包囲されることになる。

　それでもロゼは表情を変えずに静かに首を振った。

「だから、問題ないと言っています。こちらには、彩葉(いろは)がいますから」

『あ……』

　ジョッシュが虚を衝(つ)かれたように間抜けな声を出す。

　ヌエマルを抱いたまま手持ち無沙汰で立ち尽くしていた彩葉(いろは)が、いきなり名指しされてびっくりしたように顔を上げた。

「わ、わたし？」

「襲撃者が魍獣(もうじゅう)なら、あなたが頼りです。揺光星(ヤオクアンシン)の防衛を任せても？」

「そ、そっか。うん……やってみる」

彩葉（いろは）がぎこちなくうなずいた。

そんな彼女を、ヤヒロは胡乱（うろん）な目つきで見る。

いつも謎の自信に満ちている彩葉（いろは）にしては、めずらしく消極的な反応だ。

「ヤヒロは彩葉（いろは）の護衛を。くれぐれも彼女から目を離さないように」

「……ああ、わかってる」

彩葉（いろは）の異変に気を取られていたヤヒロは、ロゼの言葉に慌ててうなずいた。

突発的な作戦会議が終了し、ギャルリーの戦闘員（オペレーター）たちが一斉に動き出す。

戦闘用の装備を持たないジュリはいったん揺光星（ヤオクアンシン）の車両内に戻り、戦闘の指揮はロゼが継続。戦闘員（オペレーター）たちは散開して、装甲列車の各車両の護衛に就く。

「ヌエマル、瑠奈（るな）たちをお願いね」

彩葉（いろは）が、大事に抱えていた白い魍獣（もうじゅう）を足元に下ろす。

ヌエマルは、彩葉（いろは）を見上げてふさふさの長い尻尾を名残惜しそうに大きく振ると、装甲列車の車内へと素早く戻っていく。彩葉（いろは）の弟妹（きょうだい）たちを守りに行ったのだ。

そしてヤヒロと彩葉（いろは）だけが、その場にぽつんと残された。

「意外だな」

不安そうに唇を嚙（か）む彩葉（いろは）の横顔を眺めながら、ヤヒロが訊（き）く。

彩葉は少し驚いたようにヤヒロを見返した。

「え？　なにが？」

「今までおまえが魍獣を警戒したことなんてなかっただろ？」

「うーん……警戒してるわけじゃないんだけど、あの子たち、なんか変なんだよね」

駅を囲む装甲防壁の方角に目を向けて、彩葉は少し困ったように眉尻を下げた。

龍の巫女としての能力なのか、彩葉は魍獣の接近に気づいただけでなく、彼らの性質についても異変を感知しているらしい。

「変？」

「うん。魍獣が理由もなく人間を襲ってくることって、実はほとんどないんだよ。人間が彼らの縄張りに勝手に入りこんだら別だけど」

「そうだな」

「だけどあの子たちは、この要塞を憎んでるの。中華連邦軍の人たちというより、この要塞そのものを。だから、わたしの言葉も聞いてくれるかどうか……」

「要塞そのものを……憎んでる？」

どういうことだ、とヤヒロは困惑に目を細めた。

魍獣は自分たちの縄張りに侵入されることをひどく嫌う。ヤヒロが二十三区で何度も魍獣に襲われたのは、美術品の回収などのために彼らの棲息圏に踏み入ろうとしたからだ。

その理由を、ヤヒロはすでにぼんやりと理解している。

魍獣の正体がかつての日本人ならば、魍獣の縄張りとはすなわち彼らの生まれ育った土地だ。彼らは、踏みこんでくる外敵から自分たちの故郷を守ろうとしていたのだ。

だから縄張りの外にいる人間に対して、彼らが積極的に攻撃してくることは滅多にない。

例外は地の龍によって無理やり冥界門から召喚された魍獣たちや、山の龍によって生み出され、彼女に付き従って横須賀を襲おうとした海棲魍獣の群れくらいだろう。

「この要塞を襲っている猛獣たちは、誰かに操られてるわけじゃないんだな」

「違うよ。だからわたしの言うことを聞いてくれるかどうかもわからない。この要塞がなくなるまで、あの子たちはたぶん戦いをやめようとはしないから」

彩葉が頼りなく首を振る。

魍獣を操る彼女の能力は、相手を無理やり支配するような類のものではない。ほかの龍の支配から解き放つことはできても、魍獣自身の意思に反して彼らを従わせることはできないのだ。

魍獣たちが本気でこの要塞を破壊しようとしているのなら、彩葉にはそれを止められない。

それが彼女の弱気の原因だ。

「だとしたら……まずいな……」

防壁の外から聞こえる砲声の変化に気づいて、ヤヒロは頬を引き攣らせた。

魍獣を迎撃していた機関砲や榴弾砲の音が途切れがちになり、代わりに魍獣の咆吼が鮮明に聞こえてくる。要塞の防衛網が綻んで、魍獣たちが近づいて来ているのだ。

それからすぐに防壁のあちこちで、金属が裂けるような音が鳴り響いた。衝撃でプラットホーム全体が激しく震動し、銃声と悲鳴が聞こえてくる。

『――防壁が破られた。来るよ、ヤヒロ！』

ジュリの鋭い警告が、ヤヒロの襟元の通信機から流れ出す。

揺光星が停まっているホームの前後の二カ所でほぼ同時に、防壁を乗り越えた魍獣が姿を現した。鰐に似た顎を持つ巨大な狼の群れ。猿のような六本の手腕を持つ甲蟲。翼と単眼を持つ球体状の蔦。どれもが生理的な恐怖を誘う醜悪な怪物たちだ。

中華連邦軍の兵士たちが、彼らに向かってアサルトライフルを連射する。しかし猛獣たちは兵士たちを一蹴し、そのまま駅の構内へと雪崩れこんできた。

「お願い、止まって！」

揺光星のほうへと近づいてくる猛獣たちの一群に向かって、彩葉が無謀にも駆け出した。ヤヒロは舌打ちして彼女を追いかける。

彩葉の声が届いていないわけではない。その証拠に、猛獣たちは彩葉を攻撃しようとはしていない。しかし彩葉の呼びかけに対する彼らの反応は明らかに鈍かった。これまでにはなかった現象だ。

「駄目！　止められない！」

彩葉(いろは)が弱々しく悲鳴を上げた。

接近してきた猛獣たちは、名古屋(なごや)駅要塞(ようさい)とは無関係の揺光星(ヤオクアンシン)にも容赦なく襲いかかってくる。ギャルリーの戦闘員(オペレーター)たちが銃を構えるが、その射線上には彩葉(いろは)がいた。

「彩葉(いろは)、下がれ！」

射撃を躊躇(ちゅうちょ)する戦闘員(オペレーター)たちに代わって、ヤヒロが猛獣と彩葉(いろは)の間に強引に割りこんだ。正面にいるのは、巨大な鎌のような鉤爪(かぎづめ)を持つ灰色熊(グリズリー)風の猛獣だ。等級は確実にグレードⅡ以上。歩兵一個小隊で、どうにか倒せるというレベルの強敵だ。

その猛獣が振り下ろす鉤爪(かぎづめ)を、ヤヒロは打刀(うちがたな)で受け止めた。

強烈な反動で、ヤヒロの身体(からだ)が四、五メートルほど後退する。受け流しきれなかった衝撃で両腕の骨が砕け、下半身の腱(けん)が音を立てて断裂する。

しかしヤヒロはその苦痛を無視して、着地と同時に反撃に転じた。不死者(ラザルス)の超回復力により、ちぎれた腱(けん)は復活している。攻撃を終えた直後の魍獣(もうじゅう)の無防備な魍獣(もうじゅう)の右腕を、ヤヒロの刀が深々と斬り裂き、鮮血の代わりに漆黒の瘴気(しょうき)が散った。

異変が起きたのは、その直後のことだった。

傷ついた魍獣(もうじゅう)の姿を見て、ヤヒロは呆然(ぼうぜん)と動きを止める。

今すぐに追撃すれば、目の前にいる魍獣(もうじゅう)を殺せる。それがわかっているのに全身が硬直したように動かない。強烈な嫌悪感が内臓をかき乱し、ヤヒロはその場で激しく嘔吐した。

「ヤヒロ……!?」

魍獣の目の前でうずくまるヤヒロを見て、彩葉は弾かれたように駆け出した。

ヤヒロを庇うように抱き寄せて、魍獣の攻撃から守ろうとする。

魍獣は、龍の巫女を襲わない。しかし、すでにヤヒロへの攻撃を放っていた手負いの魍獣に、その攻撃を途中で止める余裕はなかった。

頭上から迫り来る巨大な鉤爪を、彩葉は呆然と凝視する。

だが、魍獣の攻撃が、彩葉を引き裂くことはなかった。

その直前に飛来した衝撃波の砲弾が、魍獣の巨体を吹き飛ばし、そのままズタズタに引き裂いたからだ。

「どうした、不死者? 魍獣を見て腰でも抜かしたか?」

「シア……ジーグァン……」

ヤヒロがのろのろと顔を上げ、衝撃波の砲弾を放った男の名前を呟いた。

シアが構えているのは、例の奇妙な拳銃だ。その拳銃から撃ち出した衝撃波で、彼は魍獣を倒したのだ。グレードⅡクラスの魍獣を、一撃で。

「待たせたな。壁の外の敵を片付けるのに手間取った。だが、約束はちゃんと守るぜ。今からレリクトの使い方を教えてやる」

シアが肉食獣めいた凶暴な笑みを浮かべて言った。

そのときになってヤヒロは初めて気づく。拳銃を握る彼の右手の甲に、奇妙な石が埋まっている。鮮血を固めたような、深紅の宝玉だ。

「吹き飛びな、化け物ども」

乱暴な口調で言い放つと同時に、シアが拳銃の引き金を引いた。

その瞬間、彼の全身を暴風が包んだ。周囲の空気が一斉に渦を巻き、彼の異形(いぎょう)の拳銃の中に吸い込まれていく。収縮した大気の圧力により、拳銃の銃身が赤熱する。それほどまでの凄(すさ)まじい密度の大気が、シアの拳銃の中に収束しているのだ。

そしてシアはその拳銃を、防壁を乗り越えて出現した魍獣(もうじゅう)たちの群れへと向けた。

轟音(ごうおん)とともに撃ち放たれたのは、圧縮された大気の弾丸。それは極超音速の衝撃波となって、不可視の刃を生み出しながら魍獣(もうじゅう)たちへと降り注いだ。

十数体の魍獣(もうじゅう)が、一瞬でズタズタに引き裂かれ、防壁の外へと落ちていく。

その凄絶な光景を、ヤヒロと彩葉(いろは)は息を呑(の)んだまま呆然(ぼうぜん)と眺めた。

「この能力……神蝕能(レガリア)か……！」

かすれた声で、ヤヒロが呻(うめ)く。

ヤヒロは、シアが放った攻撃の正体を知っていた。

超音速で放たれる衝撃波の弾丸。それは、〝不死者(ラザルス)〟山瀬道慈(ヤマセドウジ)が操っていた風の龍(イラ)の権能

——神蝕能(レガリア)だ。

「神蝕能(レガリア)を使えるのは、おまえら不死者(ラザルス)だけじゃないってことだ」

手の甲に埋めこんだ宝玉をこれ見よがしに掲げながら、シアが告げた。

「この遺存宝器(レリクト・レガリア)があれば、不死者(ラザルス)以外の人間にも神蝕能(レガリア)が使える。おまえらが新たな遺存宝器(レリクト・レガリア)を残してくたばる日を、俺たちは楽しみにしてるぜ、不死者(ラザルス)と龍の巫女(みこ)」

シアは一方的にそう言い残すと、すっかり興味をなくしたようにヤヒロたちに背を向けた。要塞(ようさい)内に残る魍獣(もうじゅう)を駆逐するために悠然と歩き去るシアを、ヤヒロと彩葉(いろは)は声もなく見送ったのだった。

7

慌ただしい車内放送と鳴(な)り止(や)まないサイレンの音で、佐生絢穂(さしょうあやほ)は目を覚ました。

上半身を起こすと、わずかにふらつく。全身を襲う倦怠(けんたい)感と下がらない微熱。精神的な疲労が原因だろうといわれて、この数日、絢穂(あやほ)はずっと寝て過ごしていたのだ。

それは絢穂(あやほ)自身にとっても、都合のいいことだった。

一人でベッドの中に籠(こ)もっていれば、ヤヒロと彩葉(いろは)が一緒にいるのを見なくてすむからだ。

絢穂(あやほ)は彼ら二人が仲睦(なかむつ)まじくしているのを見るのがつらかった。それは己のヤヒロに対する淡い恋心を自覚したせいだ。

べつに彩葉に嫉妬しているわけではない。ましてや彼女に張り合おうとも思わない。彩葉がヤヒロに相応しいということは、絢穂から見ても明らかだからだ。

だからといって、すぐに割り切れるわけではない。いっそヤヒロに自分の想いを打ち明ければいいのかもしれないが、そんな勇気もない。自分の無力さが本当に嫌になる。

だが、今はそんなことを気にしていられる場合ではなかった。

断続的に聞こえる花火のような音は、おそらく砲撃の音なのだろう。近くで戦闘が行われているのだ。時折伝わってくる重々しい震動で、装甲列車の車体すら大きく揺れている。

外に出るのは恐ろしかったが、ここで一人で死ぬのも嫌だった。

絢穂は、部屋着のままベッドから抜け出して靴を履いた。ヤヒロから預かった深紅の結晶をお守り代わりに握りしめ、ふらつく足取りで隣の車両へと向かう。

通路の扉が勢いよく開いたのは、そのすぐあとのことだった。

「絢穂ちゃん！　入るよ！」

隣の車両へと続く通路から、二つの人影が慌ただしく中に入ってくる。

一人は髪を金色に染めた小柄な少女。もう一人は長身の東洋人だった。

「凜花と……魏さん……？」

一瞬、意外な組み合わせのように感じて、しかしすぐにそうではないと絢穂は気づく。

ギャルリーの戦闘員(オペレーター)である魏洋(ウエイヤン)が、凜花(りんか)を護衛しているということは、この装甲列車の中ですら安全ではないということだ。どうやら絢穂(あやほ)が知らないうちに、揺光星(ヤオクアンシン)の周囲はそれほど危険な状況になっていたらしい。

「よかった、絢穂(あやほ)ちゃん。起きてたんだね」

「なにかあったの、凜花(りんか)……?」

絢穂(あやほ)は不安な表情をなるべく隠して、二歳年下の妹に訊(き)く。

だが、その会話を魏(ウエイ)が遮った。ゆっくり説明をしている余裕はないということらしい。

「悪いけど、今すぐに三号車の作戦室に移動してくれるかな。魍獣(もうじゅう)の襲撃に遭ってるんだ」

「……魍獣(もうじゅう)に?」

絢穂(あやほ)は困惑の表情で魏(ウエイ)を見返した。ずっと彩葉(いろは)と一緒に暮らしていたせいで、魍獣(もうじゅう)の襲撃といわれても、すぐに実感が湧かなかったのだ。

しかし魏(ウエイ)は絢穂(あやほ)の戸惑いを、恐怖によるものだと誤解したらしい。絢穂(あやほ)を安心させるように、爽やかな笑みを浮かべて首を振る。

「ああ、大丈夫。魍獣(もうじゅう)たちの狙いは僕たちじゃないみたいだ。ただ、武装した車両のほうが、万一のときに安全だからね。念のためだよ」

「わかりました。あの……凜花(りんか)も迎えに来てくれてありがとう」

絢穂(あやほ)は曖昧に微笑(ほほえ)んで二人に礼を言う。

そんな絢穂の手を引いて、凜花は三号車の方向へと歩き出した。戦闘員たちの待機室を兼ねている三号車の作戦室は、指揮車両である二号車の次に堅牢な場所だ。

非戦闘員である彩葉の弟妹たちは、魍獣の襲撃が終わるまでそこに非難する手筈になっているらしい。

本来は分隊長である魏が子どもたちの護衛についているのは、彼の体調が万全ではないせいだろう。魏は横浜での騒動の直前に、ファフニール兵と交戦して負傷しているのだ。

「心配ないよ。うちらには彩葉ちゃんがいるからね」

黙りこむ絢穂を気遣ったのか、凜花が明るい声で言う。

「彩葉ちゃん、もしかして外で戦ってるの」

絢穂は窓の外に目を向けた。襲撃してきた魍獣は、すでに駅の中に入りこんでいるらしい。見知らぬ軍服を着た兵士たちが、必死に応戦しているのが見える。

ギャルリーの戦闘員たちも、揺光星の護衛についていた。龍の巫女である彩葉が、その中に交じっていてもおかしくはない。

「戦ってるっていうか、いつもみたいに魍獣と話をするつもりみたいだよ。まあ、問題ないでしょ。ヤヒロも一緒だし」

信頼に満ちた口調で、凜花が答えた。

「ヤヒロさん……が……」

凛花が何気なく口にした名前に、絢穂は思わず足を止める。

こんなときでも、やはり彩葉はヤヒロと一緒にいるのだ。そして自分は、それを遠くで眺めていることしかできない。あの二人の隣に並び立つだけの力がないからだ。

その事実が、絢穂を再び無力感で打ちのめす。

「ねえ、魏さん、あの人たちは……？」

立ち止まった絢穂を見上げていた凛花が、驚いた顔で魏に問いかけた。

駅構内に乗りこんだ魍獣の群れに、奇妙な装備を持った兵士の一隊が突っこんでいく。彼らが装備しているのは、妙に大型で歪な姿をした拳銃だ。

巨大な魍獣を相手にするには、明らかに非力な武器である。

しかし彼らの攻撃が巻き起こした現象は、絢穂たちの予想外のものだった。

弾丸を撃ちこまれた魍獣が、溶解して泥のように崩れ落ちる。

銃口が凄まじい凍気の奔流を生み出し、魍獣の群れを凍らせる。

巨大な魍獣すら一蹴する兵士たちの戦闘能力は驚異的だった。

その凄まじい光景に絢穂たちは絶句する。

生身で魍獣に接近戦を挑む兵士たちの姿は、ヤヒロの戦い方によく似ていた。

しかし彼らの戦闘能力はヤヒロ以上だ。それは彼らが訓練を受けた兵士であり、魍獣たちの殺戮に一切の躊躇を感じていないせいだろう。

「遺存宝器（レリクト・レガリア）か……！」

兵士達の手の甲に埋めこまれた石を見て、魏（ウエイ）がぼそりと呟（つぶや）いた。

「レリクト……レガリア……？」

絢穂（あやほ）がその言葉を無意識に繰り返す。

その瞬間、ドクン、と絢穂（あやほ）の心臓が跳ねた。

強烈な圧力を持ったなにかが、自分の体内に流れこんでくるような感覚。無意識に右手で握っていた深紅の結晶が、灼（や）けるような痛みを伝えてくる。

「痛（つ）っ……!?」

「絢穂（あやほ）ちゃん!?」

うずくまる絢穂（あやほ）に気づいた凜花（りんか）が、心配そうに屈（かが）みこんでくる。

そんな凜花（りんか）を乱暴に突き飛ばし、絢穂（あやほ）は彼女と逆方向に逃げた。このままでは凜花（りんか）を巻きこんでしまうと本能的に理解して、それを恐れたのだ。

驚く凜花（りんか）の目の前に、鋼色（はがねいろ）の刃（やいば）が突き出された。

揺光星（ヤオクアンシン）の壁や床に、刃物のように鋭利な棘（とげ）が突き立っている。鍾乳洞（しょうにゅうどう）の中で育つ石英柱のように、無数の刃（やいば）が生えてきているのだ。

「その結晶……！　どうして山の龍の神蝕能（ヴァナグロリア）が……!?」

絢穂（あやほ）が握っていた結晶を、魏（ウエイ）が信じられないというふうに凝視する。

深紅の結晶は今や直視できないほどの眩(まばゆ)い輝きを放ち、同時にガラスが震えるような甲高い振動音を放ち続けていた。その振動は、揺光星(ヤオクアンシン)の中に生えた無数の刃(やいば)を震わせ、装甲列車の車両そのものを振動させる。

「中華連邦軍の遺存宝器(レリクト・レガリア)と共鳴しているのか……！」

絢穂(あやほ)の身に起きた異変の原因を察して、魏(ウエイ)が歯噛(はが)みした。

ヤヒロが絢穂(あやほ)に預けた深紅の結晶はこれまで完全な休眠状態に陥っており、ただの石ころと見分けがつかなかった。だが、同種の遺存宝器(レリクト・レガリア)がすぐ近くで発動していた影響で、覚醒しようとしているのだ。

「誰なの、あ、あなたは……？」

結晶から自分の中に流れこんでくる強い意思の存在を感じて、絢穂(あやほ)が問いかける。

だが、もちろん結晶はなにも答えない。

ただ熱を持った強烈ななにかが、絢穂(あやほ)の体内へと流れこんでくるだけだ。

「こ、これは……」

怯(おび)える凜花(りんか)を背後に庇(かば)いながら、魏(ウエイ)は焦(あせ)りに表情を歪(ゆが)めた。

絢穂(あやほ)の周囲を取り囲むように、装甲列車の床や壁が変形していく。【剣山刀樹(けんざんとうじゅ)】と名付けられた山の龍(ヴァナグロリア)の神蝕能(レガリア)。地中の鉱物から精錬された金属を自在に操り、刃(やいば)の形で出現させる、攻防一体の権能だ。

しかし絢穂は、その神蝕能を制御できていない。

むしろ彼女が抱いている恐怖が、神蝕能の暴走を招いていた。このままでは魏や凜花はもちろん、揺光星の中にいる全員が巻きこまれることになる。

「う……ああああああああああああっ！」

絢穂が結晶を握ったまま絶叫した。

同時に彼女の全身から、凄まじい勢いで龍気が撒き散らされる。

「くっ！」

魏が携行していた拳銃を抜いた。

結晶の暴走を止めるもっとも確実な方法は、持ち主である絢穂をここで殺すことだ。

だが、山の龍の権能に守られた彼女を、果たして拳銃弾程度で殺せるのか？

その迷いに躊躇を覚えながらも、魏は銃口を絢穂の額に向けた。

しかし魏が引き金を引く前に、横から伸びてきた手が彼の拳銃をつかみ取る。

「下がっていろ、ギャルリー・ベリト」

「オーギュスト・ネイサン……!?」

拳銃をつかんだ男を見上げて、魏は困惑に眉を寄せた。

ネイサンは魏に構わず、苦しむ絢穂に無造作に近づいていく。

結晶の自己防衛本能が働いたのか、歩み寄るネイサンを目がけて無数の刃が殺到した。

ネイサンは、それらを素手で平然と薙(な)ぎ払(はら)う。

ガラスが割れるような甲高い音とともに鋼(はがね)の刃(やいば)が砕け散り、絢穂(あやほ)の無防備な姿が露(あら)わになった。

「っ……！」

怯(おび)えた瞳で見上げる絢穂(あやほ)に、ネイサンは穏やかに笑いかける。

そして次の瞬間、絢穂(あやほ)は床に叩(たた)きつけられていた。ネイサンが触れることなく絢穂(あやほ)を吹き飛ばし、彼女の意識を刈り取ったのだ。

その非情な行動に凜花(りんか)が悲鳴を上げ、絢穂(あやほ)を撃ち殺そうとしていた魏(ウエイ)ですら顔をしかめた。

しかしネイサンは構うことなく歩みを進め、倒れている絢穂(あやほ)を静かに見下ろす。

「遺存宝器(レリクト・レガリア)……まさか適合するとはな……」

やがてネイサンは深々と溜息(ためいき)をついた。

彼が見ている視線の先——絢穂(あやほ)の手の中に深紅の結晶の姿はなく、代わりに彼女の右腕には、刺青(いれずみ)のような模様が浮かんでいた。

龍の爪で抉(えぐ)ったような緋色(ひいろ)の不気味な紋様が——

8

漆黒の軍用ヘリコプターの客室(キャビン)に、舞坂(まいさか)みやびは座っていた。

同じ客室内にいるのは、姫川丹奈(ひめかわにな)と湊久樹(ミナトヒサキ)だ。〝水の龍(アシーディア)の巫女(みこ)〟清滝澄華(きよたきすみか)と〝不死者(ラザルス)〟相楽善(サガラゼン)に追われていたみやびは、丹奈(にな)たちに助けられ、そのまま彼らと一緒に西へと向かっていたのだった。

統合体(ガンツァイト)の専用機だけあって、無骨(ぶこつ)な外観とは裏腹に客室内の装備は豪華で快適だ。座り心地のいい分厚いシートと、ヘリコプターにしては防音の効いた機内。そして客室の正面には、大型のディスプレイが埋めこまれている。

ディスプレイに映っているのは、古めかしいフロックコートを着た白髪(はくはつ)の老人だ。

『頼んだ仕事は、上手(うま)くいったようだね、丹奈(にな)』

老人がスピーカー越しに嗄(か)れた声で言う。

丹奈(にな)はうなずき、ディスプレイ上部のカメラに向かって人懐(ひとなつ)こく手を振った。

「はいですー……舞坂(まいさか)さんは無事に保護しましたよー」

『感謝する。山瀬道慈(ヤマセドウジ)が、遺存宝器(レリクト・レガリア)を残さずに死んでしまったからね。我々としてはこの状況で風の龍(イラ)の巫女(みこ)を失うわけにはいかなかったのだ』

「ふふっ、存じてますよー。ご褒美(ほうび)、期待してますねー」

『希望に添えるように検討しよう』

重々しくうなずく老人を見ても、丹奈(にな)は普段の態度を変えない。

ヒサキは無言で、彼女の隣に控えているだけだ。

老人は、感情を映さない灰色の瞳でそんな丹奈たちを静かに観察する。

『もっとも我々からの依頼がなくても、きみたちは舞坂みやびに接触していた。違うかね？』

「そうかもしれませんね、彼女は大切な同胞ですし。ヘリを貸してもらえて助かりましたー」

『……なるほど、噂どおり賢しいな、姫川丹奈』

「ご心配なく。私の望みが、貴方の目的の妨げになることはありませんよー。たぶんですけど」

丹奈が微笑んで老人に告げる。

画面の向こうにいる老人は、表情を変えないまま静かに答えた。

『そう願いたいものだな、沼の龍の巫女』

丹奈の背後に座るみやびを一瞥して、老人は通信を切断した。ディスプレイが暗転し、防音の効いた客室内に静寂が訪れる。

「――今の通話相手、サーラス財団のアルフレッド・サーラスね？　欧州重力子研究機構の理事会議長だったかしら」

老人との通信を終えた丹奈に、みやびが訊いた。

丹奈がみやびに向き直って目を細める。

「はい。過去の戦争で爆弾を売りさばき、巨万の富を築いた死の商人の末裔ですよ」

「雇い主に対して、ずいぶん辛辣ね」

歯に衣着せぬ(きぬ)丹奈(にな)の説明に、みやびは苦笑した。

CERG(サーグ)は丹奈(にな)の後見人だ。日本人である彼女が、今のこの国で不自由なく暮らしていられるのは、アルフレッド・サーラスが丹奈(にな)の後ろ楯(うしだて)になっているからである。

その代償として丹奈(にな)は彼らから、こうして仕事を押しつけられているのだろう。たとえば、みやびの回収のような仕事を、だ。

「でもいいわ。あなたたちが私を助けた理由がわかったから。サーラスは、統合体(ガンツアイト)の中核に極めて近い人物だものね」

「ずいぶん詳しいんですねー……さすがはジャーナリストです」

丹奈(にな)が感心したように目を丸くする。

だが、それがお世辞だということをみやびは当然のように理解していた。統合体構成員(ガンツアイト)の正体は極めて機密度の高い情報だが、一度内部に入りこんでしまえば、それを調べるのは難しくない。龍の巫女(みこ)の肩書きがあれば尚更(なおさら)だ。

「相楽(サガラ)善(ゼン)と清滝澄華(きよたきすみか)は、置いてきてよかったの？」

みやびが背後を振り返りながら質問する。

ガスによってゼンたちを無力化したあとも、丹奈(にな)は敵対した二人を廃ビルの屋上に放置したまま回収しようとはしなかった。それがみやびには不思議だったのだ。

「彼らを捕らえろとは命じられてませんからね」

丹奈(にな)がにこやかな口調で言う。

「それに正直なところ、私たちの能力は彼らとの相性があまりよくないんですよ。無力化するまではいいんですけど、殺しきるのはしんどいですね。不死者(ラザルス)はみんなしぶといですから」

「そうね……それは私もよく知ってるわ」

みやびは自嘲するように笑って肩をすくめた。

相楽善(サガラゼン)は冥界門(プルトネイオン)に突き落とされても生還したし、鳴沢八尋(ナルサワヤヒロ)に至っては、半ば龍に姿を変えられながらも自力で人間体に復帰した。龍の巫女(みこ)の庇護(ひご)を受けている不死者(ラザルス)を殺しきるのは、同じ龍の巫女(みこ)の力をもってしても容易ではないのだ。

「でも、意外ね。あなたはもっと傲慢で自己中心的な人間だと思っていたわ、姫川丹奈(ひめかわにな)」

みやびは髪をかき上げながら、挑発的な口調で告げた。

ピク、とヒサキが不機嫌そうに頬を引き攣(ひつ)らせる。みやびが丹奈(にな)を貶(けな)したことが、彼の気に障(さわ)ったのだろう。

しかし丹奈(にな)本人は、特に気にした素振りもなく首を振った。

「その認識はあながち間違いではないですよ。今回あなたを助けたのも、サーラスのためというわけではないですしー」

「どういうことかしら。サーラスも、さっき似たようなことを言っていたけれど……」

みやびが警戒を強めながら訊(き)き返す。

丹奈（にな）は口元だけの笑みを浮かべて続けた。

「あなたに会って確かめたいことがあったんです。それを聞かせてもらえるまでは、あなたを解放するつもりはありません」

「恐（こわ）いわね。私なんかが、あなたたちに教えられることがあるとは思えないのだけど？」

「いいえー……あなたにしか訊（き）けないんです。素性のわかっている龍の巫女（みこ）の中で、あなたがいちばん年上ですから。ちなみに私は二十二歳です」

両手で作ったピースサインを、丹奈（にな）がみやびに突きつけてくる。

その仕草にみやびは苛立（いらだ）ちを覚えた。まるで自分の若さを自慢されたように思えたのだ。

「……私に喧嘩（けんか）を売ってるわけではないのよね？」

「ええ、もちろん」

心外だ、というふうに丹奈（にな）が首を振る。みやびは深々と溜息（ためいき）をついた。

「なにが聞きたいの？」

「そうですねー……九年前のことなんか聞きたいですねー」

「……九年前？」

予期しなかった丹奈（にな）の言葉に、みやびは目を瞬（また）いた。

「はい。大殺戮（ジェイノサイド）が起きる五年前。鳴沢珠依（ナルサワスイ）や侭奈彩葉（ままないろは）が、七、八歳のころですね。彼女たちも覚えてないってことはないでしょうけど、さすがに記憶が曖昧なはずです」

丹奈(にな)が真剣な表情で、みやびの瞳をのぞきこむ。

「だけど、私は違います。当然、あなたも」

「姫川丹奈(ひめかわにな)……あなたは……」

みやびは、ぞくり、と全身の肌が粟立(あわだ)つのを感じた。

九年前。二十二歳の姫川丹奈(ひめかわにな)は、当時すでに十三歳。そして、みやびは十七歳だ。

あの日の自分になにが起きたのか、みやびは当然、鮮明に覚えている。その前の世界でなにが行われていたのかも――

「あなたが覚えている前世の記憶について、教えてくれませんか、舞坂(まいさか)みやびさん？」

丹奈(にな)が真剣な口調で言った。

重苦しい沈黙が、客室を満たす。

龍の巫女(みこ)たちを乗せたまま、漆黒のヘリは西へと飛び続けていく。

その先には鮮血で染めたような、緋色(ひいろ)の夕焼けが広がっていた。

第二幕　スリープレス・ナイト

THE HOLLOW REGALIA

CHAPTER.2

1

シア・ジーグァンが率いる中華連邦軍のレリクト部隊は、わずか一時間足らずで、名古屋駅要塞を襲撃してきた魍獣たちの撃退を終えた。

駆除された魍獣の数は二百体以上。襲撃に参加した魍獣たちの過半数が、一方的に虐殺された計算だ。それは魍獣化した人間が、同じ数だけ命を落としたということである。

ヤヒロと彩葉は、その光景を呆然と見ていることしかできなかった。

そして無力感に打ちひしがれながら揺光星に戻った彩葉に伝えられたのが、絢穂が倒れたという事実だった。

「絢穂！」

停車中の装甲列車に、取り乱した彩葉が駆けこんでくる。

通路に立っていたのは、ネイサンと魏。そして青ざめた顔をした凛花だった。

寝台車に続いている狭い通路だ。床の上には寝間着姿の絢穂が横たわり、医療技術の心得があるというジュリとロゼが、彼女の診断に当たっている。

「絢穂は……絢穂は無事なんですか……？」

いちばん近くにいた魏に、彩葉が声を震わせながら詰め寄った。

「しーっ、静かに」

魏が微笑みながら、唇の前に人差し指を立てる。

「大丈夫、今は眠ってるだけだよ。怪我もない」

「ほ、本当に……？」

彩葉は脱力したように呟いて、震えている凛花と抱き合った。

少し遅れて通路に入ってきたヤヒロは、車両内の惨状を見て眉を寄せる。

車両の内装を突き破って生えていたのは、水晶の結晶に似た無数の鋼の刃だ。揺光星の装甲やフレームが変形し、刃物の形で突き出しているのだ。

「これは……アマハさんの神蝕能が、どうして……？」

ヤヒロが困惑に表情を歪める。【剣山刀樹】と呼ばれていた、鉱物を操る山の龍の権能。その能力をヤヒロはよく知っている。

だが、その使い手であった神喜多天羽はもういない。〝不死者〟投刀塚透によって、彼女は殺されてしまったからだ。

「佐生絢穂の仕業だよ。山の龍の遺存宝器が、彼女に適合したらしい」

ネイサンがヤヒロの疑問に答えた。

「絢穂が、これを……？」

あり得ない、というふうに彩葉が呟く。しかし彩葉の腕の中で、凜花が俯いたまま頼りなく首を振った。絢穂が神蝕能を使う瞬間を見てしまった、と凜花は伝えているのだ。

「山の龍の遺存宝器というのは、アマハさんが遺した結晶のことか？」

嫌な予感を覚えて、ヤヒロが訊く。

「神喜多天羽が遺した結晶か。おそらくその理解は正しいだろうな」

ネイサンは表情を変えずに言った。

「あの結晶を、どうして絢穂が持ってたの？」

彩葉が訝しげにヤヒロを見る。ヤヒロは後悔に苛まれながら声を絞り出した。

「ちょっと前に預けたんだ。あの結晶を入れておく袋を縫ってくれるって言われたから」

「そっか……絢穂、器用だからね」

納得したように呟いて、彩葉が息を吐く。

絢穂を巻きこんでしまったことに対して、ヤヒロを責めるつもりはないらしい。あの結晶がこんな事態を引き起こすことになるとは、誰にも予想できなかったのだ。

「ロゼたちは知ってたのか？　あの結晶がこんなヤバい代物だって……」

「危険があることは把握していました。もっとも宝器（レガリア）が佐生（さしょう）絢穂（あやほ）に適合する可能性は無視できるレベルに低いと考えていましたが」

「正直言って、あたしたちにとっても想定外だったんだよ。中華連邦軍が遺存宝器（レリクト・レガリア）を実戦投入してるなんて初耳だったし。そのせいで山の龍（ヴァナグロリア）の宝器（レガリア）が活性化しやすい状況になってたんだと思う」

　ロゼとジュリが、それぞれ肩をすくめて言った。彼女たちにしてはめずらしいことだが、この状況に多少の後ろめたさを感じているらしい。遺存宝器（レリクト・レガリア）の危険性をヤヒロたちに伝えなかったことを、今さらだが後悔しているのだろう。

「遺存宝器（レリクト・レガリア）ってのは、なんなんだ？　おまえらが言ってた象徴の宝器（レガリア）とは違うのか？」

「同じだよ。宝器（レガリア）を美術品として扱うか、兵器として扱うかの違い」

　ヤヒロの疑問に、ジュリが答える。

「兵器……？」

「ヤヒロも気づいてないわけじゃないんでしょ。神蝕能（レガリア）を使いこなすことができれば、戦場では強力な武器になるって。そんな話、誰も信じてなかったんだけどね、四年前までは」

「大殺戮（ジェイノサイド）か……」

「そう。龍が顕現したせいで、みんな思い知らされたんだよ。既存の物理法則を超越した相手と戦うには、既存の物理法則を超えた兵器が必要だって」

頬を引（ひ）き攣（つ）らせるヤヒロを見上げて、ジュリは美しく微笑（ほほえ）んだ。

「龍の死骸に魔術的な力が残っていたり、龍を殺した英雄が超常の武器を手に入れたり。その手の伝説は世界各地に残ってる。もちろん、この日本にもね。大半は作り話だとしても、もしそんな伝説の中に、ひと握りでも真実が混じっていたらどうかな」

「まさか……それが理由なのか？」

ヤヒロが怒りのこもった眼差（まなざ）しでジュリを睨（にら）みつけた。

「世界中の軍隊が日本に駐留しているのは、この国のどこかに眠っているかもしれない遺存宝器（レリクト・レガリア）という兵器を手にいれるためなのか⁉」

「少なくとも中華連邦の目的はそうみたいだね。現実に彼らは、もうすでに遺存宝器（レリクト・レガリア）を何個か手に入れているみたいだし」

「っ……！」

ジュリにあっさりと肯定されて、ヤヒロは続けるべき言葉を失った。

シアたち中華連邦軍は、遺存宝器（レリクト・レガリア）を単なる兵器としか見ていない。

彼らが日本に駐留しているのは新たな遺存宝器（レリクト・レガリア）を手に入れるためであり、龍の巫女（みこ）や不死者（ラザルス）にも、日本の復興にも興味はないのだ。

「えっと……それで山の龍（ヴァナグロリア）の遺存宝器（レリクト・レガリア）だっけ？　それは今どこにあるの？」

彩葉が思い出したように質問する。

凛花がビクッと怯えたように背中を震わせ、魏が深い溜息をついた。

「あの……魏さん？」

「ヤヒロ、すまない。絢穂ちゃんの右手を見てもらえるかい？」

「あ、ああ。わかりました」

どうしてヤヒロに、と言いたげな彩葉の視線を背中に感じながら、ヤヒロは絢穂の隣に屈みこんだ。そして眠っている絢穂の右手をそっと持ち上げる。

そしてヤヒロは息を呑んだ。

絢穂の手の甲から肘にかけて、奇怪な紋様が鮮明に刻まれていたからだ。

「アマハさんの……山の龍の結晶……が……」

彩葉が呆然と呟きを漏らす。

ヤヒロがそれに触れた瞬間、龍の爪痕を思わせる緋色の紋様が仄かな光を放ち、気絶していた絢穂が意識を取り戻したのは、そのすぐあとのことだった。

2

悪夢にうなされたように苦しげな息を吐きながら、絢穂がゆっくりと目を開けた。

怯えたような表情を浮かべている彼女を、彩葉が勢いよく抱きしめる。

「絢穂……よかった！　気がついた？」

「え……？　彩葉ちゃん？　私、どうして……」

絢穂は彩葉に抱きしめられたまま、混乱したように呟いた。

自分を見下ろしている凛花や魏の視線に気づき、それから絢穂は床や壁から生えた金属結晶の刃を見る。そして最後に、自分の右手首に視線を落とす。

「この模様……」

「えっと、わ、わたしは恰好いいと思うな、その模様。タトゥーみたいでお洒落だし……！」

彩葉が慌てたように早口でそう言った。いちおう絢穂を励ましているつもりらしい。

ヤヒロは思わず溜息をつきながら、絢穂の傍に片膝を突く。

「悪かった……俺が、余計なことを頼んだせいでこんなことに……」

「あ、いえ……違うんです……私、あの石がずっと気になってて、それで……」

頭を下げるヤヒロを見返し、絢穂は小さく首を振った。

それから彼女は自分の右腕の紋様に触れる。龍の爪痕を思わせる紋様の表面は、研磨された宝石のように薄く透き通って艶やかに輝いている。一見すると硬く思えるが、手を動かすのに支障はなさそうだ。タトゥーのようだという彩葉の言葉も、あながち的外れなわけではない。

「これって、もう外れないんでしょうか？」

不安げに瞳を揺らしながら、絢穂（あやほ）が呟（つぶや）く。

突き放すような口調で答えたのはロゼだった。

「調べてみなければなんとも言えません。我々も、活性化した状態の遺存宝器（レリクト・レガリア）を見たのは初めてですから」

「遺存宝器（レリクト・レガリア）……」

ロゼが事務的に口にした単語を、絢穂（あやほ）が口の中で繰り返す。

「これが人体に有害ってことはないんだよね？」

彩葉（いろは）が不安そうにロゼを見て訊（き）いた。

ロゼはデータ不足と言わんばかりに沈黙し、それに代わってネイサンが唐突に口を開く。

「少なくともレリクトが、宿主の健康状態を損なうことはない」

「そ、そうなの？」

「ああ。条件次第だが、ある意味では人体に有益とすらいえる」

「有益？」

「どうしてそんなことが言い切れる？」

彩葉（いろは）とネイサンのやりとりに、ヤヒロが乱暴に口を挟む。一切迷いのないネイサンの口調が、逆に怪しいと感じてしまったのだ。

ネイサンは少し愉快そうに微笑（ほほえ）んでネクタイを緩め、ワイシャツの襟元を大きくはだける。

「それは私もレリクトの適合者……〝ディザーバー〟だからだよ」

「……は？」

露(あら)わになったネイサンの筋肉質な胸元――心臓から左の肩に向かって、絢穂(あやほ)の手首と似たような紋様が見えた。龍の爪痕に似た緋色(ひいろ)の紋様。その中心にあるのは、深紅の結晶の欠片(かけら)だ。

「鳴沢珠依(ナルサワスイ)の加護を受けているわけでもないのに、私が地の龍(スペルビア)の巫女(みこ)と同じ権能を使えることを、きみは疑問に思わなかったか、鳴沢八尋(ナルサワヤヒロ)？」

ネイサンが試すような視線をヤヒロに向ける。

【千引岩(チビキノイワ)】と呼ばれる斥力(せきりょく)障壁。そして純白の血の鎧(ゴア・クラッド)。ネイサンが地の龍(スペルビア)の権能を使える理由は、これまで不明のままだった。

しかし彼がレリクトの適合者(ディザーバー)だとすれば、謎は解ける。

「私の父は、私が生まれる前に日本に帰化して、関西の小さな神社で宮司(ぐうじ)を務めていた。その社(やしろ)のご神体は古い銅鏡でね。この宝玉は、その鏡に埋めこまれていたものだ」

自分の左肩に触れながら、ネイサンが告げた。

「私がレリクトを取りこんで……いや、レリクトに取りこまれてすぐに、統合体(ガンツァイト)のエージェントが接触してきた。今から九年前のことだ」

「偶然……ではありませんね？」

ロゼが淡々と指摘する。ネイサンは無表情にうなずいた。

「だろうな。おそらく監視されていたのだろう。私ではなく、鏡がな」

「あんたが珠依の護衛を任されていたのは、その遺存宝器のせいか」

ヤヒロが皮肉っぽく唇を歪めて言った。

珠依と四年ぶりに再会したとき、彼女を殺そうとしたヤヒロを、ネイサンはそのレリクトの力で止めたのだ。その日の失望と屈辱が、生々しく思い出されてしまう。

「地の龍の巫女と同じ権能は、彼女を押さえこむのに都合がいいからな。彼女が私を兄と呼ぶのは、きみに対する当てつけだろうが……」

ネイサンがヤヒロに同情するように薄く笑う。

そんな彼の肩の紋様を見つめて、彩葉は複雑な表情を浮かべている。

「その模様は、やっぱり消せないんですか？　あ、いえ……似合わないとかじゃなくて普通に恰好いいですけど」

「無理だな。それに、無理やり剝がしたところで意味がない」

「え？　どうして？」

「現時点では我々の推測に過ぎないが、レリクトの正体は、おそらくある種の生物だ。いや、生物だった、というべきか」

「生物……だった？」

彩葉がぽかんと目を丸くしてネイサンを見る。

　ヤヒロの表情も同じようなものだった。遺存宝器(レリクト・レガリア)の見た目や触感は、水晶や真珠のような宝玉そのものだ。それが生物だといわれて、納得できるわけがない。

　しかしネイサンは、淀(よど)みのない口調で説明を続ける。

「かつて微細な原核生物だった彼らは、進化の過程でべつの生物の細胞に寄生し、その宿主の一部として生きる道を選んだ。いわゆる細胞内共生というやつだ」

「細胞内小器官(オルガネラ)――ミトコンドリアと同じようなもの、ということですか」

　ロゼが興味を惹(ひ)かれたように訊(き)き返す。単語の半分も理解できないヤヒロと違って、彼女はネイサンの説明をきっちりと咀嚼(そしゃく)できているらしい。

「そうだ。その細胞内小器官(オルガネラ)を我々は龍因子と呼んでいる。そして龍因子を取りこんだ宿主というのが、きみたちだ、侭奈彩葉(ままないろは)」

「わ、わたし……？」

　彩葉(いろは)が驚いて自分の顔を指さした。ロゼが目つきを鋭くする。

「龍の巫女(みこ)は、細胞内に龍因子を持っていると？」

「そうなるな。それが先天的なものなのか、何者かの手によって後天的に与えられたものなのかは知らないが」

　ネイサンが彩葉(いろは)たちの質問を肯定した。

「で、でも、わたしの身体(からだ)に普通の人との違いはないってロゼたちに言われたんだけど」

彩葉が困惑したようにロゼを見た。ロゼは考えこむように静かに目を閉じる。

「ええ。あなたやヤヒロの肉体は、遺伝子レベルで一般人とまったく同一です。ですが——」

「細胞内のミトコンドリアは、宿主とは異なる、独立したＤＮＡを持ってるんだよね」

ロゼの呟きを引き継いで説明したのは、ジュリだった。

「そうなの……!?」

彩葉が唖然としたように双子を見る。

ジュリとロゼは二人同時にうなずいた。

人間の体内にありながら、人類とは異なるＤＮＡを持つ細胞内小器官。その正体が龍因子と呼ばれる寄生生物だとしたら、彩葉が一般人と同じ遺伝子を持ちながら、特殊な権能を持つことの説明がつく。

太古の真核生物はミトコンドリアを体内に取り込むことによって、それ以前とは比較にならないほどの圧倒的な進化を遂げたと言う。ただ海中を漂うだけだった原始的な生物が、自らの意思で自由に動き回り、他者を捕食するほどの力を手に入れたのだ。

だとすれば新たな細胞内小器官——龍因子を取り込んだ人間が、神蝕能と呼ばれる超常的な力を発揮したとしても不思議はない。

「もしネイサンのいう龍因子とやらが通常のミトコンドリアに擬態していたとすれば、それに応じた分析をしなければ差異を見つけるのは難しいでしょう。いえ、もし龍因子の役割が霊的なものであれば、はたして生化学的な遺伝子解析をしたところで見分けられるかどうか……」

「その推理は的確だ、ロゼッタ・ベリト」

　ネイサンがロゼの言葉を賞賛した。

「龍の巫女(みこ)が能力を発現している状態でなければ、龍因子の存在を確認するのは不可能だ。そして励起状態の龍因子を含んだ龍の巫女(みこ)の体液を、我々は霊液(イーコール)と呼んでいる」

「龍の巫女(みこ)の血を浴びた人間が不死者(ラザルス)になるのも、その龍因子のせい？」

　ジュリが何気ない口調で質問し、ヤヒロはハッと顔を上げる。

　ネイサンは、ヤヒロと目を合わせて重々しくうなずいた。

「そうだ。龍の巫女(みこ)由来の龍因子を細胞内に取りこむことで、不死者(ラザルス)の肉体は不死を得た。巫女(みこ)の肉体から離れた時点で龍因子は変質し、感染力を失う代わりに、宿主の細胞に驚異的な再生能力を与えるものと考えられている」

「龍因子……」

　ヤヒロは無意識に自分の掌(てのひら)を見た。

　不死身に近い再生能力や、ヤヒロが〝血纏(ゴア・クラッド)〟と名付けた血の鎧(ゴア・クラッド)――それら不死者(ラザルス)の特殊能力の源が龍因子の作用だといわれれば、意外なほどすんなりと腑(ふ)に落ちた。

　ヤヒロが血を流し過ぎたときに襲ってくる〝死の眠り〟の正体も、不足した龍因子を補充するための回復時間(インターバル)だと考えれば説明がつく。

「もしかして遺存宝器(レリクト・レガリア)にも、その龍因子が含まれてるのか?」

絢穂(あやほ)の右手に視線を戻して、ヤヒロが訊(き)いた。

ネイサンは、はだけたシャツの襟を直しながら首肯する。

「レリクトが龍の巫女(みこ)の霊液(イーコール)から生み出されたものである以上、当然そうなるだろうな。むしろ遺存宝器(レリクト・レガリア)の正体は、龍因子そのものと言っていい」

「絢穂(あやほ)の身体(からだ)に、知流花(ちるか)ちゃんの龍因子が入ってるってこと?」

彩葉(いろは)が絢穂(あやほ)の肩を抱いたまま呟(つぶや)いた。

絢穂(あやほ)は困ったように無言で目を伏せている。ある意味、当然の反応だろう。三崎知流花(みさきちるか)は有名人だったが、絢穂(あやほ)は彼女と直接言葉を交わしたこともないのだから。

「山の龍(ヴァナグロリア)の神蝕能(レガリア)が発現したのはそのせいか。龍因子が絢穂(あやほ)の体内に入ったあとだから、今さら結晶を剝がしても意味がないってことだったんだな」

ヤヒロが苦い表情を浮かべて言った。

絢穂(あやほ)が龍因子に汚染されたのは、ヤヒロが彼女に遺存宝器(レリクト・レガリア)を預けたせいだ。そのことに責任を感じずにはいられない。

唯一の救いといえるのは、絢穂(あやほ)本人がその事実を冷静に受け止めていることだった。それは彼女の姉である彩葉(いろは)が、同じ龍因子持ちだからだろう、とヤヒロは思う。

「適合者(ディザーバー)を得たレリクトを引き剝がしても意味がない——中華連邦は、レリクトのその性質を知ってると思う？」

ジュリが妙に真面目な口調で、ネイサンに訊(き)いた。

ネイサンは、ふむ、と少し考えこむように顎に手を当てた。

「彼らがレリクトを兵器として運用しているのなら、当然理解しているだろうな。少なくともレリクトの研究に関しては、統合体(ガンツァイト)より進んでいてもおかしくない」

「うーん、それは面倒だね」

両手を頭の後ろで組みながら、ジュリが唇を尖(とが)らせる。

「なにが面倒なんだ？」

ヤヒロが怪訝(けげん)な視線をジュリに向けた。ジュリは投げやりに首を振る。

「忘れたの？　中華連邦から、山の龍(ヴァナグロリア)の遺存宝器(レリクト・レガリア)を差し出すように言われてたでしょ。名古屋(なごや)駅の通行料金代わりってことで」

「あ……」

「それで余計なトラブルが避けられるなら、くれてやってもいいと思ってたんだけどね。適合者(ディザーバー)のいないレリクトなんて、持ってても役に立たないから……」

「こんな身近に適合者(ディザーバー)がいるのは想定外でしたね」

ロゼが、双子の姉の言葉に合わせて息を吐く。

「本当にね。いやあ、参った参った」

ジュリが自棄っぱちになったように笑って肩をすくめた。

「もしも中華連邦の人たちが、絢穂のことを知ったらどうなるの？」

彩葉が不安げな表情を浮かべて訊いた。

ジュリは他人事のようにさらりと答える。

「それはもう、当然、引き渡しを要求されるよね。適合者のいないレリクトなんてただの石ころだけど、適合者つきなら即戦力だもの」

「ちょっ……ダメだからね！　絢穂を引き渡すなんて、そんなの絶対ダメ！」

彩葉ががっちりと絢穂を抱きしめて叫んだ。二人の背後にいた凜花も、青ざめた顔で何度も小刻みにうなずいている。

「それに関しては、彼らとの交渉次第ですね」

ロゼが窓の外を見つめて言った。

彼女の視線の先にいたのは、揺光星に近づいてくる中華連邦軍の士官たちだ。その中には副司令であるシア・ジーグァンの姿もある。魍獣の襲撃によってうやむやになってしまったギャルリーとの交渉を再開するつもりなのだろう。

「彩葉ちゃん……」

絢穂が震えながら彩葉の手を握った。中華連邦軍が遺存宝器を要求しているという情報を聞いて、不安に襲われたのかもしれない。

「大丈夫、絢穂はわたしたちが絶対守るから。ね、ヤヒロ」

彩葉が迷いのない口調で言い切って、強気に笑う。

「ああ、そうだな」

無意識に打刀の柄に触れながら、ヤヒロは静かに呟いた。

そんなヤヒロの視線に気づいて、シア・ジーグァンは愉快そうな笑みを浮かべていた。

3

数分後、ヤヒロたちは揺光星の食堂車で中華連邦軍の代表者と向かい合っていた。

交渉の席に着いていたのは、ジュリとロゼ。そして護衛であるヤヒロの三人だ。

一方の連邦側の代表者は四人。交渉担当の事務官二人と、副司令であるシア・ジーグァン。

そしてもう一人は、恰幅のいい中年男性だ。

ホウ・ツェミン行政長官——中華連邦〝名古屋特区〟の首長である。

「よう。また会ったな、不死者」

食堂車に案内されるや否や、シアはヤヒロに親しげに話しかけてきた。

今の彼は、例の大型拳銃を携えていない。しかし戦闘中に見た威圧感はそのままだ。

「シア・ジーグァン……上校」

「階級名なんかいらねえよ。てめえは俺の部下でもなんでもねえからな。シアでいい」

「鳴沢八尋(ナルサワヤヒロ)だ」

ヤヒロは名乗り返しながら、差し出された彼の右手を握る。分厚いシアの掌(てのひら)にゴリッとした硬い感触を覚えて、ヤヒロはハッと表情を硬くした。

シアの右手に刻まれているのは、刺青(いれずみ)に似た緋色(ひいろ)の紋様だ。

「遺存宝器(レリクト・レガリア)……」

「気づいたか」

シアが犬歯を剝(む)いて猛々(たけだけ)しく微笑(ほほえ)んだ。

「俺たち中華連邦がこの国で回収したレリクトは全部で十五個。そのうちの六個はクズ同然の代物だが、残りの九個はしっかり生きている。そこの事務官二人も適合者(ディザーバー)だ」

「なにが言いたいんだ？」

「力関係を教えてやってるのさ。俺たちがその気になれば、この装甲列車を丸ごと吹き飛ばすこともできるって話だ。不死者(ラザルス)のおまえは平気でも、ほかの乗客はどうだろうな？」

なんの気負いも感じさせないシアの口調に、ヤヒロはぞくりとした寒気を覚えた。

シアの言葉は、ただの恫喝(どうかつ)ではない。それが必要だと判断すれば、この男は迷いなく部下にそれを命令するだろう。

「とはいえ、だ。俺たちは無法者ってわけじゃねえ。条約はきっちり守ってやる。おまえらが持ってる山の龍のレリクトを置いていけ。多国籍軍の協定でも、占領地域の軍が適切な通行料を徴収するのは認められてるからな」

「……そこまでだ、シア上校」

高圧的な交渉を始めたシアを、ホウ・ツェミンが制止した。

「他国の民間人との交渉する権利をきみに与えた覚えはないぞ。ましてや相手は、統合体の一員であるベリト侯爵家のご令嬢たちだ」

「これはこれは、失礼しました、長官。政治家と違って、回りくどい交渉が苦手でしてね」

皮肉っぽい言葉を残しながらも、シアは大人しく引き下がった。

守備隊の副司令官と行政長官。指揮系統は異なるが、少なくとも表向きは特区首長であるホウの肩書きが優先されるらしい。

「統合体の存在をご存じなのですか、ホウ行政長官。さすがは連邦経済産業局のご出身だけありますね。そういえば名古屋特区首長へのご就任にも、大手テクノロジー企業からの強い推薦があったとか」

「ほっほっ、さすがはギャルリー・ベリト。なかなかの情報収集能力をお持ちのようだ。ありがたいことに私の過去の実績は、民間だけでなく連邦議会からも評価されていてね。おかげで、名古屋特区の運営も、実にスムーズに進んでいるよ」

ロゼと行政長官が、にこやかな挨拶を交わす。

それを聞きながらヤヒロはこっそりと溜息をついた。

当たり障りのない会話のようでいて、その実ロゼは、ホウが汚職に手を染めていることを仄めかし、それに対して、ホウは連邦議会議員の後ろ楯があるから問題ないと答えたのだ。回りくどくも熾烈な水面下の駆け引きである。

それに対して、シアが小さく鼻を鳴らす。くだらん、と今にも言い出しそうな表情だ。

「コーヒーをお持ちしました！」

そんな冷え冷えとしたロゼたちの会話に、場違いな声が割って入る。

ヤヒロはその瞬間、激しく咳きこんだ。わざわざエプロンドレスに着替えてまで飲み物を運んできたのが、彩葉だったからだ。

どうして彼女がそんな真似をしたのかは、容易に想像がつく。絢穂を守ると宣言した以上、どんな手段を使ってでも、この交渉に同席しようと考えたのだろう。

「ほっほっ……龍の巫女にコーヒーを振る舞ってもらえるとは。これだから世の中は面白い。横浜で数百体の魍獣を操ってみせたのが、これほど可憐なお嬢さんとは思いませんでしたよ」

一瞬呆気にとられたような顔をした行政長官だが、すぐに朗らかな表情で彩葉に笑いかけた。

「聞いた、ヤヒロ？　可憐なお嬢さんだって！」

「……べつに褒められてるわけじゃないぞ、気づけよ」

呆れられてるんだ、とヤヒロが彩葉に耳打ちし、「嘘!?」と彩葉が衝撃を受ける。

「ほっほっ、いやいや、もちろん褒めていますよ。ですが、そのあなたの能力をもってしても、名古屋駅要塞に押し寄せてくる魍獣たちを追い払うことはできなかった。違いますか？」

「それは、そうなんですけど……」

彩葉がバツの悪い表情を浮かべて口ごもる。どうやら先ほどの魍獣襲撃時の彩葉の行動は、すでに行政長官まで報告が上がっているらしい。

「中華連邦がこの地に巨大な要塞を築いた理由、これでおわかりになったでしょう。我々は、見栄や虚仮威しのために名古屋駅を要塞化したわけではないのです。これだけの規模の防壁がなければ、人類はこの地に止まることもできなかったのですよ」

ホウが大袈裟な言い回しで、自分たちの正当性を主張する。さすがに政治家だけあって、この手の演説は得意らしい。

「我々としても望んでこの土地を占拠しているわけではないのですが、まあ、本国の命令には逆らえません。軍人や役人のつらいところですな」

「お察しするよ、長官」

彩葉が運んできたコーヒーを啜りながら、ジュリが砕けた口調で言う。

「ほっほっ、感謝します、ミズ・ベリト。最初の動機がなんであれ、我々がこの地に布陣し、そのことで結果的に名古屋駅の鉄道施設が守られた――それはご理解いただけましょう。ですが、これだけの施設を維持するのは、我が連邦にとっても容易なことではないのですよ」

「だから施設を利用する企業に通行料の負担を求めるというのは、もっともな話だと思うよ。あたしたちも気前よく払ってあげたいんだけど、そうもいかない事情があってさ」

「それは意外ですね。山の龍(ヴァナグロリア)の遺存宝器(レリクト・レガリア)は、あなた方が望んで手に入れたものではないと聞いていましたが？」

ホウが疑り深(うたぐぶか)そうな眼差(まなざ)しをジュリに向ける。

ジュリは苦笑して首を振った。

「レリクトに関してはそのとおりなんだけど、適合者(ディザーバー)についてはそうはいかないからね」

「適合者(ディザーバー)だと……⁉」

シアが反射的に腰を浮かして唸(うな)った。

間に食堂車のテーブルがなければ、そのままジュリにつかみかからんばかりの勢いだ。

「……嘘(うそ)をついているわけではないようですね。いやはや、驚きました。よもやこれほどの短期間に遺存宝器(レリクト・レガリア)の適合者(ディザーバー)を捜し当てるとは……」

ホウが皮肉に満ちた表情で言った。

適合者(ディザーバー)を得たレリクトは、その価値が何倍にも跳ね上がる。単なる研究対象から、即戦力の強力な兵器へと代わるからだ。

武器商人であるギャルリー・ベリトが、易々(やすやす)とそれを手放すわけがない。適合者(ディザーバー)という言葉を口にすることで、ジュリは事実上、中華連邦軍に対してレリクトを渡さないと宣言したのだ。

「というわけで、そちらの要望にはお応えできないんだよね。通行料に関しては、今回はサービスしてもらえると嬉しいな」

「ちっ……」

ジュリの強気な要求に、シアが舌打ちする。

その瞬間、車両内の空気が軋んだ気がした。

名古屋駅要塞は中華連邦軍の拠点であり、戦力的には彼らが圧倒している。しかしギャルリーには不死者と龍の巫女がいる。全面的な戦闘になれば、どちらに転ぶかはわからない。ただひとつだけ確実なのは、勝利した側も無傷ではいられないということだ。

「なるほど、それは厄介なことになりましたな」

ホウが額に浮いた汗を拭った。

鷹揚に振る舞ってはいるものの、実際の彼は小心な男なのかもしれない。シア・ジーグァンが本気で暴走を始めたときに、それを彼が止められるというイメージが浮かばない。

シアとジュリは、テーブルを挟んで無言のまま睨み合う。

その重苦しい空気に割りこんだのは、エプロンドレス姿の彩葉だった。

「あの、すみません、質問いいですか？」

「ええ……もちろん」

張り詰めていた空気がわずかに和らぎ、ホウがホッとしたように先を促す。

彩葉は満足げにうなずいて、妙に真剣な表情で訊いた。

「この街は、どうして魍獣たちに襲われてるんですか？」

「それは我々にはわかりかねますな。魍獣たちに聞いてみないことには」

「でも、これだけの壁が必要になるくらいだから、あの子たちは前から何度もこの街を襲ってきてたんですよね？　絶対になにか理由があるはずだと思うんです！」

彩葉が身を乗り出してテーブルに手を突いた。

ホウは、彩葉の勢いに気圧されたように身を仰け反らせ、

「もしや龍の巫女殿は、その原因を調べるおつもりなのですか？」

「はい」

彩葉は、ホウの言葉を最後まで待たずに即答する。

ヤヒロは驚いて彼女を見た。ロゼも眉をひそめている。彩葉がなにかを企んでいるのはわかっていたが、その発言は想定外だ。

「魍獣が襲ってくる理由がわかれば、その対策もできますよね。どうですか？　それなら遺存宝器の代わりになりませんか？」

「……なるほど、興味深いご提案だ」

ホウも少し面喰らったように曖昧に答える。

意外なことに、シアの機嫌は悪くなかった。むしろ愉快そうに俯いて肩を揺らしている。

「ですが、具体的にどうやって調査するつもりです？」

ホウが咳払いして質問した。

彩葉は、よくぞ訊いてくれた、とばかりに不敵に笑う。

「あれだけの数の猛獣が襲ってきたってことは、この近くに魍獣たちの群棲地がありますよね」

「ええ、たしかに」

「その中に入って、ちょっと見てきます」

「は……？」

彩葉がなにを言っているのかわからない、というふうにホウが固まった。

魍獣は極めて縄張り意識の強い生物だ。その群棲地に侵入すれば、間違いなく彼らの総攻撃を喰らう。軍の大部隊を投入しても、それを制圧するのは容易ではない。ましてや彩葉のような少女が、ふらっと入って無事に出てこられるとは思えない。

「正気か、てめえ……？」

シアですら、化け物を見るような眼差しを彩葉に向けている。

しかし彩葉は、当然のように堂々と胸を張り、

「もちろんですよ。本当にダメそうだったら、逃げて帰りますけど」

「面白ェじゃねえか……ぶっ壊れてやがんな、この女」

シアが呆(あき)れ果(は)てたというふうに息を吐いた。そして彼は、くっくっと喉を鳴らして笑い出す。

「長官、俺も同行するぜ。調査の内容が正しいかどうか、見届ける人間が必要だろ？」

「ふむ、きみがそう言うなら……しかしギャルリー・ベリトは、本当にそれでいいのかね？」

ホウが、戸惑いを隠しきれない表情で確認する。

ジュリとロゼは一瞬だけ互いに目を合わせ、二人同時にうなずいた。

「お金で片が付くなら、そっちのほうがよかったんだけどねぇ」

「ですが、仕方ありませんね。我々としても、山の龍(ヴァナグロリア)のレリクトを適合者(ディザーバー)ごと引き渡すわけにはいきませんから」

「……わかった。龍の巫女(みこ)の提案を、中華連邦としても認めよう。ただし条件が二つある」

「条件？　もしかして長官さんも一緒に行きますか？」

彩葉(いろは)がにこやかに訊(き)き返し、訊(き)かれたホウは苦々しげに唇を曲げた。

「私が行くわけがないだろう！　条件というのは、まず今回の調査においてきみたちに損害が発生しても、我々はいっさい関知しないということだ。仮に、きみたちの誰かが命を落としたとしてもな……！」

「あー……条件ってそういうことですか……」

彩葉(いろは)が心底がっかりしたように肩を落とす。それを見てシアは声を上げて笑った。

ホウは溜息(ためいき)をつきながら説明を続ける。

「それともう一点——今回の調査中に遺存宝器(レリクト・レガリア)を発見した場合、その所有権は速やかに中華連邦に引き渡してもらう」

「ずいぶん連邦に都合のいい条件だねえ」

ジュリがやんわりと抗議の声を上げた。しかしホウは譲らない。

「元はといえば、山の龍(ヴァナグロリア)のレリクトを引き渡す代わりの調査だろう。その過程で新たなレリクトが見つかったのなら、むしろ速やかにそれを供出するのが、本来の姿だと思うがね？」

「えー……そうかなあ……」

ジュリがなおもゴネる姿勢を見せる。とはいえ、彼女も本気で争うつもりはないらしい。どちらかといえば、そうやってホウを挑発することで、彼の器を計ろうとしているのだろう。

「わかりました。では、その内容で契約書を用意します」

ジュリの悪ふざけが行き過ぎる前に、ロゼが交渉のまとめに入る。

それを見て、彩葉(いろは)は満足そうにうなずいた。結果的に自分の提案が受け入れられたことで、彼女はいつになく得意げだ。絢穂(あやほ)を守るという約束を無事に果たせたからだろう。

「出発は明日の朝でいいのか、龍の巫女(みこ)？」

シアが彩葉(いろは)に向かって訊(き)く。

彩葉(いろは)は物怖(ものお)じすることなくうなずいた。ギャルリー・ベリトは名古屋(なごや)に足止めされている立場だ。余計な仕事はさっさと終わらせて、本来の目的地に向かいたいというのがヤヒロたちの本音である。この地に長居する理由はない。

「そうですね。群棲(ぐんせい)地までの案内は、シアさんにお願いしてもいいですか？」

「いいぜ。それくらいは手を貸してやる」

シアが気前のいい口調で言った。

そして彼は、失望まじりの哀れむような眼差(まなざ)しでヤヒロを睨(ね)めつける。

「それまでに、ちったぁマシな面(つら)になってることを願うぜ、不死者(ラザルス)。ケダモノどもも相手にビビらねえ程度にはな」

「く……」

まるで自分の苦悩を見透かしたようなシアの言葉に、ヤヒロは奥歯を噛(か)み締(し)めた。

そんなヤヒロたちを眺めながら、彩葉(いろは)は密(ひそ)かに考えこむような表情を浮かべていたのだった。

4

「……【焔(ほむら)】！」

打刀(うちがたな)の刀身(とうしん)に炎を纏(まと)わせたヤヒロは、金属結晶の刃(やいば)に向かってそれを振り下ろす。

浄化の炎に炙(あぶ)られた金属結晶は瞬(またた)く間(ま)に融解し、無数の破片となって砂のように崩れ落ちた。

その結果を確認して、ヤヒロは安堵(あんど)したように荒い息を吐く。半ば極限状態にある戦闘中と違って、戦う相手すらいない状態で神蝕能(レガリア)を使うのは難しかったが、何度もの試行錯誤の末、どうにか発動に成功したらしい。

「お疲れ、ヤヒロ。彩葉(いろは)もね。これでどうにか応急修理に取りかかれそうだよ」

刀を収めるヤヒロの背中を叩(たた)いて、労(ねぎら)うような口調でジュリが言う。

「よかったー……あのトゲトゲが生えたままだと危ないもんね」

彩葉(いろは)が脱力したように微笑(ほほえ)んだ。

山の龍(ヴァナグロリア)の神蝕能(レガリア)【剣山刀樹(けんざんとうじゅ)】に晒(さら)された揺光星(ヤオクアンシン)四号車の損傷は酷(ひど)く、修理しなければ走行にも支障を来すほどだった。その作業の邪魔になる金属結晶の刃(やいば)を排除するように、ヤヒロと彩葉(いろは)はジュリたちに、やんわりと圧力をかけられていたのだ。

絢穂(あやほ)がレリクトの適合者(デイザーバー)になったことに責任を感じていたヤヒロたちとしては、その要求を拒むわけにはいかなかった。役目を果たせて、肩の荷が下りたというところだ。

「彩葉(いろは)ちゃん！」

休憩のためにラウンジに向かおうとした彩葉(いろは)を、後ろから追いかけてきた絢穂(あやほ)が呼び止める。

「あれ、絢穂(あやほ)？　もう動き回って大丈夫なの？」

見慣れたセーラー服姿の妹に、彩葉(いろは)が訊(き)いた。ただでさえ体調不良が続いていた上に、突然レリクトの適合者(デイザーバー)となった精神的なショックまで重なったのだ。しばらく安静にしているようにと、ロゼからも言い含められているはずである。

「魍獣の巣に行くって、本当なの？」

しかし絢穂は彩葉の質問に答えず、逆に真剣な表情で詰め寄ってきた。

彩葉とヤヒロは思わず顔を見合わせる。シアたちとの交渉内容については正式発表前であり、ギャルリーの戦闘員にもまだ知らされていないはずなのだ。

「あ、うん。本当だけど、誰に聞いたの、それ？」

「それは、あの子たちが……」

絢穂が自分の背後を振り返る。彼女の視線の先にいたのは、彩葉の幼い弟妹たちだった。その中の一人、京太がヤベっと呻いて目を逸らす。

「京太ぁ……！　あんた、立ち聞きしてたのね⁉」

「違うんだ、俺はほのかに命令されただけで……情報収集は探偵の基本だからって……！」

「ちょっ、なんで言うのよ、バカ京太！」

「仲間を売るなんて、最低だね」

「絢ねーちゃんにバラしたのは、おまえだろ、希理！」

いつもつるんで行動している九歳児トリオが、醜い内輪揉めを開始する。

彩葉は腰に手を当ててそんな三人をしばらく睨んでいたが、やがて諦めたように嘆息した。

「はあ……まあ、いいけどね。どうせ明日になればわかることだし」

「あの、彩葉ちゃん……どうしてそんな危ないことを？　やっぱり私のせい？　私があの石と適合したから……？」

絢穂が不安げな表情で彩葉を見上げる。ヤヒロたちが絢穂を巻きこんでしまったことを悔やんでいるように、絢穂も自分がレリクトを手に入れてしまったことに責任を感じているのだ。

「ううん、違うよ」

しかし彩葉は、きっぱりと絢穂の言葉を否定する。

「絢穂のこともまるっきり無関係じゃないけど、それよりも魍獣をほっとけなかったんだよ」

「……魍獣？」

「知ってるでしょ、魍獣の正体が、死に絶えたはずの日本人だって」

「あ……」

絢穂がハッと目を見開いた。彩葉は真面目な顔でうなずいて、

「あの子たちがまたここを襲ってきたら、この街の人たちも魍獣もたくさん犠牲になるからね。そうなる前に、襲撃の原因を突き止めて止めないと」

「だけど……彩葉ちゃんが危ないよ……」

絢穂が目を伏せて弱々しく呟いた。聞こえるかどうかギリギリの小さな声だ。

「わたしなら大丈夫だよ。ヌエマルもいるし。あ、もちろんヤヒロもね」

彩葉は、絢穂をハグしてその頭を優しく撫でる。

絢穂は抵抗することなく、姉にされるがままになっている。

「お姉ちゃんに任せておきなさいって」

「うん」

妹の耳元で彩葉(いろは)が囁(ささや)き、絢穂(あやほ)は小さくうなずいた。

そんな二人に気を遣って、ヤヒロはその場を離れようとした。

しかしそれから何歩も行かないうちに、視線を感じてヤヒロは足を止める。

顔を上げると、長身の黒人男性と目が合った。ラウンジ車両の入り口に立っていたのはネイサンだ。どうやらヤヒロと話をするつもりで待っていたらしい。

「あんたは、これで良かったのか？　天帝家のお姫様を待たせてるんだろ？」

ネイサンが口を開く前に、ヤヒロのほうから話を振る。

神出鬼没な彼のことだから、中華連邦軍との交渉結果についても当然すでに知っているはずだと思ったのだ。

「名古屋(なごや)駅要塞(ようさい)を抜けなければ京都(きょうと)には行けない。山の龍(ヴァナグロリア)のレリクトを渡せなくなってしまった以上、侭奈彩葉(ままないろは)が持ちかけた取り引きは妥当な次善策だろう」

ネイサンが落ち着いた口調で言った。交渉の結果だけでなく、群棲地(ぐんせい)の調査を提案したのが彩葉(いろは)だったことまで彼は知っていたらしい。

「もちろん迦楼羅(かるら)嬢はきみたちの到着を待ちわびているだろうが、彼女は四年も待ったんだ。あと三、四日待たせたところで、そんなものは誤差の範囲だろう」

「なるほどな」

ヤヒロは思わず苦笑した。思ったよりもドライな反応だ。

迦楼羅のために統合体を裏切るくらいだから、てっきりネイサンは彼女に心酔しているのかと思っていたが、案外そうでもないらしい。

「魍獣たちがこの街を襲ってくる理由——あんたは知ってるのか？」

「残念ながら、情報がない。各国の軍部の行動は、統合体の監視対象ではないからな。レリクトをくれてやる代わりに、龍の巫女には手を出すな、というのが、軍に対する統合体の基本方針だ」

ネイサンが素っ気なく首を振る。

出現した際の影響力こそ甚大だが、不確定要素の塊である龍。それに対して、適合者を手に入れた遺存宝器は、制御が容易でわかりやすく強力な兵器だ。

前者にこだわる統合体に対して、各国の軍隊は後者を重要視した。だから両者は争うことなく協力関係を築けたのだ。

言葉を換えれば統合体は、遺存宝器に対して無関心だったということになる。

「だが、想像でよければ、思い当たる原因がひとつある」

落胆の表情を浮かべたヤヒロに、ネイサンが続けて言った。

「なんだ？」

「魍獣(もうじゅう)たちは、この城塞の南側から来た」

「ああ」

「名古屋(なごや)駅の南には、古い神社がある」

「神社？」

「火上神宮(ひかみじんぐう)。祀(まつ)られているのは、龍殺しの英雄である素戔嗚(スサノオ)が八岐大蛇(やまたのおろち)を殺して手に入れた神器——草薙神剣(くさなぎのみつるぎ)だ。天帝家に伝わる〝象徴の宝器(レガリア)〟だよ」

「天帝家の象徴の宝器(レガリア)……？　それも遺存宝器(レリクト・レガリア)なのか？」

　ヤヒロは驚きに目を見張った。

　草薙剣(くさなぎのつるぎ)と呼ばれる剣の名は、ヤヒロですらよく知っている。龍の死骸から回収された神剣。ある意味、日本でもっとも有名な宝器(レガリア)だろう。

「それはなんとも言えないな。私も実物を目にしたわけではないからな。だが、魍獣(もうじゅう)たちの棲(せい)息(そく)地に遺(のこ)されていたレリクトが、周囲になんらかの影響を及ぼしているというのは、それほど突飛な仮説ではないと思うが？」

「そうか……だから中華連邦の長官は、あんな条件を持ち出したのか……」

　ホウ行政長官は、草薙剣(くさなぎのつるぎ)の存在を最初から知っていたのだろう。

　しかし所在地が魍獣(もうじゅう)の群棲(ぐんせい)地では手が出せない。だから彩葉(いろは)が調査に行くと言い出したときに、発見された遺存宝器(レリクト・レガリア)を引き渡せという条件をつけたのだ。

「神剣とやらを魍獣の巣から引き離せば、この街への襲撃も止まるのか？」

ヤヒロが期待をこめてネイサンに訊く。

魍獣が名古屋駅要塞を襲ってくる理由が草薙剣の影響ならば、その問題を解決するのも簡単だ。神剣を彼らから引き離せば済むからだ。たとえレリクトを中華連邦に譲り渡すことになっても、時間に追われるヤヒロたちにとっては、そのほうがありがたい。

しかしネイサンは、思わせぶりな表情で首を横に振った。

「さて、どうだろうな。そう簡単に神剣を魍獣の棲息地から持ち出せるとも思えないが」

「この土地の魍獣たちには、彩葉の能力が通用しないからか？」

「それもある。だが私が思うに、むしろ問題があるのはきみのほうだ、鳴沢八尋。魍獣がきみたちの侵入を拒んだときに、きみは魍獣と戦えるかね？」

「どういう意味だ？」

「魍獣の正体が日本人だと知った上で、魍獣を殺せるのか、と訊いている」

ネイサンに正面から見据えられて、ヤヒロは動揺した。

魍獣を殺す。不死者であるヤヒロにとって、それ自体は難しいことではない。神蝕能の使い方に慣れた今ならば尚更だ。

だがそれは、魍獣と化したかつての日本人を殺すということでもある。その覚悟があるのか、とネイサンはヤヒロに訊いているのだ。

「いっそ鳴沢珠依（ナルサワスイ）の目覚めを待つかね？　彼女の神蝕能（レガリア）なら、魍獣（もうじゅう）たちを殺さずにこの地から追い払うことができるかもしれないが」

「珠依（スイ）に力を借りろというのか？　人間を魍獣（もうじゅう）に変えた張本人のあいつに？」

ヤヒロが殺意の籠もった視線をネイサンに向ける。

ネイサンは、無表情のままヤヒロの殺意を平然と受け流した。

「もちろん無理強いはしない。私としても、いつ目覚めるかもわからない鳴沢珠依（ナルサワスイ）を待つより、すぐにでも調査が終わってくれたほうが望ましいからね」

「俺は、これまでも数え切れないくらいの魍獣（もうじゅう）を殺してる。今さらそれが百体や二百体増えたところで、なんとも思わないな」

ヤヒロが声を低くして呟（つぶや）いた。半ば自分自身に言い聞かせるような虚（うつ）ろな口調だ。

「そうか。では、せいぜいその言葉が強がりでないことを期待しよう」

ネイサンは、そう言い残してヤヒロに背を向ける。

ヤヒロは乱暴に車両の壁を殴りつけ、一人きりで肩を震わせ続けた。

5

夕食後、明日の調査についての作戦会議を済ませたヤヒロは、日課である刀の素振りを一時間ほど繰り返したあと、シャワーを浴びて自分の部屋へと戻った。

装甲列車の中に狭いながらも個室(コンパートメント)が与えられているのは、不死者(ラザルス)である特権だ。万一、ヤヒロが就寝中に神蝕能(レガリア)を暴走させた場合に、ほかの戦闘員(オペレーター)を巻きこまないための安全対策も兼ねているのだろう。

実態としては隔離に近い扱いなのだが、そのぶん気楽でもあった。特にこんな迷いを抱えた夜に、一人でいられるのは素直にありがたい、とヤヒロは思う。

しかし個室の扉を開けた瞬間、予想外の光景にヤヒロは固まった。

個室内の狭いベッドの上に、配信用の衣装を着た彩葉(いろは)が座っていたからだ。

「——ヤヒロ、お帰り。ちょうど準備が終わったところだよ」

獣耳(けものみみ)のウィッグをつけた彩葉(いろは)が、ヤヒロを見上げて平然と告げる。

ヤヒロは額に手を当てたまま固まった。なにが起きているのかわからない。

「おまえ、なんでそんな恰好(かっこう)してるんだ？　わおんのアカウントは削除されたんだろ？」

「嫌なことを思い出させないでよ、うう……わたしの動画アーカイヴ……」

彩葉(いろは)がダメージを受けたようにうずくまる。

どうやら彼女の動画配信用アカウントが復活したわけではなかったらしい。つまり彩葉(いろは)は、配信のためにわおんの衣装を着ているわけではないということだ。

「アカウントは作り直したんだけど、ライブ配信の許可を取るにはいろいろ条件があるんだよ。

とりあえず普通の動画を上げて、登録者数を稼がないと」

「まだ配信を続けるつもりなんだな」

「当然だよ。ヤヒロみたいにわたしの配信を楽しみにしてくれてる日本人の生き残りが、どこかにいないとも限らないわけだし」

「そうだな」

ヤヒロは無意識に苦笑を漏らしていた。

彩葉の仮定にはまったくなんの根拠もなかったが、この前向きな考え方は彼女の長所といっていいだろう。実際にヤヒロは彼女の配信によって、ずっと救われていたのだから。

「それはわかったけど、おまえが俺の部屋にいる理由はなんだ？」

「だから配信復活の準備だよ」

「……準備？」

「せっかくアカウントを作り直したのに、前と同じことを繰り返すだけだと退屈だしね。新しく試してみたいことがあるんだけど、練習につき合ってくれないかな」

彩葉が妙に真剣な口調でヤヒロに訊く。

「練習？　なんの？」

ヤヒロは警戒心を滲ませた目つきで彩葉を見返した。彩葉がなにかを企んでいるのは間違いないが、それがなんなのかはわからない。

「まあまあ、いいからいいから。ここに座って」

彩葉はそう言って、自分のすぐ隣の場所をポンポンと叩く。

妙に露出度の高い仮装をした女子と、夜中に狭い部屋で二人きりという状況に、ヤヒロは複雑な感情を覚えた。だからといって必要以上に彩葉を意識していると思われるのも腹立たしい。彩葉本人がヤヒロに対して無警戒だから尚更だ。

「っていうか、そもそもここは俺のベッドだからな」

「はいはい。じゃあ、そのまま横になって」

「え？　おい……！」

言われるままに彼女の隣に座ったヤヒロを、彩葉が強引に引き寄せる。

不意を衝かれたヤヒロは、その場であっさりと横転した。その結果、ヤヒロの頭は、彩葉の太ももに横向きに乗っかる形になる。

彩葉はそれを嫌がるどころか、逆にヤヒロの頭部をがっちりと両手で押さえこんだ。迂闊に抵抗することもできずに、ヤヒロは混乱するだけだ。

「……これはなんの練習だ？」

「じゃん。これです、ＡＳＭＲ」

彩葉が勿体ぶった手つきで取り出したのは、お尻に白い梵天のついた小さな竹ひごだった。ヤヒロは嫌な予感を覚えて顔をしかめる。

「ＡＳＭＲ？　ただの耳かきにしか見えないんだが……？」

「耳かきの音を再現して、聴覚から脳を刺激するような音声を録音するんだよ。実際に人間の耳で聴いているみたいな音を再現するマイクを使ってね。前からやってみたかったんだよね」

「だったらそのマイクで練習しなきゃ意味がないんじゃないのか？」

「バイノーラルマイクは高級品なんだよ。壊れやすいし。二十三区の廃墟で探すのは大変だったんだから。その点ヤヒロなら、少しくらい怪我しても平気でしょ」

「そんな理由かよ……！」

彩葉のくだらない思いつきで、耳かきの練習につき合わされては適わない。ヤヒロは無理やり上体を起こして、彩葉の膝枕から逃げようとする。しかし――

「だーめ」

「うおっ……！」

耳の穴に息を吹きかけられて、ヤヒロはビクッと全身を震わせた。肌が粟立ち、力が抜ける。

彩葉はその隙を見逃さず、ここぞとばかりにヤヒロの耳たぶをいじり出す。

「どう、ヤヒロ？　気持ちいい？」

「いや、くすぐったい。てか、どこを触ってるんだ、おまえは」

「じゃあ、これは……？」

「耳かきするんじゃなかったのか」

「するよ。ええと、かゆいところはありませんか？」

「それは耳かきとは違わないか？」

「そうだっけ？」

彩葉(いろは)がクスクスと笑いながら、ヤヒロの耳かきを始める。

ヤヒロは抵抗を諦めて、あまり器用とはいえない彩葉(いろは)の作業に身を任せた。彩葉(いろは)本人は気にする素振りもないが、彼女の生の太ももにヤヒロの頬が触れているし、油断すると後頭部に胸を押しつけられたりもする。そのせいで下手に動けないのだ。

「ねえ、ヤヒロ」

彩葉(いろは)が、ヤヒロの耳元で囁(ささや)くように呼びかけてくる。

「なんだ？」

「こないだ、珠依(スイ)さんに龍にされそうになったとき、どんな気持ちだった？」

「……ひと言で言って、最悪だ。思い出したくもないな」

ヤヒロは眉を寄せながら息を吐きだした。

山瀬道慈(ヤマセドウジ)と手を組んでヤヒロを陥(おとしい)れた珠依(スイ)の目的は、大殺戮(ジェノサイド)の再現だ。そのために彼女はヤヒロの肉体を利用して、地の龍(スペルビア)を召喚しようとした。

龍の器にされたヤヒロは半ば自らの意識を失い、本能のままに暴れる怪物と化していた。

そんなヤヒロが完全な龍化を免(まぬが)れたのは、ほんのわずかなタイミングの差だ。

珠依(スイ)の血を浴びて不死者(ラザルス)になる直前に、ヤヒロは彩葉(いろは)と出会っていた。そして死にかけていたところを、彩葉(いろは)の血によって救われていたのだ。

おそらく彩葉(いろは)本人も覚えてない四年前の出来事だ。

それがなければヤヒロは今ごろ完全な龍と化し、世界規模の災厄を引き起こしていただろう。

「いっそ死んだほうがマシだと思わなかった？」

「そうだな」

彩葉(いろは)の優しい問いかけに、ヤヒロは本心を明かしてしまう。

不死の肉体を持つヤヒロにとっても、生きたまま龍に変えられる苦痛は想像を絶していた。

そしてなによりも自分の精神が憤怒と憎悪(ぞうお)に汚染され、異質な存在へと変化していく恐怖は耐えがたいものだった。死ぬことができない自分の身体(からだ)を、あのときほど呪ったことはない。

「わたしがあのときヤヒロを殺したら、ヤヒロはわたしのことを恨むかな？」

彩葉(いろは)が静かに質問を続ける。ヤヒロは迷わずそれを否定した。

「むしろ感謝してただろうな。俺を解放してくれて」

「そっか」

彩葉(いろは)が寂しげに呟(つぶや)いた。

「あの子たちもね、一緒だよ」

「……魍獣(もうじゅう)のことを言ってるのか？」

「うん」

彩葉がうなずき、ヤヒロの髪をそっと撫でる。

「怒り、憎しみ、苦痛と混乱……あの子たちにあるのは、そういう負の感情だけ。もちろんヌエマルは別だけどね。二十三区でわたしたちと一緒に暮らしてた子たちも……そうだといいな」

「そうか」

ヤヒロは目を閉じて微笑んだ。

彩葉は魍獣と人を区別しない。家族と同じように気遣い、愛情を注ぐ。だから魍獣は彩葉の言葉に従う。彩葉が異形と化した彼らの魂を救ってくれるからだ。

ヤヒロには、そんな魍獣たちの気持ちがわかる気がする。

「あの子たちだって、きっと本当は人を傷つけたいわけじゃないんだよ。誰かを殺すくらいなら、死にたいと思ってるかもしれない。でも、自分じゃどうすることもできないの」

「……彩葉？」

彩葉の声が震えていることに気づいて、ヤヒロは彼女の名前を呼んだ。そんなヤヒロの上半身を、彩葉は包みこむように抱きしめる。

「だから、ヤヒロが一人で抱えこんで苦しむ必要はないんだよ。みんながみんなそうとは言わないけど、ヤヒロに感謝してる子だっていたと思う」

「だけど、俺は……」

ヤヒロは思わず漏れ出しそうになる言葉を必死で呑(の)みこんだ。誰も殺したくなんかなかったんだ、という本心を——

「だいたいヤヒロの力は、わたしがあげたものなんだからね。ヤヒロに罪があるのなら、その半分はわたしのせいだよ」

彩葉(いろは)が顔を上げてふわりと微笑(ほほえ)む。

ただでさえ端整な彼女のその表情に、ヤヒロは目を奪われた。廃墟(はいきょ)の街で一人きりで過ごしていた四年間、画面越しに何度もヤヒロを救ってくれた配信者(ストリーマー)の少女の表情だ。

「彩葉(いろは)」

「なにかな？」

「大殺戮(ジェイノサイド)が起きる直前に、自分がどこにいたか覚えてるか……？」

ヤヒロが不意に真剣な表情で訊(き)いた。

彩葉(いろは)は少し驚いたように眼(め)を瞬(またた)く。

「どうして急にそんなことを訊(き)くの？」

「もしかしたら、俺は……おまえに会ったことがあるかもしれない」

ヤヒロが淡々と質問に答える。

四年前と同様に龍人(りゅうじん)化したことで甦(よみがえ)ったヤヒロの過去の記憶。珠依(スイ)に刺されて死にかけていたヤヒロを救ってくれたのは、間違いなく彩葉だった。ヤヒロが火の龍の神蝕能を使えるのがその証拠だ。

しかし、あのときヤヒロが出会った少女は、今の彩葉とはまるで別人のようだった。彩葉がそのことを覚えているのかどうか、確認したいとヤヒロは思う。

そんなヤヒロの思惑とは裏腹に、彩葉はなぜか照れたように頬を赤らめる。

「えっと、それって……あ、愛の告白？」

「違う」

「即答した⁉」

「覚えてないなら、いいんだ。忘れてくれ」

「なにそれ、どういうこと⁉」

からかわれたと思ったのか、彩葉が拗ねたように頬を膨らます。そして彼女は黙々と耳かきを再開した。聞こえてくるのは彩葉の吐息と、カサカサという摩擦音だけ。

ＡＳＭＲには睡眠導入効果があるというが、たしかに眠気を誘う不思議な感覚だ。

「ねえ、ヤヒロ」

彩葉が、ヤヒロの耳元で再び囁くように呼びかけてくる。

「今度はなんだよ？」

「ふふっ、なんでもないよ。おやすみ」

彩葉はそう言ったきり沈黙した。そのまま彼女は動きを止めて、やがてヤヒロの頭上からリズミカルな寝息が聞こえてくる。

「おまえが寝落ちするのかよ……」

呆然と起き上がるヤヒロの目の前で、彩葉はパタンと倒れこんだ。

ベッドを占領したまま無防備に熟睡する彩葉の姿を、ヤヒロはただ呆然と見下ろすのだった。

6

翌朝、ヤヒロはラウンジ車両で目を覚ました。彩葉に自室のベッドを奪われてしまったため、ヤヒロはラウンジの硬いベンチシートで寝る羽目になったのだ。

いかに不死者といえども、不自然な姿勢で眠れば肩や背中が凝るし、寝違えもする。しかしそんな身体の不調とは裏腹に、寝起きの気分は悪くなかった。悪夢を見ないまま朝まで眠れたのは、ずいぶん久しぶりだ。

「おはよう、ヤヒロ。ちょっとすっきりした顔してるね」

作戦説明室に現れたヤヒロを見るなり、ジュリが意味ありげに笑ってそう言った。

「昨夜はお楽しみだったようですね」

普段よりも殊更に無表情なロゼが、平坦な口調で告げてくる。

「彩葉の思いつきにつき合わされてただけだ」

なにも楽しんでないからな、とヤヒロが唇を歪めるが、双子の姉はニヤニヤと、妹は冷ややかに笑うだけだった。

それから五分も経たないうちに、作戦室にぞろぞろと人が集まってくる。

ジョッシュや魏、パオラ・レゼンテをはじめとした主要な戦闘員たち。オーギュスト・ネイサンと列車長のオールディス。そして彩葉と絢穂である。

「じゃあ、ミーティングを始めるよ。みんな事情は聞いてるね。名古屋駅の通行料代わりに、調査依頼を受けました。この城塞の南側にある魍獣の棲息地に侵入して、異常行動の原因を調べます。まあ、民間軍事会社的にはよくある仕事だよ」

朝食のサンドイッチをつまみながら、ジュリが作戦の説明を開始した。いつもと同じ砕けた口調だが、説明の内容は真面目なものだ。

「ただ、ちょっと厄介なことに、この地方の魍獣には彩葉の能力の効きが悪いらしいんだよね。だから最小限の人数を送りこんで、まずそうだったらすぐに逃げる方針で行こうと思います。参加するのは、ヤヒロと彩葉。あとは、あたしとパオラの部隊かな」

「ジュリも俺たちと一緒に行くのか？」

ヤヒロが困惑したように顔を上げた。曲がりなりにも彼女はギャルリー・ベリト極東支部の支配人だ。自ら魍獣の群棲地に飛びこむような危険を、わざわざ冒す必要があるとは思えない。

しかしジュリは、当然行くよ、と得意げに胸を反らす。

「現場で臨機応変な判断が必要になりそうだからね。あたしとろーちゃん、どっちが行くか迷ったんだけど、相手が魍獣ならあたしかなって。それとも、ろーちゃんに来て欲しかった？」

「中華連邦との交渉を考えると居残り組にも指揮官が必要ですから、私は仕方なく残りますが、いいですか、ヤヒロ……くれぐれもジュリを危険な目に遭わせないように……！」

ロゼが殺気立った眼差しでヤヒロを睨んでくる。

ヤヒロは気圧されたように小刻みにうなずいた。もともと姉妹仲のいい彼女たち双子だが、特にジュリに対するロゼの執着には、どこか常軌を逸した部分があるのだ。ジュリにうっかり怪我でもさせた日には、ロゼからどんな苛烈な報復をされるかわからない。

「問題ないってば。ろーちゃんは心配性だなあ」

ジュリが他人事のように肩をすくめて笑う。

それを聞いて、なぜか自信満々に同意したのは彩葉だった。

「大丈夫、わたしとヌエマルがついてるから。そういうわけだから、ヤヒロも安心してね」

「そうだな……おまえはともかく、そこの毛玉は頼りになるかもな」

「は⁉　なんでよ⁉　私がいてこそのヌエマルでしょうが⁉」

ヤヒロの投げやりな相槌を聞いて、彩葉が心外だというふうに眉を吊り上げる。相変わらず謎の自己肯定感の高さである。彼女が抱いている白い魍獣も少し呆れているようだ。

「姫さんや彩葉（いろは）のことはともかく、心配なのはどちらかというと絢穂（あやほ）の嬢ちゃんだな」

それまで黙ってパック牛乳を啜（すす）っていたジョッシュが、不意に真面目な口調で言った。

「私、ですか……？」

名指しされた絢穂（あやほ）が、少し驚いたように背筋を伸ばす。

ジョッシュは、ああ、とぞんざいにうなずいて、

「揺光星（ヤオクアンシン）には俺と魏（ウエイ）の部隊が残るから、普通なら戦力的には充分なんだが、中華連邦軍には例のレリクト部隊がいるからな」

「それは絢穂（あやほ）ちゃんが狙われるかもしれないってことかい？」

魏（ウエイ）が落ち着いた口調で確認した。ええっ、と彩葉（いろは）が目を剝（む）いて立ち上がり、ほかの戦闘員（オペレーター）たちの表情にも緊張が走る。特に渋い表情をしているのは、列車長のオールディスだ。揺光星（ヤオクアンシン）が戦闘の舞台になることを警戒しているのだろう。

「その可能性は、ゼロとは言えないかな」

ジュリがジョッシュの意見を肯定する。

「いちおうこちらの背後には統合体（ガンツアイト）がついてるけど、レリクトがらみだと、どこまで抑止力になるかは読めないんだよね。というわけで、はい、これ」

パーカーの懐（ふところ）からなにかを取り出し、ジュリはそれを絢穂（あやほ）に差し出した。

大きさは軍用の懐中電灯ほど。布袋に収められた細長い包みである。

絢穂はそれを受け取って、ずっしりとした重量感に驚いたような表情を浮かべた。袋の口を開くと、その中からは漆塗りの鞘が現れる。

「これって……短刀……？」

「懐剣だよ。号は真朱鶴。まあ、お守りみたいなものだと思ってて。いちおう国宝級の業物だから、なくさないでね」

「こ、国宝……⁉」

渡された懐剣を危うく落としそうになり、絢穂が慌ててそれを抱きしめた。

「神蝕能の発動に特別な道具は不要ですが、武器や護符の類を握っていることで、いくらか発動の成功率が上がるようです。おそらく精神的な意味合いが大きいのでしょう」

「頼り過ぎるのはどうかと思うけど、慣れるまではね」

ベリト家の双子が、懐剣を渡す意味を絢穂に説明する。

それを呆然と聞いていた彩葉が、怒ったように勢いよく立ち上がった。

「待って、二人とも！　まさか絢穂に戦わせるつもり……⁉」

「いえ。佐生絢穂を戦力として扱うつもりはありません。ですが、レリクトを持つ兵士に襲撃された場合、我々の戦力では彼女を守り切れない可能性があります」

「そうだね。万一のときに、自分の身を守る力はあったほうがいいかもしれない」

魏が目を伏せて静かに呟いた。横浜でファフニール兵と遭遇したときに、絢穂を守り切れなかったことを思い出しているのだろう。彼の表情はどこか悔しげだ。

「山の龍の権能（ヴァナグロリア）の威力は、彩葉もよく知っているのではありませんか？」

「それは、そうだけど……でも……」

ロゼに淡々と説明されて、彩葉がごにょごにょと口ごもる。絢穂を戦いに巻きこんでしまうことには、姉として、やはり抵抗があるのだろう。

絢穂はそんな彩葉の横顔をじっと見つめ、それから彼女の隣にいるヤヒロに目を向けた。そしてなにかを決意したように、渡された懐剣を強く握りしめる。

「大丈夫だよ、彩葉ちゃん」

「え？」

振り向く彩葉の瞳を見返して、絢穂が告げた。

「心配しないで。私は大丈夫だから」

引っ込み思案な妹が自分から意見を口にしたことに、彩葉は困惑したように目を瞬いた。しかしすぐに思い直したように優しく笑う。

「わかったよ、絢穂。凛花たちのこと、お願いね」

彩葉の言葉に、絢穂は小さくうなずいた。

そんな姉妹のやりとりを、ネイサンは無言のまま、どこか興味深そうに眺めていた。

第三幕　バックスタビング

THE HOLLOW REGALIA

CHAPTER.3

1

シア・ジーグァンと彼の部下たちは、名古屋(なごや)駅要塞(ようさい)の地下にある車両基地でヤヒロたちを待っていた。用意された装甲トラックは二台だが、集まった兵士の数は多くない。シア本人を入れても、わずか七人だけである。ギャルリー・ベリトの道案内が主な目的とはいえ、魍獣(もうじゅう)の群棲地(ぐんせいち)に突入するには、いささか心許(こころもと)ない人数だ。

「来たか、不死者(ラザルス)。時間どおりだな」

合流地点に現れたヤヒロたちを見て、シアは満足そうな表情を浮かべた。そんなシアの反応を見て、神経質なところもあるのだな、とヤヒロは意外に思う。

「副司令さんと一緒に来てくれる兵士は、これで全員？　寂しくない？」

シアの部下たちを見回して、ジュリがからかうように笑って訊(き)いた。

しかしシアは、むしろ自慢げに笑い出す。

「安心しろ。ここにいる七人は全員がレリクト持ちだ。魍獣の縄張りなんておっかない場所に、足手まといを連れては行けないからな。まあ……例外というか、物好きは交じっているが」

「例外？」

ジュリがきょとんと小首を傾げて訊き返す。

シアはガリガリと頭をかいて、どこかバツの悪そうな表情を浮かべた。

その直後、トラックの点検を行っていた若い兵士が、唐突に大声で叫び出す。

「わおんちゃん！」

「な、なんですと⁉」

手に持っていた工具を放り出して立ち上がり、もの凄い勢いで駆け寄ってきたのはスキンヘッドの大柄な青年だった。最初に声を上げた若い兵士も、それに負けじと走り出す。

「へ……？」

兵士たちの視線の先にいたのは、ヌエマルを抱えた彩葉だった。

迫り来る兵士たちの圧を感じて、彼女は動揺したように立ち竦む。

そんな彩葉の正面で静止して、二人の兵士は感動したように天を振り仰いだ。

「すごい……本物だ。本物のわおんちゃんが目の前にいるなんて……！」

「三次元！　三次元で動いているでござるよ……！」

二人の兵士が、彩葉の前でがっちりと抱き合う。今にも涙を流さんばかりの喜びようだ。

「えっと……あ、あなたたちは……？」

彩葉が一歩後退しながら、二人に訊く。

兵士たちはハッと我に返ったように表情を引き締めると、背筋を伸ばして彩葉に敬礼した。

「すみません。僕たち、わおんちゃんのファンなんです」

「ヤマドーのチャンネルでわおん殿のことを知って、運命を感じてしまったのでござるよ」

「龍の巫女についてしらべているうちにすっかりハマってしまって……わおんちゃんのアカウントが消えたときには絶望したんですけど、本人に会えるとは思ってもみませんでした」

「過去動画はこうしてすべて保存済みですので、ご安心召されよ、はっはっは。わおーん！」

中性的な顔立ちの若い兵士と、筋骨隆々としたスキンヘッドが、交互に彩葉に話しかける。

「あ、そ……そうなんですね、あははは……」

息つく間もなく話し続ける二人の兵士に、さすがの彩葉も圧倒されているようだった。引き攣った愛想笑いを浮かべながら、彼らの会話を受け流すのが精いっぱいだ。

そんな龍の巫女と、自分の部下たちの会話を横目で眺めながら、シアが気怠く息を吐く。

「それで？　魍獣どもが城塞を襲ってくる原因を調べてくれるらしいが、アテはあるのか？」

「まずは火上神宮ってところに行きたいんだけど、道案内お願いできるかな？」

やる気なく尋ねてくるシアに、ジュリが朗らかな表情で訊き返す。

シアは頬を引き攣らせてジュリを見返した。

「正気か？　群棲地最深部の超危険地帯だぞ？」

「だからこそ、調査する価値があるんじゃないかな？」

「イカれてやがんな、ギャルリー・ベリト」

半ば呆れたように呟きながらも、シアは好戦的な笑みを浮かべてみせた。ジュリがハッタリではなく本気で群棲地の中心に挑むつもりだと気づいて、ギャルリーに対する警戒レベルを高めたらしい。

「いいだろう。トラックと運転手は貸してやる。ついてきな」

シアが整備を終えた装甲トラックを指さして言った。ジュリが連れてきたギャルリーの戦闘員たちが、空いている荷台に次々に乗りこんでいく。

ヤヒロと彩葉も彼らに続こうとしたが、シアが通せんぼをするように脚を伸ばしてヤヒロたちの行く手を塞いだ。顔をしかめるヤヒロを見て、シアが挑発的に笑いかけてくる。

「おまえらはこっちだ、不死者と龍の巫女。人質代わりってわけじゃないが、危険人物は俺の目の届くところにいてもらわないとな」

もう一台の装甲トラックに向かって、ついてこい、とシアが顎をしゃくった。二〇一と書かれたそちらのトラックは、シアたちが乗りこむ予定の指揮車両だ。

特に逆らう理由もないので、ヤヒロと彩葉は大人しく彼の指示に従った。

それに対して騒ぎ出したのは、中華連邦側の兵士だった。

「わ、わおん殿が拙者の運転するトラックに……！　ふおおおっ……」

スキンヘッドの兵士が、鼻の穴を膨らませながら雄叫びを上げる。

彩葉は荷台によじ登りかけたところで、引き攣った笑みを浮かべて動きを止めた。

「うちの部下がすまないな。あれでも兵士としてはまるっきり無能ってわけでもないんだ」

さすがのシアも額を押さえながら、彩葉を気遣うように言い訳した。

「い、いやー……こちらこそ、わたしのファンがご迷惑をおかけしてしまって……」

あはははは、と乾いた声で彩葉が笑う。

やれやれと溜息をつきながら、ヤヒロは装甲トラックに乗りこんだ。

ヤヒロたちの魍獣群棲地実態調査は、こんなふうにして始まったのだった。

†

名古屋駅要塞から魍獣群棲地までの距離は、約七キロほどと聞いていた。大殺戮前の平和な時代なら、車で十分程度の距離である。

しかし旧・名古屋市周辺は、龍が引き起こした天災とその後の魍獣の出現により、大きな被害を受けた土地だった。建物の倒壊や地面の陥没により市内の道路はあちこちで寸断され、かつての近代的な都市の風景は見る影もない。

「酷い有様だな……」

ヤヒロが、装甲トラックが瓦礫を乗り越える衝撃に顔をしかめながら呟いた。

荒れ果てた路面のせいで、トラックはほとんどスピードを出せない。数十メートル進んでは停止して、障害物を撤去する作業の繰り返しだ。

少なくとも都市の荒廃っぷりでいえば、隔離遅滞である二十三区のほうがまだマシに思えるほどである。

「中華連邦の機甲部隊が、魍獣どもを相手に派手にやらかしたからな」

街の至るところに残った砲撃の跡を見回して、シアは悪びれることなく唇の端を吊り上げた。

自治領内の魍獣を駆除するために、中華連邦軍は周囲を灰にするほどの勢いで無差別な砲撃を繰り返したらしい。その結果が、この見渡す限りの廃墟の街だ。中華連邦軍は、日本人が遺した文化財などよりも、この土地の占拠を優先したのである。

「実際に半端ねえ数の戦死者が出たらしいが、引き換えに中華連邦は、あの要塞を手に入れた。ま、曲がりなりにも魍獣どもを追い返して、連中の縄張りに拠点を築いたのはうちの国だけだ。

そのせいで魍獣どもに恨まれてるのかも知れないがな」

シアが誇らしげな口調で言った。

それに疑義を挟んだのは、彩葉だった。彼女は納得いかないというふうに、眉を寄せながら唇を尖らせる。

「うーん……そんな理由であの子たちが街を襲ってくることなんてあるのかなあ。駅を襲ってきた子たちの様子もちょっとおかしかったけど……」

「たしかに二十三区にいた魍獣たちと比べると違和感があるな」

ヤヒロも彩葉の呟きに同意した。

二十三区に棲息する猛獣の数は、旧・名古屋市内とは比較にならないくらい膨大だ。しかし彼らが群れを成して行動するようなことはなかった。ましてや殺された仲間の復讐のために、集団で人類の基地を襲ってくるとは考えにくい。

もし例外があるとすれば、龍やそれに匹敵する上位存在によって魍獣が操られているという状況だ。その手がかりを探すのが、今回の調査の目的ということになっている。

「ちょっと待って、シアさん。車を止めて」

「ああ……？」

兵員輸送用の仮設シートに座っていた彩葉が、突然なにかに気づいたように手を上げた。彼女の膝の上に抱かれていたヌエマルが、ピクピクと耳を動かしながら低く唸り始めている。

「魍獣か……！」

のぞき窓越しに外を見回したシアが、魍獣の接近に気づいて目つきを険しくした。

トラックを包囲するように集まってきた魍獣の数は、十四、五体。グレードII以上の大型の個体も何体か混じっている。それを確認して運転手がトラックを止めた。強行突破は不可能だと判断したのだ。

荷台にいたシアの部下たちが一斉に武器の準備を始める。レリクト適合者(ディザーバー)の専用装備なのだろう。シアが使っている拳銃によく似た、無骨(ぶこつ)な外見の大型拳銃だ。

レリクト持ちの戦闘能力なら、十数体の魍獣(もうじゅう)が相手でも問題なく撃退することが可能だ。シアたちは当然そのつもりだったのだろう。

しかしトラックが完全に静止する前に、彩葉(いろは)は荷台から飛び降りていた。

「おい、待て！　てめえ、なに考えてやがる、龍の巫女(みこ)⁉」

予期せぬ彩葉(いろは)の行動に、シアが怒声を上げた。彩葉(いろは)の独断専行を止めようと、拳銃を抜きながら彼女を追いかけようとする。

それを制止したのは、ヤヒロだった。鞘(さや)に収めたままの打刀(うちがたな)を構えて、咄嗟(とっさ)にシアの動きを止める。シアが怒りに目を血走らせてヤヒロを睨(にら)み、ヤヒロはその視線を正面から受け止めた。

「彩葉(いろは)の邪魔をするな、シア・ジーグァン」

「……いい顔になったじゃねえか、不死者(ラザルス)。昨日とはまるで別人だな」

ヤヒロの胸に銃口を向けたシアが、愉快そうに笑う。

しかしヤヒロは、シアに向けた刀を下ろそうとはしなかった。彩葉(いろは)はすでに一人で魍獣(もうじゅう)たちの前に歩み出ている。この状況でシアに魍獣(もうじゅう)を攻撃されたら、かえって彩葉(いろは)が危険なのだ。

「シア上校……！」

レリクト持ちの兵士が、焦りを滲ませた声を出す。

ふと気づくと、ヤヒロたちのトラックを取り囲む魍獣の数が増えていた。視界に入るだけでも優に三十体以上。こうしている間にも、新たな魍獣たちが次々に近づいてきている。

「集まってきやがったか。さすがにこの数を相手に逃げ切るのはキツイぞ。どうするつもりだ、なあ、不死者？」

「あいつらがこちらを襲ってくると決まったわけじゃない」

シアの攻撃的な問いかけに、ヤヒロは落ち着いた態度で答えた。

「なに……？」

どういう意味だ、とシアが片眉を上げる。

その直後、廃墟の街に魍獣たちの咆吼が響き渡った。

彩葉と対峙していた巨大な魍獣が雄叫びを上げ、それに対して彩葉が抱いていたヌエマルも吼えた。魍獣の群れ全体が、ヌエマルたちの声に呼応するように次々と咆吼する。

「ちっ！」

その轟音に大気がビリビリと震動し、シアが構えていた拳銃を魍獣たちに向け直した。

だがシアは、引き金に指をかけたまま動きを止める。魍獣たちに取り囲まれた彩葉が、笑顔で手を振っているのを見たからだ。

ぞろぞろと数十体の魍獣を引き連れたまま、彩葉がヤヒロたちのほうへと戻ってくる。

シアやほかの兵士たちは、唖然としたようにそれを眺めているだけだ。

「お待たせ。この子と話がついたよ。巣まで案内してくれるって」

背後にいる魍獣たちの一体を指さして、彩葉が言った。

体高六、七メートルほどもある、甲羅を持つ象のような姿の魍獣だ。中華連邦軍の装甲トラックすら一撃で踏み潰しかねない、でたらめに強力な個体である。

「話がついた？　魍獣と交渉したってのか？」

シアが困惑したように訊き返す。彩葉は説明に窮したように頬に手を当てた。

「交渉とはちょっと違うけど、なんとなくわかってもらえたみたいだよ。私たちが友達だって」

「……話にならねえな。イカれてるぞ、おまえの女」

シアがヤヒロに向かって呆れ顔で言う。

知ってる、とヤヒロは投げやりに肩をすくめた。

魍獣が絡んだときの彩葉の非常識な行動は、今に始まった話ではない。慣れているヤヒロたちですらいまだに困惑するのだから、初めて体験するシアたちは度肝を抜かれたことだろう。

だが――

「ふおおおっ、すごいです！　さすがですぞ、わおん殿！」

運転席から降りてきたスキンヘッドの兵士が、感極まったように地面に膝をついて彩葉を崇め奉った。彼の大袈裟な反応にも馴染んできたのか、彩葉は満更でもない様子で胸を張り、

「そう？　すごい？　ふふっ、もっと褒めていいよ！」

「わおん殿おおお！　一生ついていきますぞおおお！　ハイ！　ハイ！　ハイ！　ハイ！」

「えへへへ、どうもどうも」

兵士の手拍子に合わせて、彩葉が謎のダンスを踊り始める。

ほかの兵士たちは呆気にとられたようにそれを眺め、シアはうんざりと首を振った。

「ちっ……どいつもこいつも馬鹿ばかりだな……」

「だが、俺たちは襲われてない。少なくとも今はまだ」

ヤヒロが刀を下ろして、静かに指摘した。

シアは不機嫌そうに頬を引き攣らせながらも、ヤヒロの言葉を否定しなかった。

「そうだな、魍獣を手懐ける能力……いや、体質か。あの女が言っていたとおりだな」

「あの女？」

シアの呟きを聞いて、ヤヒロが訝しげに目を細める。

自らの失言を悟ったようにシアは苦笑し、彼はそのまま警戒心を隠そうともせずに意味ありげな視線を彩葉に向けた。

「気にするな。俺がついてきて正解だったって話だ」

2

「――龍の巫女と不死者は、魍獣の巣に向かったようですね」

運ばれてきたコーヒーの香りを堪能しながら、男は朗らかな口調で言った。

三十代半ばの東洋人だ。

知的な雰囲気を漂わせながらも、どこか実年齢より若い印象を与える人物だった。派手な装飾品を身につけているわけではないが、着ているスーツや履いている革靴は、一目で上質だとわかる高級品である。

この場にジュリやロゼがいれば、即座に彼の正体を言い当てたことだろう。若き億万長者という肩書きで、経済誌はもちろん、世界的なニュース雑誌の表紙を幾度も飾った顔だからだ。

中華連邦出身の起業家、ライランド・リウ――

世界的な情報産業機器の大手、メローラ・エレクトロニクスの創業者である。

「連中を行かせてしまって本当に良かったのか、ライランド？」

行政長官のホウ・ツェミンが、不安げに目を泳がせながらリウに訊いた。

二人がいるのは名古屋駅要塞の内側にある特区行政庁舎の最上階――行政長官室である。

部屋の主は長官であるホウだが、くつろいでいるのはむしろ客人であるライランド・リウのほうだった。リウが率いるメローラ社は、ホウ・ツェミンに対して多額の政治献金を行っている上に、この名古屋駅要塞の建設における最大の出資者でもあるからだ。

「問題ありませんよ、長官。魍獣たちの調査をすると言い出したのは、そもそも龍の巫女本人なのでしょう？　あなた方に彼女を無理に引き留める理由はありませんしね」

「それは、そうだが」

ホウが頼りなく口ごもる。

部外者であるはずのライランド・リウが、ギャルリーとの交渉の経緯を知っていることに、今さら驚きはしなかった。副司令であるシア・ジーグァンをはじめ、レリクト適合者の多くがメローラ社に懐柔されているのは周知の事実だ。おそらく彼らから情報が流れたのだろう。

「ギャルリー・ベリトが、魍獣の襲撃理由を見抜くかもしれないとお考えですか、長官？」

コーヒーを美味そうに一口啜って、ライランド・リウが問いかけてくる。

ホウは苦い表情でうなずいた。

「可能性がゼロとは言えまい？」

「たしかに。ですが、そのあたりはシア上校に任せておけば上手くやるでしょう」

「シア副司令が、龍の巫女を始末するというのか？　し、しかし、それでは統合体を敵に回すことにはならないか？」

「不安ならば、ギャルリーの装甲列車を素通りさせてやればよかったのでは？　今からでも、遅くはありませんよ？」

ライランド・リウが、少し意地の悪い笑みを浮かべて指摘する。

そもそも侭奈彩葉（ままないろは）が魍獣（もうじゅう）の群棲地（ぐんせいち）に向かったのは、ギャルリー・ベリトの保有する遺存宝器（レリクト・レガリア）の引き渡しを中華連邦側が求めたのが原因なのだ。ホウがその要求を取り下げれば、彼女たちが群棲地（ぐんせいち）に向かう理由も消える。

だが、ホウは苦悩するように小さく首を振った。

「いや……それはできない。貴重なレリクトを見逃すのは、本国の意向にも反しているからな」

「我々としても同じ気持ちですよ、長官」

リウがとても柔らかな、それでいて悪魔めいた表情で笑う。

「統合体（ガンツアイト）の介入を恐れているのであれば、なにも心配する必要はありません。そのために助っ人（すけっと）を呼んでおきました」

「助っ人（すけっと）だと？」

「ええ。龍の巫女（みこ）の始末なら、龍の巫女（みこ）にやらせておけばいいのですよ。それならば統合体（ガンツアイト）の機嫌を損ねることもない。万一の場合には、お任せを」

自信に満ちた口調で、リウが告げる。彼の視線は眼下に見える駅舎に向けられていた。

そこにはメローラ社が保有する装甲列車〝T（タウ）・ブレット〟とともに、ギャルリー・ベリトの装甲列車が停まっているはずだ。

「勝てるのだろうな？」

ホウが念押しするように訊いてくる。リウは涼しげに微笑んだ。

「もちろんです。ギャルリーの最大戦力である不死者が、装甲列車から離れてくれたのは幸いでした。無駄な犠牲を出さずに済む」

「龍の巫女は？　横浜の一件で、あの化け物が使った力は見ただろう？

「侭奈彩葉と、魍獣が結託することを恐れているのですか？」

「当然だ」

「そのときのためのレリクト部隊でしょう？」

「ぬ……」

ライランド・リウの強気な返答に、ホウ・ツェミンは気圧されたように黙りこんだ。

「山の龍の遺存宝器――楽しみですね。生まれたてのあのレリクトならば、もしかしたらアレを目覚めさせられるかもしれない」

再び窓の外に目を向けて、ライランド・リウは独りごちる。

彼の瞳に映っているのは、名古屋駅要塞の中心部にある奇妙な建物だ。

最新鋭の半導体工場を連想させる、窓のない立方体型の建築物。巨大な発電所を併設したその立方体からは、血の色に似た深紅の煙が、休むことなく噴き出し続けていた。

3

「ライランド・リウ？　お嬢、そいつは何者だ？」

揺光星(ヤオクアンシン)のラウンジ車両で休憩中だったジョッシュ・キーガンが、ヒマワリの種をつまみながらロゼに訊(き)いた。

「メローラ・エレクトロニクスのCEOです。詳しい経歴は不明ですが、中華連邦の議会にもかなりの影響力を持っているようですね。個人資産は六百億ドル。世界でも有数の大富豪です」

オフショルダーのパーティードレスを着たロゼが、凛花(りんか)に髪を結わえさせながら説明する。

もともと人形めいた硬質な美貌の持ち主だけに、ドレスアップしたロゼの華やかさは抜群で、そこらの女優やモデルでは足元にも及ばない。彼女の髪をアレンジする凛花(りんか)も楽しそうだ。

「お隣の装甲列車の持ち主か。そいつが、お嬢に面会を求めてるって？」

机の上に置かれた手紙を一瞥(いちべつ)して、ジョッシュが短く鼻を鳴らした。封蝋(ふうろう)を施したエンボス入りの封筒。古式ゆかしき招待状だ。

「お茶会に招待していただけるそうですよ」

ジュリがやる気のなさを隠そうともせずに冷たく言った。

ヤヒロや彩葉(いろは)が不在のタイミングを狙っての招待。相手は中華連邦と親密な関係の大企業の最高経営責任者だ。なんらかの思惑があるのは間違いないだろう。

「絢穂(あやほ)ちゃんのレリクトが目的ですか？」

ロゼの髪を編みこみながら、凛花(りんか)が心配そうに訊(き)く。

「可能性は否定できませんが、釈然としませんね。軍の関係者ならともかく、IT企業の経営者があんなものを欲しがる理由がありません。調べてみる価値がありそうです」

「それで茶会とやらにつき合うことにしたのか。めかしこんだお嬢を拝めて、俺らとしては満足だけどな」

皮肉っぽい笑みを浮かべるジョッシュに、ロゼは鬱陶(うっとう)しくまとわりつく羽虫(はむし)を見るような眼差(まなざ)しを向けた。

「不本意ですが、断る理由がありません。せっかくの交渉の機会ですし」

「こんな駅で足止め喰(く)ってる以上、お嬢が暇を持て余してるってのはバレバレだしな」

「護衛の人選は？」

「魏(ウェイ)を連れていきます。あなたの部隊は揺光星(ヤオクアンシン)に残って、戦闘員(オペレーター)の指揮を」

「魏(ウェイ)か……」

ジョッシュが腕を組みながら、ちょうどラウンジに入ってきた魏洋(ウェイヤン)を見た。

「大丈夫か？　怪我(けが)が治りきってないんだろ？」

「こういうときはヤヒロの回復能力が羨(うらや)ましくなりますね」

魏(ウェイ)が普段どおりの爽やかな表情で答える。

「ですが、ロゼの護衛はこなしてみせますよ。ファフニール兵の相手をするよりは楽でしょう」

「それはそうだな」

ジョッシュも納得したというふうに笑ってみせた。

負傷しているとはいえ魏(ウェイ)の実力は確かだし、そもそも戦闘力でいえばロゼ本人がギャルリーの誰よりも上なのだ。中華連邦と関わりの深いライランド・リウとの茶会に連れて行くなら、同じ東洋系である魏(ウェイ)を選ぶのは妥当だろう。

「終わったよ、ロゼ。どうかな？」

ヘアアレンジの作業を終えた凜花(りんか)が、ロゼに鏡を手渡した。ロゼは無表情のまま、それでもわずかに口角を上げる。

「いい腕ですね、凜花(りんか)。あなたに頼んで正解でした」

「そうかな、へへ……」

凜花(りんか)は本気で照れながら、使い終えたブラシやヘアピンを片付け始める。

メイクアップ用のケープを外して立ち上がるロゼに、魏(ウェイ)がホルスターと拳銃を手渡した。

ロゼはパーティードレスの裾を平然とまくり上げ、露(あら)わになった太ももにそれを装着する。

金属探知機の反応しない強化プラスチック製のフレシェット銃だ。

彼女のドレスや装飾品にも、無数の刃物や隠し武器が仕込まれている。ロゼの超人的な身体能力をもってすれば、軍の特殊部隊が相手でも余裕で殲滅(せんめつ)できるだろう。ただし相手が普通の人間であれば、の話だが。

「ロゼ、少しいいですか？」

茶会の準備を終えたロゼに、コック服(コート)を着た男性が話しかける。ギャルリー・ベリトのお抱え料理長である申(シン)だ。

「どうしましたか、申志煥(シンジファン)？」

「外出の許可をいただけませんか？　食材の調達に行きたいと考えているのですが」

「食材ですか……なるほど」

ロゼが考えこむように口元に手を当てた。

揺光星(ヤオクアンシン)には戦闘糧食(レーション)を含めた大量の食材が積まれているが、作戦行動が長期化すれば、どうしても生鮮食品は不足する。名古屋(なごや)で想定外の足止めを喰(く)らっているギャルリーとしては、現地調達を試みたいところである。

「許可いただけるのであれば、売り手との交渉は私のほうでやります。中華連邦もマーケットへの出入りを制限しているわけではないようですし」

申(シン)が微笑(ほほえ)みながら提案する。世界各地を回って料理の修業を積んだ彼は、その手の交渉にも

自信を持っているのだろう。

「荷物を運ぶのに人手が必要ですか？」

「それについては非番の戦闘員を数人と、あとは蓮少年をお借りできればと」

「彩葉の弟ですか……なるほど、目立たないという意味では悪くないかもしれませんね」

申の提案に、ロゼは少し考えてうなずいた。

十一歳の澄田蓮は、彩葉の弟たちの中では最年長だ。年齢の割に大人びた性格ということもあって、雑用係としてはそれなりの戦力になっている。荷物運び程度なら充分役に立つだろう。

「わかりました。では、護衛として連れて行く戦闘員の人選を――」

「――ええっ！　蓮兄ィだけずるい……！」

申たちに指示を伝えようとしたロゼの言葉を、声変わり前の甲高い声が遮った。

「あ、バカ！」

「なにやってんの、京太！」

続けて小動物が暴れるような、バタバタとした物音が聞こえてくる。音の発生源はラウンジ車両のシートの下――収納スペースになっている空間だ。

ジョッシュが苦笑しながら立ち上がり、シートの座面を撥ね上げる。その中にうずくまるようにして隠れていたのは、彩葉の弟妹の九歳児トリオだった。

「ほのかと京太と希理だったか。おまえら、ずっと話を聞いてたのか？」

「ち、違うの……立ち聞きしようと思ってたわけじゃなくて、かくれんぼ……！　そう、かくれんぼしてただけ！」

三人の中のリーダー格であるほのかが、収納スペースから顔だけ出して言い訳する。まるで悪戯（いたずら）がバレた飼い猫のような姿である。

「ほう……で、誰がオニなんだ？」

ジョッシュがニヤニヤと笑いながら問い詰めた。ほのかが言葉を詰まらせて目を逸（そ）らす。

「まあ、退屈しているのはわからないでもないけどね」

魏（ウエイ）が苦笑しながら助け船を出した。

なんだかんだで仕事を任されている年長組と違って、この三人が役に立つことはあまりない。

彼らが探偵ごっこに興じているのは、それを悔しく思っているせいなのかもしれない。

「……そうだよ。あたしたちもお仕事したい」

ぼそり、とほのかが本音を漏らす。

そう言われてもな、とジョッシュが困ったように頭をかく。

代わりに口を開いたのは、ロゼだった。

「いいでしょう。あなたたちに任務を依頼します」

「え？」「マジで⁉」「やったあ！」

一瞬、虚を衝（つ）かれたように顔を見合わせた三人は、すぐに手を取り合って喜んだ。

黙ってそれを見ていた凛花(りんか)が、ホッとしたように胸を撫(な)で下(お)ろす。

立ち聞きといえばまだ聞こえはいいが、ほのかたちの行動は立派なスパイ行為である。ロゼの判断次第では、処罰されてもおかしくないところだったのだ。

「いいのか、お嬢?」

ジョッシュが少し意外そうにロゼに訊(き)く。

「問題ありません」

ロゼはほのかたちが隠れていた収納スペースをじっと見下ろし、それから思わせぶりな視線を三人に向けた。

そして彼女は、ゾッとするような美しい笑みを浮かべて告げる。

「かくれんぼ、得意なんでしょう?」

4

貨物搬入用のエレベーターが停止して、申志煥(シンジファン)に率いられたギャルリーの戦闘員(オペレーター)たちがぞろぞろと降りてくる。生鮮食材の調達のために、名古屋(なごや)駅要塞(ようさい)内の市場に向かうのだ。

そんな彼らが空の木箱を満載したリヤカーを引いていても、見咎(みとが)める者はいなかった。

監視の兵士が駅の出口で義務的に確認するが、当然のように木箱の中身は空だ。

そのまま特に怪しまれることなく、申たちは市場へと足を踏み入れる。

七万人を超える人間が生活しているというだけあって、要塞内の市場は活気に満ちていた。

中華連邦本国から送られてきた肉や野菜。果物。香辛料。菓子や酒などの嗜好品。異国情調あふれる市場の様子に、澄田蓮は興奮を隠せない。

その一方で彼の視線は、時折、リヤカーの荷台へと向けられていた。

戦闘員たちが引っ張るリヤカーが道路の段差を乗り越え、その直後にどこからともなく小さな悲鳴が聞こえてくる。それに気づいて、蓮は不安そうに溜息をついた。

荷台の上では、満載された空の木箱がゴトゴトと音を立てながら揺れている。


「痛ってえ……！」

暑苦しく窮屈な闇の中で、京太がくぐもった悲鳴を上げた。

リヤカーが段差を乗り越えた衝撃で、荷台の底板に後頭部をぶつけたのだ。

「あまり動かないでよ、京太。狭いんだから」

京太の隣にいた希理が、京太の脇腹を肘でつつく。

彼らがいるのは二重底になったリヤカーの荷台の下の、高さ五十センチにも満たないわずかな空間だった。大人であれば絶対に入るのは不可能。幼い希理たちでもギリギリのスペースだ。

「この席、衝撃がもろに伝わってくるんだよ。文句言うなら変わってくれよ」

「無理でしょ。上に木箱とか載ってるし」

「くっそお……」

京太(きょうた)はぶつけた頭を押さえたまま、小声で呻(うめ)いた。

今のところ中華連邦軍の兵士に気づかれそうな気配はないが、用心に越したことはない。なにしろ京太(きょうた)たち三人は、ロゼから直々(じきじき)に任された極秘任務中なのである。

「だけど、すごいね、この生体ドローンってやつ。妖精になった気分だよ」

アイマスク状のVRゴーグルを装着したほのかが、感動したように息を吐く。

ゴーグル越しにほのかが見ているのは、市場に立ち並ぶ商店だ。中(シン)や蓮(れん)たちがいる大通りではなく、そこから離れた裏路地である。普通の人間では入りこめない狭い隙間を通り抜け、立ち入り禁止区画に侵入しているのだ。

「妖精っていうか、ネズミだけどな」

「それは言わないでよ！　せっかく人が忘れてるんだから！」

からかう京太(きょうた)に、ほのかが本気で嫌そうな声を出す。

ほのかが操作しているのは、ロゼが用意した生体ドローンだ。ハムスターを模したネズミ型のロボットを、ラジコンの要領で遠隔操作しているのだ。

揺光星(ヤオクアンシン)が停(と)まっている駅舎の周囲には強力な妨害電波が放たれており、名古屋(なごや)駅要塞(ようさい)の内側にドローンを潜りこませることはできない。そこでロゼは、中(シン)の買い出しに乗じてほのかたちを市場に送りこみ、要塞の内側から情報を集めるように命じたのだった。リヤカーの荷台に姿を隠せる、ほのかたちの小柄さを活かした作戦である。

「二人とも、行き先はわかってる？」

生体ドローンを操作しながら、ほのかが男子二人に訊いた。

希理と京太はそれぞれＶＲゴーグルを装着し、自分のドローンを起動したところだ。

「大丈夫だよ。地図も頭に入ってる」

「この赤いマークがついてる建物にいけばいいんだろ」

「急いでね。蓮兄ィたちの買い出しが終わる前に調査を終わらせなきゃいけないんだから」

家庭用ゲーム機のコントローラーを使って、ほのかが生体ドローンに移動の指示を出す。

「ほのかは、ロゼがなにを探してるのか知ってるの？」

「逆に希理たちはわかってなかったの？　ロゼの説明聞いてたよね？」

「それはだって……なあ」

「ロゼの説明は抽象的でよくわからないんだよ。知ってるなら教えてよ」

呆れたように訊き返すほのかに、男子二人はあっさり屈服した。

「発電所」

「え？」

「この街の海側におっきな発電所があるの、気づいてた？」

「発電所……って、これかあ」

「でも、これだけの人が暮らしてたら、発電施設くらいあってもおかしくないんじゃないの？」

京太が地図で発電所の位置を確認し、希理が納得できないというふうに呟いた。

「だとしても大きすぎるんだってば。この要塞の住人の数に、発電所の大きさが見合わないよ。むしろこの要塞は、あの発電所を維持するために作られたんじゃないかって思うくらい」

ほのかが強い口調で言った。

「つまり発電所で作られた電気が、どこに消えてるのかってこと？」

「そう。ロゼはそれを気にしてるんだと思う。このマークがついてる建物は全部、高圧電線がつながってる場所だもん。初歩的な推理だよ」

「へえ……そういうことか」

希理が感心したように相槌を打つ。

「……それって、もしかして魍獣たちがこの街を襲ってくるのと関係あったりするのかな？」

京太が少し間を置いて、いつになく真面目な口調で言った。

ほのかは少し驚いたように沈黙して、

「そうかもしれないね」

「だったら俺たちのこの仕事も、ママ姉ちゃんたちの役に立つかもしれないな」

「そうだね……それはそれとしてさ、さっきから京太……鼻息ちょっと荒くない？」

少し気負いすぎている京太を心配したのか、ほのかがからかうようにクスクスと笑う。

京太は、薄闇の中でもはっきりわかるくらい頬を紅潮させて、

「なっ……そ、そんなことねえよ！　ただちょっと、髪の毛が……いい匂いだったから……」

「えー……えっち」

「なんでだよ、狭いんだから仕方ねえだろ！」

あからさまにうろたえながら、京太が必死に言い訳する。

希理はやれやれ困ったな、というふうに伸ばした髪をかき上げて、

「そんなに気に入ったんなら、べつに嗅いでも構わないけど。同じシャンプー貸そうか？」

「って、おまえの匂いだったのかよ……！」

「静かにしてよ、見つかっちゃうでしょ！」

「俺のせいかよ……!?」

狭いリヤカーの荷台の下で、姉弟三人がいつものように仲良く喧嘩を始める。

彼らが操作する生体ドローンは、その間も、情報収集のために要塞内をせっせと走り回っていたのだった。

5

「わっ……鳥居だ！」

森の中に立つ苔むした巨大な鳥居を見上げて、彩葉が感動の声を上げた。

周囲の道路や建物が廃墟と化している中、荘厳に立ち尽くす木製の鳥居の姿には、たしかにどこか神聖な空気を感じる。日本人であるヤヒロはもちろん、ギャルリー・ベリトの戦闘員たちも畏敬の念を抱いたように表情を引き締めていた。

「じゃあ、この先が例の神社なのかな。言われてみると空気が違ってる気がするね」

意味もなく鳥居を拝みながら、彩葉が言う。

装甲トラックを降りたシア・ジーグァンは、くだらないと言いたげな表情で彼女の横を通り過ぎ、ヤヒロの前に来て耳打ちした。

「気づいてるか、不死者？」

「ああ。グレードⅣがいるな。少なくとも二体以上……」

鳥居の奥を睨んで、ヤヒロが答える。

グレードとは、既存の軍隊の戦力を基準に設定された、魍獣の脅威度を表す指標だった。

歩兵一個分隊程度の戦力で倒せるのがグレードⅠ。機関砲などの大口径火器が必要となるグレードⅡ。そしてグレードⅢともなると、戦車や装甲戦闘車両の支援がなければ対処できないといわれている。巨大化した全盛期の状態のヌエマルが、このレベルだ。恐ろしく強力だが、人類が太刀打ちできないわけではない。

しかしグレードⅣになると話は変わってくる。彼らは計測不能な規格外の存在。たった一体で軍の大部隊すら殲滅する、文字どおりの怪物なのだ。

鳥居を取り囲む森の奥から、そのクラスの魍獣の視線を感じる。肌に伝わってくる瘴気の濃度で、ヤヒロはそう判断した。二十三区で多数の魍獣と遭遇したからこそわかる感覚だ。

「おまえのところの龍の巫女は気にしてないみたいだが、いいのか？」

横目で彩葉を眺めながら、シアが訊く。

グレードⅣの気配を感じていないはずがないのだが、彩葉は躊躇することなく平然と鳥居をくぐって、神社の敷地へと侵入した。シアたちの情報が確かなら、この先はすでに魍獣たちの縄張りだ。

「構わない。それよりもあんたの部下たちが、ビビって魍獣たちを刺激しないように見張っておいてくれ」

ヤヒロは諦めたように肩をすくめて、渋々と彩葉のあとを追いかける。

「言ってくれる」

ヤヒロの言葉を挑発と受け取ったのか、シアはヤヒロを睨みつけて愉快そうに笑った。

　彼の殺気を受け流しながら、ヤヒロはシアに訊(き)き返す。

「それよりも、あんたは前にもここに来たことがあるのか、シアさん？」

「なぜそう思う？」

「なんとなくそんな気がしただけだ。やけに慣れてるように見えたからな。でなきゃ、この距離でグレードⅣの気配に気づくとは思えない」

「見かけによらずカンがいいな、不死者(ラザルス)」

　シアが感心したように片眉を上げた。

「だが、ハズレだ。ここに来たことがあるのは、俺じゃない」

「どういう意味だ？」

　ヤヒロが訝(いぶか)しげに目を眇(すが)めた。シアはめずらしく自嘲するように唇を歪(ゆが)めて首を振る。

「考えてもみろよ。俺たちが連邦本国からがっつりプレッシャーをかけられているのは、あの長官の態度からも想像できるだろ。一個でも多くのレリクトを他国に先駆けて確保しろってな」

「ああ」

「あの行政長官がそんな状況で、要塞(ようさい)から目と鼻の先にあるレリクトをほっとくと思うか？」

「そうか。あんたたちも草薙剣(くさなぎのつるぎ)のことは知ってたんだな？」

「この国じゃ有名な宝器(レガリア)らしいな」

ヤヒロの呟きに、シアがうなずく。

言われてみれば、当然の話だ。国を挙げてレリクト蒐集を行っている中華連邦が、歴史や神話に疎いヤヒロでも知っていた草薙剣の存在に気づかないはずがない。

彼らはとっくに草薙剣の回収に兵士を派遣していたのだ。

「……だけど、この先に入ることはできなかった？」

「そうだ。少なくとも俺たちはな」

彩葉のあとに続いて、ヤヒロが鳥居をくぐった瞬間、森の木々が大きく揺れた。

その奥から現れたのは、神社の狛犬を思わせる獅子頭の巨大な魍獣だ。

全長は優に十メートル以上。ヤヒロとシアが警戒していた二体のグレードⅣの片割れだろう。

その巨体が撒き散らす暴力的なまでの威圧感に、ヤヒロたちは全身を硬直させた。

ギャルリーの戦闘員たちはもちろん、レリクト持ちの兵士たちですら金縛りにあったように固まっている。

その気になればあの魍獣は、一瞬でここにいる全員を肉片に変えることができるのだ。それがわかっていても、ヤヒロたちは動けない。それがグレードⅣという規格外の怪物の持つ力だ。

ただ一人――彩葉だけが、獅子頭の魍獣を見上げて、愛想よく手を振っている。

それを確認した魍獣は、金色の目を眇めると、そのままのっそりと森の奥へと戻っていった。

張り詰めていた空気が緩み、ヤヒロたちは脱力したように息を吐く。

獅子頭(ししがしら)の魍獣(もうじゅう)は、ヤヒロたちを見逃してくれたのだ。

「なるほどな。龍の巫女(みこ)と従者には、ここを通る資格があるってわけか……あの女が言ってたとおりだな」

シアが不機嫌そうに言葉を吐き捨てた。

「従者か……あんたたちも彩葉(いろは)の従者に含まれてるのか？」

「魍獣(もうじゅう)どもからすれば、人間なんてどれも似たようなもんだろうよ」

からかうように尋ねるヤヒロに、シアが乱暴に言い返す。

「とはいえ、みんなでぞろぞろと連れだっていくわけにも行かないよね。なんかあったときに全滅するのは避けたいし。ね、パオラ」

二台目の装甲トラックから降りてきたジュリが、隣にいたパオラ・レゼンテに同意を求める。

褐色の肌の寡黙な美女は、それだけでジュリの意向を察したらしかった。

「ん……わかった……みんな、集まって」

パオラが分隊の部下たちを集めて指示を出し、運んできた重火器の組み立てを始める。

鳥居の中に侵入するのではなく、魍獣(もうじゅう)たちの縄張りの外に橋頭堡(きょうとうほ)——最悪の場合に備えての拠点を築こうとしているのだ。

「ま、退路の確保は重要だわな。おまえらもトラックを安全な場所まで下げて待機してろ。帰りの足がなくなると面倒だ」

シアが部下の兵士を何人か呼んで、この場に残るように指示を出す。彼らの役目はそもそも彩葉の道案内であり、危険な魍獣の縄張りにあえて踏みこむ理由はないのだ。

「ジュウ中尉！　フォン中尉！　おまえらはこっちだ。俺と一緒に来い」

「はい！」

「了解であります！」

中性的な顔立ちの若い兵士と、スキンヘッドの大柄な兵士がシアに名指しされて駆け寄ってくる。彩葉のファンだという例の二人組だ。

「一緒にということは、副司令もわおんちゃんに同行されるのですか？」

ジュウと呼ばれた若い兵士が、シアに訊く。

わおんちゃん、という部下の発言に、シアは顔をしかめつつもうなずいた。

「おまえらもいちおうレリクト持ちだしな。最悪、囮くらいにはなるだろう」

「相変わらず副司令は辛辣ですな、ははっ」

「我々に龍の巫女護衛の機会を与えていただき、光栄です！」

あながち冗談とも思えないシアの言葉にも、二人の兵士は動じることなく敬礼する。

彩葉はその間に、ここまでついてきた魍獣たちを呼び集め、身振り手振りで懸命に話しかけていた。鳥居の外に残る魍獣たちに、パオラたちを守るように頼んでいるらしい。

「じゃあ、みんな、パオラさんたちをよろしくね」

名残惜しげに魍獣たちに手を振りながら、彩葉は森の中へと入っていく。

その様子をじっと眺めながら、シアは警戒したように目を細めた。

「あの女の能力は、本人が離れてても有効なのか？」

「ああ……そうみたいだな」

シアの質問に、ヤヒロが答える。

魍獣たちにどの程度の知性があるのかヤヒロは知らないが、ヌエマルを見ている限り、少なくとも大型犬以下ということはないだろう。彩葉がこの場から離れても、彼らは彼女の指示を忠実に実行するはずだ。

「ずいぶん厄介な能力だな……ったく、龍の巫女ってのは、どいつもこいつも……」

シアが露骨に不機嫌な顔をした。彩葉が敵に回ったときのことを想像しているらしい。

ヤヒロは、シアが何気なく口にした言葉に反応する。

「あんたは、彩葉以外の龍の巫女を知ってるのか？」

「ああ……そうだな。鉄道で移動する連中は、嫌でも名古屋駅要塞を通るからな」

シアは、答えになっていない曖昧な答えを返した。

ヤヒロはなおも彼を問い詰めようとしたが、その前にシアが言葉を続ける。

「おまえの妹のこともよく知ってるぜ、鳴沢八尋。そういや、今はおまえらの捕虜になってるんだっけか？」

「どうしてあんたがそれを知ってる、シア・ジーグァン？」

ヤヒロが声を低くして訊(き)いた。

鳴沢珠依(ナルサワスイ)がギャルリー・ベリトの捕虜になって、まだ一週間しか経(た)っていない。その間、彼女は揺光星(ヤオクアンシン)のコンテナ内で昏睡(こんすい)状態のままだった。

中華連邦軍に所属するシアが、珠依(スイ)の存在を知る機会はなかったはずである。

「なぜだと思う？　当ててみな」

どこか楽しげな口調でそう言うと、シアはヤヒロに背中を向けた。

彼はそのまま彩葉(いろは)を追って、森の奥へと歩き出す。

ヤヒロは仕方なく彼に続いた。あとはジュリと、彩葉(いろは)のファンである二人組。それが魍獣(もうじゅう)群棲(ぐんせい)地の中心部に潜入する部隊(パーティ)の全員だ。

魍獣(もうじゅう)たちの住処(すみか)と化した森に、かつての神社の面影は残っていない。

地割れや陥没のせいで周囲の地形そのものが変貌しているし、四年間の間に生い茂った草木によって残された社殿も埋もれてしまっている。それでも玉砂利(たまじゃり)を敷き詰めた参道がわずかに残っていたおかげで、徒歩での移動はそれほど苦にはならなかった。

森に潜む数百体の魍獣(もうじゅう)の視線を感じながら、ヤヒロたちは群棲(ぐんせい)地の奥へと進んでいく。

極度の緊張のせいかシアですら口数が減り、軍の訓練で鍛えられているはずの彼の部下は、早くも息を乱していた。たとえギャルリーの歴戦の戦闘員(オペレーター)たちでも、この空気の中で本来の精神状態を保つのは不可能だろう。ジュリが、パオラたちを鳥居の外に置いてきた理由がよくわかる。

　そんな中で彩葉(いろは)とヌエマルだけが、普段とまったく変わらない態度で歩き続けていた。

　そのまま十分ほど進んだところで、彩葉(いろは)は不意に足を止める。

「ヤヒロ、見て！」

　彩葉(いろは)が真剣な表情でヤヒロを呼んだ。

　彼女が伸ばした指の先で、森の木々が途切れていた。地面そのものが消失しているのだ。

　その先にあったのは直径十四、五メートル程度の巨大な穴だった。

　底が見えないほどに深い、大地に穿(うが)たれた縦孔(たてあな)だ。

　光すら届かない深い闇色の空隙(くうげき)。そこから漏れ出す禍々(まがまが)しい空気は、ヤヒロたちにとって馴染(なじ)み深いものだった。二十三区の中心部と同じ空気である。

「この瘴気(しょうき)……まさか、冥界門(プルトネイオン)か？　なんでこんなところに冥界門(プルトネイオン)が……？」

「待って、ヤヒロ。この冥界門(プルトネイオン)……なんか変じゃない？」

　彩葉(いろは)がやけに冷静に指摘した。

　そこでヤヒロも、ようやくぼんやりとした違和感に気づく。

　漂い出す瘴気(しょうき)の濃さや、底知れない闇がもたらす威圧感は同じだ。だが、この土地にある冥界門(プルトネイオン)は、地の龍(スペルビア)の権能で生み出されたものとはなにかが違っていた。ひと言でいえば、古びているのだ。

大殺戮（ジェノサイド）のきっかけとなった二十三区の冥界門（プルトネイオン）ですら、出現したのはわずか四年前。しかし目の前にある冥界門（プルトネイオン）は、出現して最低でも数十年——あるいはそれ以上の時間が経（た）っていると思われた。

長年の風雨に晒（さら）されて穴の縁（ふち）があちこち崩れ、周囲の地面は苔（こけ）むしている。

そしてなによりも冥界門（プルトネイオン）の周囲には、明らかに人工物とおぼしき石碑がいくつも立っていた。石碑自体も相当に古いものである。

「結界だね」

石碑に刻まれた文字を眺めて、ジュリが感心したように呟（つぶや）いた。

「結界？」

ヤヒロと彩葉（いろは）が同時に訊（き）き返す。そうだよ、とジュリはうなずいて、

「魍獣（もうじゅう）が湧き出してこないように、冥界門（プルトネイオン）を封じる結界。ずいぶん古いものみたいだね。数百年前……ううん、もっとかな。千年か、二千年か」

「待ってくれ、ジュリ。千年以上前の結界だと……？」

ヤヒロが困惑したように頭を押さえて訊（き）いた、

「それじゃ、この冥界門（プルトネイオン）は……」

「当然、その前から存在してたことになるね」

ジュリがあっさりと言い切った。

「べつに驚くことじゃないでしょ。千年以上前の遺存宝器（レリクト・レガリア）が残ってるってことは、当然その時代にも龍の巫女（みこ）や不死者（ラザルス）がいたわけなんだから」

「古代の龍が残した冥界門（プルトネイオン）……か……」

畏怖に近い感情に声を震わせながら、ヤヒロはうめいた。

古（いにしえ）の時代に龍が出現したということは、おそらく当時も大殺戮（ジェノサイド）と同等の災厄がこの国を襲ったということなのだろう。

否（いな）、それはこの国に限った話ではない。龍の伝説は世界中で語り継がれており、原因不明の災厄で滅びた文明の痕跡も世界各地に残っている。

龍は、過去に幾度となく世界に災厄をもたらした。その証拠が、この古代の冥界門（プルトネイオン）なのだ。

「名古屋（なごや）駅要塞（ようさい）を襲ってくる魍獣（もうじゅう）たちが無尽蔵に湧いてくる原因は、これではっきりしたね」

ジュリが、楽しげな表情をシア・ジーグァンに向けた。

「そうだな。だが、連中が街を襲ってくる理由の説明にはなってないぜ」

シアは表情を変えずに反論する。しかしジュリは、少し得意げに眉を上げて首を振り、

「そうでもないよ」

「なに？」

「見て。この結界、壊れちゃってるからね」

そう言って、ジュリは冥界門を見下ろすもっとも大きな石碑に触れた。その石碑の本体は横倒しになって地面に転がり、石碑の台座も破損している。

「たしかに結界といわれてもピンと来なかったが、冥界門が封じられてるように見えないのは、この石碑がぶっ壊れてるのが原因か？」

「たぶんね。結界が壊れたのは二年前……ううん、せいぜい一年前くらいかな。どう？　名古屋駅要塞が猛獣に襲われるようになった時期と一致しない？」

「よく言うぜ、ジュリエッタ・ベリト。その推理は順序が逆だろ。おまえは要塞の壁に残った傷跡の古さから、この結界が壊された時期を逆算したんだろうが」

「あはは、バレてた？」

ジュリが悪戯っぽく舌を出して微笑んだ。

「だけど否定はしないんだね、シア上校」

「否定する必要がないからな。調べりゃすぐにわかることだ」

シアが投げやりに言い放つ。つまり石碑が壊されたのは、一年前でほぼ確定ということだ。

「石碑を壊したのは、この森にいる魍獣たちなのか？」

ヤヒロが困惑したように訊いた。

封印の石碑は見るからに頑丈だが、グレードⅢ以上の魍獣の力なら破壊することは容易だろう。魍獣たちが自ら望んで冥界門の封印を解きたがるとは思えないが、絶対にあり得ないというわけでもない。

　しかしジュリは、なぜかきっぱりとそれを否定する。

「ううん、違うよ。この神域に踏みこんで、結界を壊した人間がいるんだよ」

「踏みこんで……って、冥界門の封印が解ける前から、ここは魍獣の群棲地だったんだろ？」

　ヤヒロは凄惨な廃墟と化した名古屋市街の惨状を思い出す。

　名古屋駅要塞への襲撃が始まったのが一年前だとしても、それ以前に魍獣が出現しなかったわけではない。むしろ名古屋は魍獣との激戦地だったのだ。

　レリクトを装備した部隊でも苦戦するその危険地帯を乗り越えて、魍獣たちの群棲地に侵入する。およそ実現可能とは思えない。

「そうだね。普通の人間ではここまで来られない。だけど、あたしたちは入れたね」

「それは、俺たちが彩葉と一緒にいたから――」

　ジュリの指摘に反論しかけて、ヤヒロはハッと息を呑む。

「まさか……龍の巫女なのか？　龍の巫女の誰かが石碑を破壊して、冥界門の封印を解いたっていうのか？」

　普通の人間では侵入不可能な魍獣群棲地の中心部にも、龍の巫女なら辿り着ける。それは彩葉が証明済みだ。

「だけど、どうしてそんなことを？　龍の巫女が冥界門の封印を破ってなんの得がある？」

ヤヒロは混乱してジュリに詰め寄った。

あえて冥界門(プルトネイオン)を開こうとする龍の巫女(みこ)がいるとすれば、おそらくそれは珠依(スイ)だろう。しかし珠依(スイ)には、わざわざ古代の冥界門(プルトネイオン)の封印を解く理由がない。彼女自身の能力で、好きな場所に冥界門(プルトネイオン)を開放できるからだ。

「封印を破るのが目的だったわけじゃないんだよ。結果的にそうなってしまっただけで」

戸惑うヤヒロを面白そうに見上げて、ジュリが笑う。

「ねえ、冥界門(プルトネイオン)を塞いで魍獣(もうじゅう)たちを堰(せ)き止(と)める結界——その力の源はなんだと思う？」

「そうか……レリクト……！　遺存宝器(レリクト・レガリア)か！」

ジュリの問いかけに、ヤヒロが頬を強張(こわば)らせた。

龍の権能によって生み出された冥界門(プルトネイオン)を封印するほどの、強力な結界の動力源——そんなものが存在するとすれば、それは同じ龍因子の産物である遺存宝器(レリクト・レガリア)以外にあり得ない。そして火上神宮(ひかみじんぐう)に祀(まつ)られているのは、天帝家の遺存宝器(レリクト・レガリア)——草薙剣(くさなぎのつるぎ)だ。冥界門(プルトネイオン)を封じていた結界は、遺存宝器(レリクト・レガリア)によって維持されてきたものだったのだ。

「その結界が解けたってことは……じゃあ、草薙剣(くさなぎのつるぎ)は……」

「とっくに持ち出されたあとってことだね」

壊れた石碑に触れながら、ジュリは面白くなさそうに両手を広げる。

その間、黙って石碑を眺めていた彩葉(いろは)が、あっ、と驚いたように声を上げた。

「ヤヒロ！　ジュリ！　見てこれ！　この傷跡！」

破壊された石碑の台座を指さして、彩葉(いろは)が大騒ぎしながらヤヒロたちを呼んだ。

台座の地下には、人間が数人入れるくらいの空間が見える。古墳の石室を思わせる、切石(きりいし)を積み上げた地下空間だ。おそらくそこが結界を発動するための、遺存宝器(レリクト・レガリア)の安置場所だったのだろう。

しかし彩葉(いろは)が指さしていたのは、石室の内部ではなかった。石室の蓋を兼ねた巨大な台座。彼女は、破壊されたその断面を見ていたのだ。

重さ数トンはありそうな巨大な台座の中央部が、飴(あめ)のように溶けて崩れ落ちている。高熱で焼(や)き融(と)かされたわけではない。強酸などにより腐食したわけでもない。石の台座は、文字どおり溶けたのだ。それ自体が液体状に変化して。

ヤヒロはその異常な変化を引き起こす能力を知っていた。

物質液状化の権能。沼の龍(ルクスリア)〝ルクスリア〟の神蝕能(レガリア)だ。

「この石棺を開けたのって……」

彩葉(いろは)が不安げな眼差(まなざ)しでヤヒロを見た。

ヤヒロは目つきを険しくして、彼女の言葉の続きを口にする。

「湊久樹(ミナトヒサキ)の神蝕能(レガリア)だ」

「やっぱり丹奈(にな)さんたちの仕業(しわざ)ってこと？　でも、どうして……」

彩葉（いろは）が呆然（ぼうぜん）と呟（つぶや）いた。その疑問に答える代わりに、ヤヒロはシアを睨（にら）みつける。

「シア・ジーグァン……あんたは草薙剣（くさなぎのつるぎ）が持ち出されたことを知ってたな？」

「この状況じゃ、さすがに気づくか」

シアはヤヒロの視線を受け止めて、静かに息を吐いた。

ヤヒロたちよりも先に魍獣群棲地（もうじゅうぐんせいち）の中心部に辿（たど）り着いていた龍の巫女（みこ）——シアが知っていると言った相手は、姫川丹奈（ひめかわにな）のことだったのだ。ギャルリー・ベリトが珠依（スイ）を捕虜にしたことも、統合体（ガンツアイト）経由で、丹奈（にな）の口から知らされたのだろう。

「遺存宝器（レリクト・レガリア）の存在を匂わせることで、あたしたちをここに誘導するのが目的だったんだね」

ジュリがうっすらと殺意を滲（にじ）ませた微笑を、シアに向ける。

シアは、草薙剣（くさなぎのつるぎ）がすでにこの地にはないことを知っていた。だがそれをギャルリー・ベリトに伝えようとはしなかった。魍獣（もうじゅう）襲撃の原因を調べるために群棲（ぐんせい）地の中心に行くと彩葉（いろは）が言い出したときも、彼女が冥界門（プルトネイオン）を発見したときも、だ。

彼がそんなことをする理由は、ひとつしかない。

それは草薙剣（くさなぎのつるぎ）があると思わせることで、ヤヒロたちがそれを確認するように仕向けることだ。ヤヒロたちをこの場所に連れてくることが、シアの目的だったのだ。

「まあ、そうなるな。時間稼ぎとしちゃ充分だろ」

シアは悪びれることなく微笑（ほほえ）んで言った。

「時間稼ぎ……？」

ヤヒロはシアの言葉に困惑を覚える。時間稼ぎという言葉の意味が、ヤヒロたちの京都(きょうと)行きを阻止することかと思ったからだ。

だがすぐに、そうではないということに気づく。

シアの役目は、ヤヒロたちを名古屋(なごや)駅要塞(ようさい)から引き離すこと。すなわち中華連邦軍の真の目的は、要塞(ようさい)に残してきた揺光星(ヤオクアンシン)――絢穂(あやほ)の遺存宝器(レリクト・レガリア)だ。

「いくらこいつがあるとはいえ、不死者(ラザルス)を殺しきる方法をほかに思いつかなかったんでな。おまえらが自発的に冥界門(プルトネイオン)を見つけてくれて、正直助かったぜ」

シアが腰のホルスターから、拳銃を抜く。そして彼は、その銃口を彩葉(いろは)に向けた。

「ちっ……！」

「上校⁉」

「わ、わおん殿……！」

ヤヒロと中華連邦の兵士二人が、彩葉(いろは)を庇(かば)うために彼女の前に移動する。

それを確認したシアは不気味に笑い、銃口をヤヒロたちの足元に向け直した。

彼の右手に埋めこまれたレリクトが、眩(まばゆ)い深紅の輝きを放つ。

「吹き飛ばせ、【大風(ターフオン)】！」

シアの拳銃から放たれた衝撃波の弾丸が、ヤヒロたちの立っている地面――冥界門(プルトネイオン)の縁(ふち)をごっそりと抉った。

足場を失ったヤヒロたちは砕けた無数の岩塊とともに、底の見えない深い縦孔へと落ちていくのだった。

6

ライランド・リウは、名古屋駅要塞内にあるホテルのラウンジでロゼを出迎えた。

本来は要塞の視察に訪れた軍の高官をもてなすための場所なのだろう。要塞内を一望できる、見晴らしのいい空間だ。

「お目にかかれて光栄です、ミズ・ベリト。噂どおりの美しい方ですね」

窓際の席に座っていたリウが、立ち上がって優雅に一礼する。

実年齢のわりに若々しい美丈夫だ。立ち居振る舞いにも隙がない。

「お招き、感謝します。リウ会長。どうぞ、ロゼッタとお呼びください」

「では、私のこともライリーと」

ロゼは堂々とした態度で挨拶し、リウも朗らかにそれに応えた。

着席するロゼの前に見るからに高価なティーカップが差し出され、琥珀色の紅茶が注がれた。熟れた果実のような華やかな香りが周囲に漂い出す。

「いい茶葉ですね、リウ会長」

「お気に召してよかった」

愛称で呼んでくれという自分の提案を無視するロゼに、リウは苦笑しながら首を振った。

「メローラ・エレクトロニクスのことはご存じですか？」

「ええ、もちろん。半導体や産業ロボットの製造から、ゲーム機まで網羅する世界有数の巨大IT企業――従業員わずか五人のベンチャー企業を、創業わずか十五年足らずでここまで成長させたあなたを知らない人間は、経済界にはいないでしょう」

「面と向かってそう言われると、さすがに面映ゆいですね」

淡々と賞賛の言葉を並べ立てるロゼに、リウは満更でもない表情を浮かべた。

「ですが、そんな成功者であるあなたが、どうしてこんな滅びかけの小国に？」

ロゼが目つきを鋭くして、リウを見る。

リウははぐらかすように曖昧に微笑んだ。

「その理由、あなたはすでにお気づきなのではありませんか？」

「さあ……しがない武器商人の私には見当もつきませんね」

「ははっ……素晴らしい。あなたは実に聡明な方だ。それでこそお招きした甲斐がありました」

武器商人という言葉をさりげなく強調したロゼに対して、リウは大袈裟に喝采してみせる。

「ええ。ご想像のとおり、私がここに来た理由は兵器開発です。メローラ社は中華連邦軍と協力して、この地で次世代型の生体戦術兵器の開発を行っている」

「量産型の遺存宝器（レリクト・レガリア）ですか」

ロゼが何気ない口調でさらりと言った。

ライランド・リウが驚愕（きょうがく）に目を見張る。メローラ社が新兵器のテストのために日本に拠点を構えたことは予想できても、その兵器の正体が、人工レリクトということまで看破されるとは思っていなかったのだろう。

既存の物理法則ではあり得ない、天災にも匹敵する破壊をもたらす龍の権能。それを再現するレリクトを人工的に量産できれば、間違いなく世界最強の軍隊を生み出せる。

それこそが、中華連邦とメローラ・エレクトロニクスの目標であり、彼らが名古屋駅要塞（なごやようさい）を造り上げた理由だった。中華連邦がレリクトの入手に固執するのも、人工レリクトの資料（サンプル）にするためだ。

「……まさにそのとおりです。遺存宝器（レリクト・レガリア）の正体はご存じですか？」

気を取り直したようにリウが質問し、ロゼは淀（よど）みなく答えを口にする。

「龍因子――龍の巫女（みこ）や不死者（ラザルス）が持つ細胞内小器官（オルガネラ）だと聞いていますが」

「そうですね。ミトコンドリアがＡＴＰ――真核生物の生命活動に必要な化学的エネルギーを生み出すのと同様に、龍因子は龍の巫女（みこ）や不死者（ラザルス）が神蝕能（レガリア）を発動するための龍気――いわば呪術的なエネルギーを発生します」

　リウは懐(ふところ)から携帯デバイスを取り出して、テーブルの上に分子模型に似た複雑な立体映像を投影した。魔法陣と化学式を融合したような奇妙な概念モデルだ。龍因子によって生み出される龍気の場(フィールド)を図式化したものらしい。

　龍因子が単体で生成できる龍気場はそれほど強力なものではない。しかし複数の龍因子が連結しネットワーク化することで、その影響範囲は幾何級数的に増大する。

　やがて一定の閾値(しきいち)を超えた龍気場は、異空間と接続された微細な門(ゲート)を生成する。そこから流れこんだ物質とこちら側の世界の物質が対消滅することで生じる膨大なエネルギー——それが神蝕能(レガリア)を生み出す龍の力の源だった。

　それはすなわち龍因子が生み出すエネルギーに、上限がないことを意味している。龍とは、文字どおり世界を滅ぼしうる巨大な力の塊なのだ。

　本来は統合体(ガンツアイト)だけが知る事実だが、ライランド・リウは、おそらくそれに気づいている。

「そして我が社の持つ微細加工技術は、その龍因子をナノメートル単位で複製できる。遺存宝器(レリクト・レガリア)を工業的に再現できるというわけです」

「鳴沢千駿(なるさわちはや)博士の龍因子サイクル理論ですか」

　ロゼが深々と溜息(ためいき)をついた。リウは、その名前を聞いて満足そうに口元を緩める。

「あなたなら当然ご存じでしょうね。驚きましたよ。まさか博士の息子が不死者(ラザルス)になって生き延びていたとは。これも因果というやつなのでしょうね」

「どうでしょう……案外すべて博士の計算どおりなのかもしれませんよ」

ロゼが遠くを見るような表情でぽつりと呟(つぶや)いた。

その言葉を冗談だと受け取ったのだろう。リウは小さく声を上げて笑う。

「この名古屋(なごや)駅要塞(ようさい)は、量産型レリクトの生産拠点として建造されたものです。今はまだ開発段階ですが、いずれ量産化が軌道に乗れば、ここから全世界に我が社の人工レリクトが輸出されることになる」

「興味深いお話ですが、それをなぜ私に？」

自信に満ちたライランド・リウを見返して、ロゼが怪訝(けげん)な顔をする。

「単刀直入に言いましょう。統合体(ガンツアイト)を離れて、我々につく気はありませんか？」

「ギャルリー・ベリトに、統合体(ガンツアイト)を裏切れと？」

咎(とが)めるような目つきで尋ねるロゼに、リウは深々とうなずいた。

「我々が人工レリクトの量産に成功したときに、もっとも打撃を被(こうむ)るのは統合体(ガンツアイト)です。彼らの目的は、世界各地に眠る龍の巫女(みこ)を覚醒させて、全地球規模で大殺戮(ジェイノサイド)を引き起こすことだそうですが、遺存宝器(レリクト・レガリア)を装備した軍隊があれば、龍の脅威に対抗できます。さすがに龍を殺すまではいかなくとも、魍獣(もうじゅう)を駆逐するくらいは余裕でしょう」

「つまり、このまま人工レリクトの生産が軌道に乗れば、あなた方は自動的に統合体(ガンツアイト)の敵に回ることになりますね」

　ロゼは表情を動かすことなく、紅茶のカップを静かに口に運んだ。

「そうですね。そうなる前に統合体（ガンツァイト）の戦力を削（そ）ぐのが、この交渉の目的です。不死者（ラザルス）と二人の龍の巫女（みこ）、そしてレリクトの適合者（ディザーバー）——あなた方の持つ戦力は、統合体（ガンツァイト）に対しても充分な抑止力になるでしょう」

　リウが正直に本音を明かす。嘘（うそ）をついているようには見えなかった。事実、メローラ社にはギャルリーを味方につけたい理由があるし、リウの戦力分析も的確だ。

「もちろん、それだけが交渉を持ちかけた理由ではありません。レリクトの量産体制が確立すれば、それを売り捌（さば）くための販路と輸送手段が必要になります。ギャルリー・ベリトは、その両方を押さえている。我々には兵器販売のノウハウや実績がありませんからね」

「互いに共闘するメリットがあるということですか」

　紅茶に濡（ぬ）れた唇をちらりと舐（な）めて、ロゼは艶然（えんぜん）と微笑（ほほえ）んだ。

「なるほど。あなたはたしかに優秀な企業経営者だったのでしょう、ライランド・リウ」

「経営者だった？　それは、どういう意味ですか……？」

　ロゼが過去形で語ったことに、リウは戸惑いの表情を浮かべた。

　ティーカップを置いたロゼの瞳には、リウを哀れむような冷ややかな光が宿っている。

「あなたには致命的に経験が足りないということです。あなたはなにもわかっていない」

「……ほう？」

「メローラ・エレクトロニクスの歴史はわずか十五年。対する我がベリト侯爵家は、紀元前の古代エジプトやギリシャ、あるいは古代中国の神仙(しんせん)に連なる系譜です。そんな我らが、遺存宝器(レリクト・レガリア)の複製に手を着けなかったとお思いですか？」

「あなた方もレリクトの量産に挑んだことがある、と？」

「ええ。それこそ千五百年以上もの間に、何度でも」

ロゼが美しく微笑(ほほえ)んで告げた。

リウが苛立(いらだ)ったように声を尖(とが)らせる。

「ですが、それは現代のように科学技術が発達する前の時代でしょう？　過去にレリクトの複製が上手(うま)くいかなかったとしても、我々が成功しないという根拠にはなりますまい」

「我々がレリクトの複製に失敗した——などとは、私はひと言も言っていませんよ？」

ロゼは不思議そうに目を瞬(またた)いて言った。リウが唖然(あぜん)としたように息を呑(の)む。

「まさか……」

「遺存宝器(レリクト・レガリア)の複製技術は、すでに確立されているのです。事実、草薙剣(くさなぎのつるぎ)には二振りの形代(かたしろ)が作られ、その複製は本体と同等の神威(しんい)を示したという伝承がありますね」

ロゼの指摘にリウは沈黙した。草薙剣(くさなぎのつるぎ)には、本体から分祀(ぶんし)された複数のレプリカが存在する。その有名な伝承を、リウは当然知っていたからだ。

「馬鹿な……ならば、なぜ統合体(ガンツァイト)はその技術を秘匿しているのですか？　龍などという不安定な存在に頼らずとも、量産したレリクトの力があれば、もっと簡単に世界を支配することができたはずだ！」

「その前提が、そもそも間違いなのですよ。龍の存在が不安定だと知っていながら、なぜレリクトなら制御できると思えたのですか？」

　ロゼがリウの反論を一蹴する。必死で冷静さを装(よそお)ってはいたが、リウの表情にはもう先ほどまでの余裕は残されていなかった。

「レリクトに欠陥があるというのですか？」

　焦(あせ)りを滲(にじ)ませた声で、リウが訊(き)いた。

「それがどのような形であれ、力には相応の代償がつきまとうということです。あなたが私の言葉を信じるかどうかは、私の知ったことではありませんが――」

　ロゼが静かに立ち上がる。その素っ気ない振る舞いが、もはやリウに対して興味は残っていないという彼女の本心を雄弁に語っていた。

「どうやら交渉は決裂のようですね、ロゼ？」

　リウが硬い口調で訊(き)いた。ロゼは彼を無表情に見返して、

「余計なお世話かもしれませんが、あなたはもっと早い段階で挫折を経験するべきでした。分不相応な力を求めて、取り返しのつかない状況に陥る前に」

「まったく、好き勝手に言ってくれる。個人的にあなたのような女性は嫌いではありませんが、残念ですよ。少なくとも、今日この地で挫折を味わうのはあなたのほうだ」

リウが、手に持っていた携帯デバイスを操作した。ラウンジの外で待つ彼の部下に対して、指示を出したのだ。

次の瞬間、ラウンジに雪崩(なだ)れこんできたのは、武装した十数人の戦闘員(オペレーター)たちだった。中華連邦軍の兵士ではない、メローラ社の私兵だ。

銃把(じゅうは)を握る彼らの手には、人工レリクトの赤い輝きが宿っている。

「後悔しますよ、ライランド・リウ」

「その言葉、そのままあなたに返そう、ロゼッタ・ベリト」

小さなテーブルを挟んで、ギャルリー・ベリトの執行役員とメローラ・エレクトロニクスのCEOが睨(にら)み合(あ)う。

そのとき遠くで爆発音が響いた。

爆発音の源は名古屋(なごや)駅要塞(ようさい)の駅舎。そこに停車するギャルリーの装甲列車が、中華連邦軍の襲撃を受けた音だった。

第四幕 シーズ・トゥ・イグジスト

THE HOLLOW REGALIA

CHAPTER.4

1

どうにか落下を免れようと、手を伸ばしたが無駄だった。足場をなくした頼りない浮遊感とともに、内臓が迫り上がってくるような不快な感覚が全身を襲ってくる。

眼下に広がるのは、果てしなく続く闇。シア・ジーグァンの攻撃によって、冥界門へと突き落とされたのだ。

重力に容赦なく引かれて、ヤヒロの身体は穴の底へと落ちていく。

激しい風の音が耳に障る。

落下距離は数十メートルか、あるいは数百メートルか——

ただひとつだけ確実に言えるのは、このままでは確実に死が待っているということだけだ。

「——ヤヒロ、こっち！」

歯嚙みするヤヒロのすぐ近くで、突然、彩葉の声がした。

グン、と身体が浮かび上がるような感覚とともに、ヤヒロの全身がわずかに浮く。

ヤヒロの身体を支えていたのは、純白の毛並みの大きな魍獣だ。巨大化したヌエマルの背に乗った彩葉が、空中でヤヒロを抱き止めたのだ。

「ヌエマル、お願い！」

彩葉が魍獣に向かって叫ぶ。

純白の巨大な獣は、落下する岩塊を足場に何度も跳躍し、冥界門の壁へと取りついた。さらにその壁を蹴って、反対側への壁へと跳ぶ。それを繰り返すことでヌエマルは落下の勢いを殺し、やがて見えてきた穴の底へとふわりと着地した。

「……助かった、のか？」

ヤヒロは、ヌエマルの背中から半ば滑り落ちるようにして地面に降りた。

死の恐怖で全身が強張っており、筋肉に力が入らない。たとえ不死者と化していても、高所からの落下に対する本能的な恐怖が消えるわけではないらしい。

「ヌエマルはすごいでしょ」

彩葉がこれ以上はないというくらい鼻高々に胸を張る。

「ああ、助かった、ヌエマル」

ヤヒロは素直にそう告げると、巨大な魍獣の毛皮に両手を埋めて両手でその喉をもふもふと

撫(な)でた。ヌエマルの背中から降りてきた彩葉(いろは)は、その光景を少し羨(うらや)ましそうに眺めて、

「わたしも褒めてくれていいよ。わたしも！」

「ジュリたちは？」

「うー……わたしも……！」

「呼んだ？」

ヤヒロの背後の闇の中からジュリが足音もなくぬっと現れて、ヤヒロは「うおっ」っと声を上げた。あれだけの高所から落下したにもかかわらず、ジュリに目立った怪我(けが)はないようだ。

「無事だったのか？　いったいどうやって？」

「ん、これのおかげかな」

棒状のケミカルライトをくわえたジュリが、あやとりをするように、ヤヒロの前に両手を差し出した。手甲(グローブ)に覆われた彼女の指の間に、蜘蛛(くも)の巣(す)を思わせる細い糸がキラリと輝いている。

「ワイヤーか……」

「思ったよりも底が浅くて助かったよ。ワイヤーの残量から計算すると、だいたい百メートルってところだね」

岩肌に撃ちこんだワイヤーを回収しながら、ジュリがあっけらかんと笑って言った。

普通の縦孔(たてあな)の深さとしては百メートルはかなりのものだが、冥界門(プルトネイオン)のイメージとしては予想より浅いと思えるのは事実だ。

だからといって冥界門（ブルトネイオン）が、ここで行き止まりというわけではなかった。穴の底はさらに長い地下トンネルの入り口となっており、肌がひりつくほどの強烈な瘴気（しょうき）が、その地下トンネルの奥から噴き出している。

「はい、照明。これ一本で十二時間は保（も）つけど、そんなに数がないから大事に使ってね」

ジュリが、ヤヒロと彩葉（いろは）にそれぞれケミカルライトを手渡した。輝度はそれほどでもないが、闇になれた目には充分な明るさだ。

その光に吸い寄せられるようにして、中華連邦軍の兵士たちが駆け寄ってくる。

「わおん殿！」

「ご無事でしたか……よかった！」

二人の兵士の全身には、ジュリが使うワイヤーの切れ端が纏（まと）わりついていた。ジュリは自分だけでなく、落下する彼らの命も救っていたらしい。もっとも兵士たちのほうは無傷とはいかなかったらしく、彼らの全身は土埃（つちぼこり）にまみれて軍服のあちこちも破れている。

「おまえら……！」

近づいてきた兵士たちに詰め寄って、ヤヒロは彼らに刀を突きつけた。

「どういうつもりだ！　シアはなにを考えてる……！」

「ひいっ！　お、おちおち落ち着くのでありますす不死者（ラザルス）殿」

「待って！　話を聞いてください！　僕たちもなにも知らされてないんです！」

「ああっ⁉」

慌てふためく二人に向かって、ヤヒロが本物の殺気を放つ。シアのせいでヤヒロだけでなく、彩葉(いろは)までもが死にかけた。彼らは、そのシアの仲間なのだ。情けをかける理由がない。

「本当なんです！　副司令がどうしてあんなことをしたのか、僕たちもわからなくて……！」

ジュウと呼ばれていた若い兵士が、涙目になりながら弁解する。ヤヒロは、彼の喉に刃を当てたまま刀を握る手に力をこめるが、ジュリがその手を横から押さえつけた。

「そこまでだよ、ヤヒロ。嘘(うそ)をついてるようには見えないでしょ」

「こいつらの言うことを信じる気か？」

「べつに信用はしてないよ。この人たち、もともとあたしたちの味方でもなんでもないんだし」

「そんな、支配人殿！　不死者(ラザルス)殿……！」

スキンヘッドの巨漢――フォン中尉が、ヤヒロたちの足元に暑苦しくすがりついてくる。

ジュリはそんなフォンから軽やかに身をかわしつつ、

「ただまあ、この人たちが上司に切り捨てられたのは事実だと思うよ。あたしたちを巻きこむためとはいえ、まさか貴重なレリクト適合者(ディザーバー)を冥界門(プルトネイオン)に突き落とすとはね。さすがにそれは読めなかったな」

「こいつらは、俺たちを油断させるための囮(おとり)だったってことか……」

ヤヒロは溜息（ためいき）をつきながら、構えていた刀を鞘（さや）に収めた。

シアがヤヒロたちを冥界門（プルトネイオン）に突き落とす直前まで、彼の部下は彩葉（いろは）の近くで普通に穴の底をのぞきこんでいた。そのせいでヤヒロたちの警戒心が薄れていたのは間違いない。まさかシアが平然と、部下を巻きこんで攻撃してくるとは思わなかったのだ。

「僕たちのレリクトは、あまり戦闘力が高くない二級品なんです。だから切り捨てても惜しくなかったんだと思います」

「そもそも拙者たちに支給されたレリクト自体が、粗悪な複製品ですしな」

ジュウとフォンが、それぞれ事情を説明する。彼らが切り捨てる対象として選ばれたのは、単に性格が鬱陶（うっとう）しかったからというだけではないらしい。

「複製品？　コピーってこと？」

「遺存宝器（レリクト・レガリア）を人工的に造り出したのか？」

彩葉（いろは）とヤヒロが戸惑いの声を出す。龍因子の結晶といわれる遺存宝器（レリクト・レガリア）を人工的に造る技術があるという情報は初耳だ。

「なるほど、話が見えてきたね」

ジュリが、ふふん、と愉快そうに笑った。ヤヒロは彼女に怪訝（けげん）な目を向ける。

「どういう意味だ？」

「中華連邦軍が、躍起になって遺存宝器（レリクト・レガリア）を集めてる理由だよ。どんなに強力なレリクトを手に入れても、ひと握りの適合者（デイザーバー）にしか使えないんだったら、兵器としての価値は高くないんだよね。大将同士の一騎打ちで勝負が決まるような時代じゃないんだからさ」

「ああ」

「だけど、レリクト自体が量産できるんだったら話は変わるよね。名古屋（なごや）駅要塞（ようさい）は単なる中華連邦軍の駐留地ってだけじゃなくて、人工レリクトの製造拠点も兼ねてる。違う？」

「いえ、そのとおりです」

ジュウが、ジュリの質問を肯定した。本来は軍事機密に相当する情報なのだろうが、上官に裏切られたこの状況下で隠しておく必要はないと判断したらしい。

「冥界門（プルトネイオン）の結界を破って草薙剣（くさなぎのつるぎ）を持ち出したのも、レプリカを造るためか」

ヤヒロが頭上を見上げて言った。

「たぶんね。そのために姫川丹奈（ひめかわにな）に回収を依頼したんでしょ。彩葉（いろは）じゃなくても龍の巫女（みこ）なら、遺存宝器（レリクト・レガリア）の回収自体はそれほど難しくなかったはずだから」

「だったら、どうして俺たちをここに誘導するような真似（まね）をしたんだ？」

「そんなの、あたしたちをここに突き落とすために決まってるじゃん」

「なに……!?」

「まあ正確にいえば、あたしたちというより、ヤヒロと彩葉（いろは）を、だけどね。レリクト使いを揃（そろ）えた彼らにとっても、不死者（ラザルス）や龍の巫女（みこ）と直接戦うのは嫌だろうし」

ペン回しの要領でケミカルライトをくるくると回しながら、ジュリが冷ややかな口調で言った。さすがに双子だけあって、真顔になると彼女の雰囲気はロゼとよく似ている。

「逆に言えば、ヤヒロと彩葉(いろは)がいなければ、連中にはもうギャルリー・ベリトを襲うのに遠慮する理由はないってこと」

「ギャルリーを襲うって……まさか絢穂(あやほ)を捕まえるために……!?」

彩葉(いろは)が大きく息を呑(の)んだ。

ギャルリー・ベリトが名古屋(なごや)に到着した直後から、中華連邦軍は山の龍(ヴァナグロリア)のレリクトに執着していた。

彼らがそれを強引に奪おうとしなかったのは、ギャルリー・ベリトの背後にいる統合体(ガンツァイト)への配慮と、ギャルリー自体の戦力を警戒したからだ。

しかし量産されたレリクトがあれば、中華連邦軍は龍の脅威に対抗することが可能だ。統合体(ガンツァイト)といえども、容易には中華連邦に手出しできなくなる。

そしてレリクトに対抗できるヤヒロと彩葉(いろは)は、冥界門(プルトネイオン)へと落とされた。中華連邦軍が山の龍(ヴァナグロリア)のレリクトを奪うための障害は消えたのだ。

「生まれたてほやほやで保存状態最高の山の龍(ヴァナグロリア)の遺存宝器(レリクト・レガリア)、しかも適合者(ディザーバー)つきだからね。多少の無茶をしても手に入れる価値があると思われたのかもね」

「もしかして、わたしのせい？　わたしが、魍獣(もうじゅう)たちが襲ってくる原因を調べるなんて言ったせいで、こんなことに……」

彩葉が顔色を蒼白にして呟いた。ヤヒロたちが揺光星を離れたのは、魍獣の襲撃原因を調べるという彩葉の提案がきっかけだ。絢穂を守ろうとした彼女の判断は、完全に裏目に出たことになる。

だからといって、絢穂のレリクトが狙われるのが、彩葉の責任ということはないだろう。ヤヒロは反射的に彼女の言葉を否定しようとして、

「そんなことは——」

「そうですよ！　悪いのはわおんちゃんたちを騙して利用した我々の上層部です！」

ヤヒロの声をかき消す勢いで、二人組の兵士が喰い気味に主張した。

「え……そ、そうかな……？」

兵士二人の勢いに圧倒されたのか、彩葉は気が抜けたような表情で曖昧にうなずいた。完全に納得したわけではないのだろうが、落ちこむタイミングを逸してしまったらしい。

「まあ、そのとおりだとは思うけど、こいつらに言われるのは複雑な気分だな」

ジュウたち二人を眺めながら、ヤヒロは苦い表情で息を吐く。

「どちらにしても、なんとかここから脱出しないとね。群棲地の外に残してきたパオラたちの部隊も心配だし」

穴の底を見回しながら、ジュリが気楽な口調で言った。

「脱出するってどうやって？　ここをよじ登るのは、さすがに無理だと思うぞ」

縦孔の側壁に触れながら、ヤヒロが尋ねる。結界に守られていたとはいえ、風化した冥界門の壁は脆く、ヌエマルでも登れそうにない。ジュリのワイヤーを使っても無理だろう。

「うん。だから、ほかの出口を探すしかないね」

「ほかの出口？」

「この冥界門の結界が破られたのは一年くらい前って話だけど、それまでこの土地に魍獣がいなかったわけじゃないんでしょ？　でないと、あんな頑丈な装甲防壁を作る必要はないもんね」

ジュリがジュウたちに確認した。二人の兵士は、戸惑いながらも揃ってうなずく。

「近くに、ほかの冥界門があるかもしれないってこと？」

彩葉がかすかに表情を明るくして、ジュリを見た。

深さ百メートルを超える縦孔をよじ登るのは不可能だが、名古屋地区にある冥界門が、ここにあるひとつだけとは限らない。ヤヒロたちがいるこの縦孔は、もっと浅く傾斜の緩やかなべつの冥界門と地下で繋がっている可能性がある。

「もちろん、出口につながってる保証はどこにもないけどね。冥界門の内部構造なんて知らないし。なにしろ生きて帰ってきた人に会ったことないから」

「だけど調べてみる価値はある、か」

冥界門のさらに奥底へと続く横穴を睨んで、ヤヒロはうんざりと肩をすくめた。

瘴気に満ちたその虚ろな穴は、ヤヒロたちを誘うように、啜り泣きに似た風の音を静かに吹き鳴らしていた。

2

大気が裂けるようなその激しい銃声を、佐生絢穂は揺光星の食堂車で聞いた。皿洗いを終わらせた子どもたちのために、申が用意してくれたアップルパイを切り分けている途中だったのだ。

「敵襲か……お嬢が警戒していたとおりになったな」

ちょうどつまみ喰いに訪れていたジョッシュが、舌打ちしながら絢穂を手招きした。

「……敵襲？」

「ああ、ヤヒロや姫さんがいなくなるタイミングを狙ってたんだろ」

「敵って、まさか、私のせいで……？」

絢穂が右手を押さえて声を震わせた。

ジョッシュは、そんな絢穂の頭を乱暴に撫でる。

「心配ない。こんなときに備えて揺光星（ヤオクアンシン）の車両は、下手な戦車より頑丈に出来てるからな。入り口さえ抜かれなければ、そう易々（やすやす）とは落ちねえよ」

力強い口調で言いながら、ジョッシュは腕につけた端末の画面に目を落とした。臨時の指揮官として揺光星（ヤオクアンシン）に残っている彼の元には、交戦を開始した戦闘員（オペレーター）たちから膨大な量の情報が送られてきている。

襲撃者たちの人数は意外に少ない。バックアップも含めてせいぜい一個中隊ほど。銃撃戦に参加しているのは、十数人といったところだろう。

揺光星（ヤオクアンシン）に搭載された重火器が防衛に使えるぶん、単純な撃ち合いなら、ギャルリー側のほうが圧倒的に有利な状況だ。

だがその有利な状況は、想定外の要素によって覆（くつがえ）されることになる。

物理法則を無視して唐突に出現した強烈な火球（かきゅう）。そして雷撃と、氷の槍（やり）——

通常の戦闘ではあり得ない特殊な攻撃に、ギャルリー側が築いた防御陣地は一瞬で崩壊した。揺光星（ヤオクアンシン）の機関砲も凍りつき、使用不能に陥っている。

「神蝕能（レガリア）！　レリクト適合者（ディザーバー）ってやつか……！」

端末に送られてきた映像を睨（にら）んで、ジョッシュはこめかみを引き攣（つ）らせた。

ヤヒロの神蝕能（レガリア）を見慣れていたおかげか、ギャルリーの戦闘員（オペレーター）に深刻な負傷者は出ていない。

しかし襲撃者たちの接近を喰（く）い止めるのは、すでに絶望的な状況だ。揺光星（ヤオクアンシン）の車両内に侵入されるのも、このままでは時間の問題だろう。

「まずいな。クリス、装甲車を出せ。ガキどもを要塞の外に逃がすぞ」

ジョッシュが同じ車両内にいる部下に呼びかける。

揺光星の後部車両には、一台の装甲戦闘車両が搭載されている。それを使って絢穂を要塞の外に逃がすのが、彼女の安全を確保するためのもっとも確実な手段だとジョッシュは判断した。

要塞の外にはジュリとパオラの部隊が――そして、ヤヒロと彩葉がいるからだ。

しかしそのジョッシュの思惑は、横合いからの衝撃によって阻まれた。装甲板に覆われた食堂車の外壁が引き裂かれ、その破片を浴びたジョッシュと部下が吹き飛ばされる。

「壁が……！」

「逃げないと……！」

「だけど、どっちに……!?」

絢穂の弟妹たちの混乱したような声が聞こえてくる。しかし、彼らに構っている余裕は絢穂にもない。

「ジョッシュさん！」

血塗れで倒れたジョッシュへと、絢穂は駆け寄ろうとした。

その前に立ちはだかったのは、瑠奈だった。

絢穂(あやほ)の弟妹(きょうだい)たちの中でも、最年少の七歳。その年齢よりもさらに幼く見える彼女が、両手を広げて絢穂(あやほ)の行く手を遮る。

「だめ」

「どうして、瑠奈(るな)⁉　このままじゃジョッシュさんが……」

小柄な妹を持ち上げて、絢穂(あやほ)は彼女を強引にどけようとした。

その直後、絢穂(あやほ)の視界が真紅に染まる。揺光星(ヤオクアンシン)の装甲の裂け目から、灼熱(しゃくねつ)の炎が噴き出したのだ。レリクト適合者(ディザーバー)の神蝕能(レガリア)による攻撃だ。瑠奈(るな)に止められていなければ、絢穂(あやほ)は間違いなくその攻撃に巻きこまれていただろう。

焼き切られた揺光星(ヤオクアンシン)の装甲が剥がれ落ち、そこに開いた穴から、兵士たちが雪崩(なだ)れこんでくる。彼らが着ているのは、中華連邦軍の軍服ではない。メローラ・エレクトロニクスのロゴが入った民間軍事会社の制服だ。

「見つけたぞ。日本人の子どもだ」

襲撃者たちが、フェイスマスク越しに訛(なま)りの強い英語で会話をする。

「写真の娘は？」

「構うな。全員連れて行け！」

「来い」

「いやああああああああっ」

「凜花！」

妹の悲鳴に気づいて、絢穂が叫ぶ。

襲撃者たちに捕まっていたのは、凜花だった。目的である絢穂を逃がさないようにと、彼らは目についた子どもを全員攫うつもりだったらしい。

「やだ、離して！　助けて、彩葉ちゃん！　彩葉ちゃん！　ママ！」

「凜花ちゃん！」

恐怖で錯乱した凜花がここにはいない彩葉の名前を呼び、それを見た蓮が凜花を捕らえた襲撃者に殴りかかろうとした。

しかし襲撃者は、邪魔だと言わんばかりに蓮を乱暴に蹴り飛ばす。

「蓮っ！」

吹き飛ぶ蓮を見て、凜花が泣き叫ぶ。

「や……だ……」

絢穂はたまらずその場に膝を突いた。頭を抱えて恐怖に震える。

同時に激しい怒りも感じる。無力な自分に対する怒りだ。

いつも絢穂たちを守ってくれていた彩葉は、ここにはいない。だから弟妹たちを守るのは、二番目に年長者である絢穂の役目だ。しかし絢穂には、彼らを守る力がない。

力がない？　本当に——？

頭を抱きかかえる自分の右腕が、熱を孕(はら)むのを絢穂(あやほ)は感じる。

襲撃者たちに対する激しい憎悪(ぞうお)に、絢穂(あやほ)の体内のなにかが呼応する。

「やめてええええええええええっ！」

絢穂(あやほ)が目を見開いて、襲撃者たちを睨(にら)んだ。

その視線に誘導されるように、揺光星(ヤオクアンシン)の床や壁から、鋼色(はがねいろ)の刃(やいば)が突き出した。

無数の刀剣に似た、金属結晶の刃(やいば)。それはレリクトを装備した襲撃者たちの全身を貫き、串刺しにする。

「神蝕能(レガリア)だと……!? まさか、こいつが……っ！」

生き残った襲撃者が、血を吐きながら絢穂(あやほ)に銃を向けた。

しかし絢穂(あやほ)は逃げることも反撃することもできない。自分のレリクトが引き起こした惨状に、半ば放心していたからだ。

「あ……あああっ……」

弱々しい悲鳴を漏らし続ける絢穂(あやほ)を目がけて、襲撃者が引き金を引こうとする。

そして、銃声。

襲撃者の額に小さな穴が空き、鮮血が彼の後頭部から噴き出した。

「上出来だ。よくやった、絢穂(あやほ)」

拳銃を構えて立ち上がったジョッシュが、切れた唇から血を流しながらそう言った。

襲撃者の生き残りにとどめを刺して、絢穂を救ったのは彼だったのだ。

「ジョッシュ……さん……私、人を……人を殺した……！」

絢穂が震える右手を押さえて、涙でグチャグチャになった顔をジョッシュに向けた。

ジョッシュは、そんな絢穂を見下ろして優しく笑い、

「違うぜ、絢穂。おまえは弟妹を守っただけだ。とどめを刺したのは俺だしな」

「だけど……血が、あんなに……」

絢穂が串刺しになった襲撃者たちへと視線を戻す。

その頬が恐怖に強張った。金属結晶の刃によって引き裂かれ、絶命したはずの襲撃者たちが再び動き出そうとしていたからだ。

切断された手脚が癒着し、身体に空いた穴がゆっくりと塞がっていく。

その異様な姿によく似た光景を絢穂たちは知っていた。

鳴沢八尋の——不死者の超回復能力だ。

「う、嘘……」

「ちっ……俺がとどめを刺したって話も、怪しくなってきやがったな」

ジョッシュが拳銃に残された弾丸を、すべて襲撃者たちに叩きこむ。

それでも襲撃者たちは動きを止めない。

そのおぞましい光景に、絢穂は声もなく震えることしかできなかった。

3

「すっごい坂道……本当に地の底まで続いてるみたいだね」

ケミカルライトの頼りない光で行く手を照らしながら、彩葉が感嘆の息を吐く。

冥界門の底から、さらに地下深くへと続く長い下り坂の途中である。

「長時間録画ができる機材、持ってきておけばよかったよ。冥界門の中に入ってみた動画なんて、めちゃめちゃ再生回数が期待できたのに……！」

「いやはや、この飽くなき向上心、まさに配信者の鑑ですな」

「さすがです、わおんちゃん」

彩葉の適当な思いつきの言葉を、中華連邦軍の兵士二人がここぞとばかりに持ち上げる。

そんなお姫様のような扱いをされてご機嫌な彩葉のあとを、ヤヒロとジュリ、そしてヌエマルが少し呆れながらついていく。

「そういえば、ヌエマルはでかくなったままで大丈夫なのか？」

ふと気になって、ヤヒロが訊いた。

かつて消滅寸前になるほどの重傷を負ったヌエマルは、それ以来、中型犬程度の大きさまで縮むことでなんとか命をつないでいる。そんなヌエマルが、これほど長い時間にわたって本来の巨体に戻り続けたことはないはずだ。

そんなヤヒロの心配をよそに、彩葉（いろは）は平然とヌエマルの鼻先を撫（な）でて、

「うん、平気みたい。ここは瘴気（しょうき）が濃いからかも」

「瘴気（しょうき）……か」

ヤヒロは洞窟の中に漂う黒い靄（もや）を眺めて、顔をしかめる。臭いもなく肌への刺激もないが、触れるだけで強烈な不快感を感じる澱（よど）んだ空気。魍獣（もうじゅう）の体内を流れるその瘴気（しょうき）が、冥界門（プルトネイオン）の内部には満ちている。

「瘴気（しょうき）というのは、あたしたちが住んでる世界とは違う、異世界の大気みたいなものらしいよ」

ヤヒロの隣を歩いていたジュリが、夕飯の材料について語るような、のんびりとした口調で説明した。

「異世界の……大気？」

「そう。冥界門（プルトネイオン）ってのは、そもそも、こちら側の世界とあちら側の世界をつなぐ通路だからね。その中が瘴気（しょうき）に満ちてたとしても不思議はないよね」

「そんなものを吸いこんで、大丈夫なのか？」

「まあ、異世界とはいっても地球には変わりないだろうから、呼吸できないってことはないと思うよ。今のところ未知の病原菌が混じってたって話も聞かないな。どちらにしても病気にな

るより、魍獣化するほうが先だろうね」

「魍獣化……！」

平然と微笑むジュリを見て、ヤヒロが表情を強張らせた。

「もしかしてあたしのことを心配してくれてるのかな？」

ヤヒロのすぐ傍に近づいて、ジュリが悪戯っぽく顔を寄せてくる。

「とりあえず魍獣化に関しては、今のところ心配いらないみたいだよ」

「どうしてそんなことが言い切れる？」

「たぶん血清のおかげかな。正確には血清とは少し違うけどね」

「……血清？」

「そう。魍獣化に免疫を持つ人間の血液から作った、抗毒血清」

「魍獣化に免疫を持ってる人間なんて、そんなやつがいったいどこに……」

戸惑いながら訊き返そうとして、ヤヒロは目の前にいる少女の背中に目を留めた。ヤヒロの視線を感じたのか、彩葉が怪訝そうに振り返る。

「……彩葉の血か！」

「え？　わたしの血？　そういえば、こないだの検診のときに採血されたような……」

彩葉が驚いてジュリを見た。さすがの彩葉も、まさか自分の血がそんな使われ方をするとは思っていなかったのだろう。

「龍因子が活性化した状態の血液じゃないから、偽龍化(ワーム)したりはしないよ。大丈夫。まだ人体実験の段階だけど、効果があってよかったよ」

「人体実験って……おまえな……」

悪びれもせずに告げてくるジュリに、ヤヒロは毒気を抜かれたような表情で首を振る。

結果的に役に立ったとはいえ、ジュリの実験は、偽龍化(ワーム)を招きかねない危険な行動だ。それを自分自身の肉体で試すのが、ある意味、ジュリらしくはあった。

「あっちの二人が魍獣(もうじゅう)化しないのは、レリクトの影響か」

ヤヒロが、ジュウたちを眺めて言う。

「そうだね。レリクトの適合者(ディザーバー)だから、二人の体内にも龍因子が取りこまれてる。それが魍獣(もうじゅう)化への抗体となって作用してるんだろうね」

「龍という上位の化け物の力で、瘴気(しょうき)の影響を抑えこんでるってことか」

ヤヒロが自分の右手を眺めながら、自嘲混じりに呟(つぶや)いた。

体内に龍因子を取りこんでいるという意味では、ヤヒロも同じだ。龍が生み出した冥界門(プルトネイオン)という災厄に、同じ龍の力を借りなければ抗(あらが)えないというのは皮肉なことだとヤヒロは思う。

「ただ、抗体が効いてるといっても、どの程度まで耐えられるかはわからないからね。これ以上、瘴気(しょうき)が濃くなる前に地上に戻りたいところだね」

ジュリが冷静に現状を分析する。そうだな、とヤヒロはうなずいた。

瘴気(しょうき)が濃さを増しているということは、冥界門(プルトネイオン)の内部が、より異世界に近づきつつあるということでもある。魍獣(もうじゅう)化だけでなく、人体にどんな影響が出るかわからない。

「わおんちゃん、止まってください！　なにかいます！」

ジュウ中尉が、先頭を歩く彩葉(いろは)を突然呼び止めた。

彼の指摘で、ヤヒロたちも気づく。

前方の闇の中に、うっすらと影が浮かび上がっている。

長い坂道の先に広がっていたのは、果ての見えない漠々たる地下空洞だった。

ケミカルライトの頼りない光量で、そのすべてを見通すことはできない。しかし地下空洞の天井までの高さは、最低でも数十メートル。奥行きはその何倍もあるだろう。

巨大な鍾乳洞(しょうにゅうどう)に似たその空間に、魍獣(もうじゅう)たちの姿がある。

それも一体や二体ではない。地下空洞の壁面を埋め尽くさんばかりの大量の群れだ。

不死者(ラザルス)であるヤヒロですら、その光景には戦慄を禁じ得なかった。

「こいつら全部、魍獣(もうじゅう)……なのか？」

「すごい数だね。あたしたちを歓迎するために集まってきたってわけじゃなさそうだけど」

ジュリがこの期(ご)に及んで軽口を叩(たた)く。

そうやってヤヒロたちが立ち尽くしている間にも、魍獣(もうじゅう)たちはどこからともなく姿を現し、その総数を増やしていた。出来るなら今すぐにでもここから逃げ出したいところだが、この地下空洞を突っ切らないことには、冥界門を脱出できる可能性はないのだ。

ためらうヤヒロたちの目の前で、彩葉がそんな魍獣たちのほうへと歩き出す。

ヤヒロはそれを見てゾッとした。

「彩葉！」

「大丈夫。この子たちにわたしたちへの敵意はないよ」

彩葉がゆっくりと振り返って、ヤヒロに告げた。彼女が纏う神秘的な雰囲気に、ヤヒロだけでなく、中華連邦軍の兵士二人も言葉を失う。

「そう……なのか？」

「たぶんね。この子たちは恐がってるだけ。わたしたちをこの先に行かせたくないみたい」

「行かせたくない？」

「うん。怯えてる。この先に、なにかとても恐ろしいものがいるから」

彩葉がそう言い残すと、再び地下空洞の奥へと歩き出す。

こみ上げてくる恐怖心を無理やり押さえつけ、ヤヒロたちは彩葉のあとに続いた。

「もしかして地上にあった結界は冥界門そのものを封じてたんじゃなくて、その恐ろしいものを縛ってた、ってことなのかな」

ジュリがぼそりと仮説を口にする。

バラバラだったパズルのピースが、ヤヒロの頭の中でカチリと音を立てて嵌まった気がした。

「そうか……だから、魍獣たちは名古屋駅要塞を襲ってたのか……封印を復活させるためには、草薙剣が必要だから……！」

「それはどうかわからないけど、もしそうだったら話は早いね。あたしたちがそのなにかをやっつけるから、ここを通してくれるように頼んでみて」

ジュリが彩葉にそう呼びかける。任せて、と彩葉が無言で親指を立てた。

「いいのか、相手の正体もわからないのに、やっつけるなんて安請け合いして？」

ヤヒロが呆れ顔でジュリを見る。ジュリは唇の端を吊り上げて強気に笑い、

「どのみち、この先に進まないと外には出られないからね」

「それもそうか」

ヤヒロは納得して刀の柄に手をかけた。

相手が数百体の魍獣だろうと、もっと恐ろしい存在とやらであろうと関係ない。ヤヒロたちが地上に生還するためには、彼らを皆殺しにしてでもこの地下空洞を突破するしかないのだ。

「よかった。わかってくれたみたいだよ」

一方の彩葉は、ヤヒロたちの悲壮な決意も知らずに、無邪気に笑って振り返る。

そんな彼女の目の前で、海が割れるように魍獣たちが左右にわかれて道を開けた。

「わ、わおんちゃん……すごいです！」

「素晴らしい！　一生ついていきますぞ、わおん殿！」

「そ、そう？　ご期待に添えたならよかったよ」

感極まったように叩頭しながら中華連邦の二人組が彩葉を褒めそやし、彩葉は、ハイハイと彼らの言葉を受け流す。どうやら彼女も、ジュウたちの扱いにだいぶ慣れてきたらしい。

緊張感の乏しい彼女たちのやりとりを無視して、ヤヒロは地下空洞の奥へと進んだ。

魍獣たちの視線が全身に突き刺さるが、彩葉がいうように敵意がないせいか、慣れてしまえば気にならない。

ヤヒロが気にかけていたのは、それよりも闇の奥から吹きつけてくる強い瘴気だった。

瘴気の濃さが、先ほどまでとは明らかに違う。ねっとりと粘り着くような凄まじい密度だ。

「これは……今まで魍獣たちが瘴気を防いでたのか!?」

吐き気を催すほどの凄まじい不快感に、ヤヒロはたまらず咳きこんだ。

ふと見れば、中華連邦軍の二人も同じような状況だ。

「っ……！」

青ざめたジュリがその場に片膝を突く。これほどまでに弱った彼女を見るのは初めてだ。

抗毒血清があるとはいえ、この濃度の瘴気に晒され続けたら、いくらジュリでも長くは保たないだろう。

「彩葉、これを浄化できるか？」

ヤヒロが一縷の望みをかけて、彩葉に訊く。

「わかんないけど、まかせて！」

彩葉が真剣な表情でうなずいた。

瘴気の闇に覆われた空間に、目が眩むような輝きが生まれる。胸の前で合わせた彩葉の手の中に、小さな炎が灯ったのだ。

はじめはロウソクほどにも満たなかった小さな炎は、瞬く間に勢いを増し、渦を巻いてヤヒロたちの周囲を取り囲む。

火の龍の権能――浄化の炎。その炎の渦は地下空洞に溜まった瘴気を焼き払い、地面そのものを焼きながら、さらに燃え広がっていった。

彩葉の神蝕能は、龍の権能そのものを焼く炎だ。龍の力によって生み出された冥界門そのものですら、彼女の炎は消滅させる。

浄化の炎に晒された冥界門そのものが、悶え苦しむように激しく震動した。それは強烈な地震となって、ヤヒロたちを襲ってくる。

「これは……ちょっとまずいかもね……」

ジュリが他人事のように苦笑した。

大きく裂けた地面から、彩葉が燃やした以上の凄まじい瘴気が噴き出して、くっきりとした影を形作っていく。広大な地下空洞を完全に埋め尽くさんばかりの漆黒の影だ。

「ヤ……ヤヒロ……！」

「嘘だろ……」

炎を纏ったままの彩葉を庇うように前に出て、ヤヒロは呆然とそれを見上げた。

生物のように艶めかしく蠢くその影は、巨大な怪物の姿をしていた。

大地の底を激しく揺らして、怪物が咆吼する。

八つの頭を持つ、古き龍が――

4

「結界に封じられてた恐ろしいものってのは、こいつのことか！　どうしてこんなところに龍がいる……!?」

眼前に迫る漆黒の龍を睨んで、ヤヒロが怒鳴った。

地下空洞の揺れは今も続いている。吹きつけてくる瘴気の圧力だけで、息が詰まる。大気がねっとりと粘り着き、ヤヒロたちの身体の自由を奪う。まるで深海の底にいるようだ。

彩葉の炎による防壁がなければ、ジュリたちはとっくに絶命していただろう。

「――【焰】！」

ヤヒロが神蝕能を発動した。

鞘から抜いた打刀に炎を纏わせ、龍が吐き出す瘴気へと叩きつける。

刃となって放たれた一条の閃光が、正面にある龍の首へと吸いこまれた。

手応えがなかったわけではない。ヤヒロの攻撃はたしかに龍へと届いている。しかし相手があまりにも巨大過ぎた。ヤヒロの神蝕能をまともに喰らいながらも、古龍はなんの痛痒も感じていないようだ。

そしてお返しと言わんばかりに、龍の首が炎を吐いた。彩葉の炎を塗り潰すような、漆黒の火球だ。ヤヒロは再び神蝕能を放ち、その火球を正面から迎え撃つ。

同じ龍の権能が正面から激突し、衝撃が地下空洞内を嵐のように揺さぶった。

「この力、本物の龍なのかよ……！」

ヤヒロは呼吸を乱しながら、片膝を突いた。連続で大出力の神蝕能を使ったせいで、脱力感に襲われている。

なぜ冥界門の中に出現したのかは不明だが、目の前にいる怪物が、龍と同等の力を持っているのは間違いない。実体化した山の龍と比較しても遜色ないレベルの威圧感だ。

「いやっ……！」

ヤヒロの背後で、彩葉が短い悲鳴を上げた。これまで聞いたことがないくらい弱々しい、怯えた子どものような声だった。

「いやだ、来ないで……！　思い出させないで！」

「彩葉、どうした⁉」

髪を振り乱して泣き叫ぶ彩葉に、ヤヒロが刀を収めて駆け寄った。

彩葉はヤヒロにしがみつき、涙に濡れた目で見上げてくる。

「どうしよう……ヤヒロ……わたし、あの龍を知ってる……」

「え？」

「あの龍は、わたしなの……わたしたちがあの龍なの……！」

「わたしたち？　いったいなんの話を──」

ヤヒロが戸惑いながら彩葉の背中を抱く。

次の瞬間、強烈な浮遊感にヤヒロたちは包まれた。

しまった、とヤヒロが歯嚙みする。漆黒の古龍が引き起こした地割れに呑みこまれたと錯覚したのだ。

しかし恐れていた落下の衝撃が、二人を襲ってくることはなかった。

代わりにヤヒロの目に飛びこんできたのは、目が眩むほどの澄み渡った青空だ。

真夏の強い陽射しが、ガラス張りの高層ビルに反射している。

眼前の道路に、信号待ちの自動車がぎっしりと停まっている。

エンジンの騒音。排ガスの臭い。信号が赤から青に変わり、停まっていた自動車が次々と走り出す。ヤヒロはその光景を、小洒落たタイル張りの広場から眺めている。

歩道を行き交う人々の、ざわめきが聞こえる。

数え切れないほどの歩行者たち。渋滞した道路。光り輝く無数の看板。見慣れない――けれど、どこか懐かしい光景だった。大殺戮に襲われる前の都市の風景だ。

ヤヒロがいるのは、巨大なターミナル駅の駅前広場だった。

名古屋駅。ヤヒロが知っている名古屋駅の風景とは少し違う。しかし近くの案内板には、たしかに名古屋駅と書かれている。

「彩葉……？」

それまでヤヒロにしがみついていた彩葉が、するりとヤヒロの腕の中から抜け出した。

ヤヒロは咄嗟に手を伸ばして、彼女の手を握る。

そんなヤヒロの顔を見上げて、彩葉はにっこりと微笑んだ。

その瞬間、ゾッとしたような感覚に襲われる。

目の前にいる少女は、彩葉ではない。彩葉の顔をした別人だと気づいたのだ。

「誰だ、おまえは？」

彼女の手を握ったまま、ヤヒロが訊いた。

「さあ、誰かな」

彩葉の顔をした少女が、とぼけた口調で答える。彼女の衣装は普段の彩葉なら決して着ない、可愛らしいガーリーなワンピースだ。

そして彼女はヤヒロの手を引いて駆け出した。足早に行き交う人々の隙間を縫って、煌びやかな駅舎の中へと入っていく。

「どこだ？　ここは？」と、ヤヒロが訊いた。

駅内の大型ＬＥＤビジョンに、ニュース映像が流れている。ヤヒロの知らないチャンネル。知らないアナウンサー。表示されている元号は〝令和〟。ヤヒロの知らない元号だ。

「日本だよ。きみの知らないべつの日本」

彩葉と同じ声で、少女が答える。

「並行世界みたいなもの……ということか」

「よく知ってるね、そんな言葉」

少女が、少し感心したように眉を上げて微笑んだ。

「でも、それは少し違うかな。ここはもう終わった場所だから」

「終わった場所……？」

「そうだよ。この世界はもう終焉を迎えた。こんなふうにね」

パチン、と少女が指を鳴らした。

それが合図になったように、ヤヒロが見ている光景が一変した。

空が炎に炙られて深紅に染まり、高層ビル群が砂のように脆く崩れ落ちていく。

大地が裂けて、数え切れないほどの車が呑みこまれる。逃げ惑う人々の姿が、炎の中で黒い影へと変わっていく。嵐のように吹き荒れる風が、彼らの悲鳴をかき消した。

世界の終焉（しゅうえん）――それ以外には表現できない凄惨な光景だ。

「おまえがこれをやったのか？」

崩壊する世界の中に取り残されたまま、ヤヒロが少女を睨（にら）んで訊（き）いた。

「ぼくが？　まさか？」

あり得ない、というふうに少女は首を振る。

「ここはぼくが育てた世界だったんだ。誰がこんな終わり方を望むもんか」

「だったら、誰が……？」

「そんなの決まってる。龍殺しの英雄。きみの同族だよ」

少女が冷ややかな口調で告げた。

ヤヒロは世界が凍りついたような感覚にとらわれる。

「不死者（ラザルス）が……世界を滅ぼした……？」

「納得いかないという表情だね」

「当然だ」

「まあ、それならそれでいい。だけど覚えておいて。世界なんて、きみたちが想像するよりも遥（はる）かに容易（たやす）く壊れてしまうよ」

彩葉（いろは）と同じ顔をした少女が、感情のない作り物めいた瞳でヤヒロを見た。

「そもそも知的生命体が生存できる環境が、この宇宙にいったいどれくらい存在すると思う？」

「自然をもっと大切にしようってお説教か？」

「いや、そうじゃない。人類がこの地球で文明を築けたのは、本当にただの偶然なのかな、という問いかけだよ」

少女がゆるゆると首を振った。

崩壊する街の風景は、もう見えない。代わりに、どこまでも茫漠と続く純白の闇が広がっているだけだ。

「おまえは、誰だ？」とヤヒロが訊いた。

「もうとっくに気づいているんでしょ？」

「龍の巫女」

「そう。滅びてしまったここではない世界のね」

少女が悲しげに首を振る。上目遣いに見上げてくる彼女は美しかったが、ヤヒロの感情は、不思議なくらい動かなかった。

「彩葉をどこにやった？」

「彼女はずっとここにいるよ。きみの声も聞こえているはずだ」

少女が肩をすくめて息を吐く。

「だったらどうしておまえが彩葉の身体を使ってる？」

「自分が何者なのかを思い出したせいで、ショックを受けてるみたいでね。代わりにぼくが、この身体を借りてる」

「そうか」

「彼女の正体を、訊かないのかい？」

「俺がそれを知る必要があるのか？」

「でも、気になるでしょ？」

「いや」

ヤヒロは一瞬の迷いもなく首を振った。

「本人が話したければ聞いてやるが、正直、俺にとってはどうでもいい」

「へえ……侭奈彩葉が本当は人間じゃなくても？」

「それはお互い様だろ。こっちは不死者なんて呼ばれてる化け物だぞ」

「きみの肉体をそんなふうに変えたのが、彼女の仕業でも？」

「それは俺があいつに頼んだことだ。あいつはそれを忘れてるみたいだけどな」

「あの子の人格が……ただの龍因子の集合体だとしても……？」

彩葉と同じ顔をした少女が、震える声でヤヒロに訊いた。

彼女の瞳が、泣き出す直前のように揺れている。ヤヒロはそんな少女を乱暴に引き寄せて、両手で強く抱きしめた。

「俺はそれでも構わない。おまえはおまえだ。戻ってこい、彩葉」

「ヤヒロ……」

彩葉がヤヒロの耳元で呟いた。今にも消えてしまいそうな弱々しい声だ。

「ヤヒロ……わたし、わたし……思い出したよ、全部……」

「ああ。だけど、その話はあとにしてくれ。今は、この状況をなんとかしないとな」

ヤヒロは彩葉を抱きしめたまま、溜息まじりに周囲を見回した。

白い闇はすでに消え、そこに広がっていたのは暗く広大な地下空洞だった。

そこでヤヒロたちを正面から睨みつけているのは、八つの頭を持つ漆黒の古龍だ。

龍の姿勢は、漆黒の火球を放った直後から変わっていない。どうやら、ヤヒロが謎の少女と会っていた時間は、ここではなかったことになっているらしい。

「ふふっ」

彩葉が小さく笑声を漏らした。

「本当にわたしの正体なんてどうでもいいんだね」

「ああ。約束しただろ。最後までおまえと一緒にいてやるって」

「ちゃんと、覚えててくれたんだ」

彩葉が幸せそうに微笑んで、目の端に浮いた涙をゴシゴシと拭う。

彼女が着ているのは、当然、普段と同じギャルリーの制服だ。そのことをヤヒロは少し残念に思った。今の彩葉なら、あのワンピースが似合う気がしたのだ。

「それで、結局あいつはなんなんだ？」

正面の龍を睨んで、ヤヒロが訊いた。

「龍の骸だよ。過去に世界を滅ぼした龍因子の残り滓。古の龍の亡霊といったところかな」

彩葉も眉を吊り上げて、漆黒の龍を静かに見つめる。

「そうか……そういや、この冥界門自体が古代の遺跡だったな」

ヤヒロは深く溜息をついた。

あの龍が、これほどまでに怒りに満ちている理由が今ならわかる。

これは、世界を滅ぼされた龍の怒りだ。あの龍の世界はすでに滅びた。そして世界を失った龍の怒りと哀しみだけが、この冥界門に残っていたのだ。

「あいつを倒すぞ、彩葉」

ヤヒロが再び刀を鞘から抜いた。

「でも……」

彩葉がわずかに逡巡する。彼女は、あの古龍に自分の姿を重ねているのだ。実体を持たない、龍因子の残滓である古龍と、自分自身がどう違うのか、と。

そんな彩葉の華奢な身体を、ヤヒロは強引に抱き寄せた。

龍の巫女である彼女に共鳴して、不死者であるヤヒロの龍因子が活性化する。

「絢穂たちを助けに行くんだろ？」

ヤヒロが彩葉の耳元で囁く。

彩葉が驚いたように目を見張る。そして彼女はヤヒロを抱きしめ、力強く微笑んだ。

「うん！」

5

彩葉を腕の中に抱いたまま、ヤヒロは古龍に向けて刃を構えた。

地下空洞のあちこちが燃えているせいか、出現した直後に比べて、龍の巨体がくっきりと見えている。それぞれ独自の生物のようにうねる八本の首たちの威圧感は相当だが、それ以上の脅威といえるのが、その首を支える胴体と四肢だった。

動きは鈍いが、相手はそれを補って余りあるほどに巨大すぎる。それでいて八対十六個の瞳のおかげで、死角が無い。

龍が一歩足を踏み出すだけで地下空洞全体が震動し、長い尾がヤヒロたちの逃げ場を奪う。万一、壁際に追い詰められて踏み潰されたら、その時点で詰みだ。

それに対するヤヒロの武器は、一振りの刀だけ。それでも不思議と、負ける気はしなかった。

あの龍が滅びを待つだけの、単なる亡霊だと気づいたからだ。

「わおんちゃん、無事ですか！」

「わおん殿！」

中華連邦軍の兵士二人が、彩葉(いろは)を心配して駆け寄ってくる。

彼らが装備しているのは、シアのものによく似た大型の拳銃。レリクト適合者(デイザーバー)の標準装備だ。ヤヒロたちの意識が途切れていた間も、彼らはその武器で龍を牽制(けんせい)し続けていてくれたらしい。

「彩葉(いろは)の雰囲気が急に変わったね。なにかあった？」

ジュリが、興味深そうな表情で彩葉(いろは)を見上げて訊(き)く。

「待たせてごめん、ジュリ。でも、もう大丈夫だよ。あの子はここでやっつけるから」

彩葉(いろは)がふわりと微笑(ほほえ)んでジュリに告げた。質問の答えにはなっていなかったが、ジュリは、へえ、と面白そうに目を細める。

そして次の瞬間、ジュリとヤヒロたちは左右に分かれて跳んだ。

それまでヤヒロたちのいた場所を、地面を割って出現した金属結晶の刃(やいば)が、甲高い騒音とともに引き裂いていく。

「この能力……！　山の龍(ヴァナグロリア)と同じ権能か！」

避けきれなかった金属結晶の刃を、刀で断ち切りながらヤヒロが唸(うな)った。

しかし古龍の攻撃は、それだけでは終わらなかった。

移動するヤヒロと彩葉を目がけて、次々に衝撃波の砲弾が放たれる。同時に、純白の水流がヤヒロたちの頭上から降り注ぎ、それに触れた地面を凍らせた。

「今度は風の龍！　それに水の龍の権能か！　まさかこいつ、すべての龍の権能を使えるっていうんじゃないだろうな⁉」

ヤヒロは頬を引き攣らせて叫ぶ。

古龍の八つの頭は、それぞれが異なる種類の権能を吐き出すらしい。一つや二つならどうにかさばけても、それらに同時に襲われたら対処しきれない。

「それでも心配要らないよ」

彩葉がヤヒロの耳元で、囁くように断言する。

「あの子はただの亡霊だからね。残ってるのは龍殺しの英雄に対する怒りと憎しみだけ。龍の巫女の願いも、不死者の誓いもなにもない――だから、わたしたちの神蝕能は負けない！」

「ああ！」

彩葉の意思に呼応するように、ヤヒロの体内で龍気が膨れ上がる。

炎を纏った血の鎧がヤヒロの右腕を覆い尽くし、降り注ぐ極低温の水流を引き裂いた。

「わおんちゃん！」

「拙者たちも力を貸しますぞ！」

古龍に近づくヤヒロたちを支援するように、後方から中華連邦軍の二人が拳銃を撃ちまくる。

彼らが操るレリクトの属性は、どうやら雷らしい。青白い閃光（せんこう）が地底の闇を引き裂いて、古龍の首に次々と突き刺さる。

ふと見れば、冥界門（プルトネイオン）の中にいた魍獣（もうじゅう）たちも参戦して、古龍に攻撃を仕掛けていた。彼らがもともと古龍と敵対していたのか、それとも彩葉（いろは）を助けようとしているだけなのかはわからない。だが、どちらにしてもありがたい行動だ。

「雷撃！　来るよ！」

ジュリがヤヒロたちに警告する。

ヤヒロたちの死角にいた龍の首が、闇色の雷撃を放とうとしていた。

まずい、とヤヒロが唇を歪（ゆが）める。障害物のない地下空洞内では、その雷速の攻撃を防げない。

できるか、と自問している暇はなかった。この状況で彩葉（いろは）やジュリたちを守れるのは、ヤヒロの神蝕能（レガリア）だけだ。浄化の炎ではない、もうひとつの神蝕能（レガリア）だ。

「――【千引岩（チビキノイワ）】！」

オーギュスト・ネイサンが操る斥力（せきりょく）障壁をイメージして、ヤヒロが龍気を放出する。

だがそれは火の龍（アワリティア）ではなく、地の龍（スペルビア）の権能だ。そして地の龍（スペルビア）の巫女（みこ）である珠依（スイ）は、ここにはいない。

「ぐっ……」

ヤヒロが苦悶（くもん）の声を漏らした。

古龍の雷撃が空中でヤヒロの斥力(せきりょく)障壁と激突し、その不可視の楯(たて)を砕いていく。

ヤヒロ一人の力で発動した地の龍(スペルビア)の権能はあまりにも弱く、その障壁は、漆黒の雷撃にあっさりと押し切られるかと思われた。

そのとき誰かが、不意にヤヒロの背中に触れた気がした。

奇妙に温かな感覚が、ヤヒロの全身を満たしていく。そして発動したヤヒロの神蝕能(レガリア)は、巨大な斥力場(せきりょくば)の楯(たて)となって漆黒の雷撃ごと古龍の頭部を押し潰した。

「ヤヒロ……今のは……」

彩葉(いろは)が驚いてヤヒロを見た。わかってる、とヤヒロはうなずいた。今の斥力場(せきりょくば)の神蝕能(レガリア)は彩葉(いろは)の力ではない。この場にいない珠依(スイ)の力でもない。

だが、今はそれについてのんびり話している時間はない。

「焼き切れ、【焔(ほむら)】――！」

ヤヒロが再び神蝕能(レガリア)を発動する。今度こそ彩葉(いろは)から与えられた権能。火の龍(アワリティア)の浄化の炎だ。

炎の奔流と化したヤヒロの斬撃が、八本ある古龍の首のうち四本までもを切り飛ばした。残る四本のうち、一本は地の龍(スペルビア)の斥力場によって潰されている。無傷で残る龍の首は三本。しかし――

「龍の首が……！」

「復活するでござる！」

ジュウとフォンの二人が、絶望を滲(にじ)ませた悲痛な声を上げた。人工レリクトによる神蝕能(レガリア)を連続で発動したせいか、彼らの顔には明らかな疲労が見える。

しかしヤヒロと彩葉(いろは)の瞳には、焦(あせ)りの色は浮かんでいなかった。

「彩葉(いろは)、おまえの力を借りるぞ」

「まかせて！　行くよ、ヤヒロ！」

獰猛(どうもう)に笑ってうなずきながら、ヤヒロは全身の細胞に熱を感じた。膨大な龍気が彩葉(いろは)の肌を伝わって流れこみ、灼熱(しゃくねつ)の炎がヤヒロたちの周囲で渦を巻く。

その炎は、やがて巨大な幻影へと変わった。眩(まばゆ)く輝く白熱した龍の幻影だ。

「炎の……龍……！」

ジュリの呟(つぶや)きが聞こえてくる。驚きと恐怖と、かすかな歓喜に満ちた呟(つぶや)きだ。

「焼き尽くせ、【火の龍(アワリティア)】！」

ヤヒロが神蝕能(レガリア)を解放し、炎の龍が灼熱(しゃくねつ)の閃光(せんこう)を吐き出した。

その閃光(せんこう)が漆黒の古龍の巨体を呑(の)みこんで、地下空洞を白く染めた。

古龍はなおも再生を続けようと足掻(あが)くが、炎の熱量がそれを許さない。龍の巨体が灰となって崩れ落ち、浄化の炎の中で跡形もなく焼き尽くされていく。

そして――

荒れ狂う高温の暴風と爆発音の中、ヤヒロはなにかから解放されたような晴れやかな少女の声を聞いた気がした。

ありがとう——と。

「そうか……やはり、あれはおまえだったんだな……」

ヤヒロが口の中だけで呟いた。

古龍の雷撃を防いだ斥力障壁は、ヤヒロ一人の力で発動したものではなかった。

彩葉の力でも、珠依の力でもない。

だが、この場には龍の巫女がもう一人いた。

白い闇の中でヤヒロが出会った、彩葉と同じ顔をした少女——

あのときヤヒロに力を貸してくれたのは彼女だったのだ。

それはすなわち、漆黒の古龍自身ということだ。

「すごい……本当に龍を倒すなんて……わおんちゃんが選んだ相手だけのことはありますね」

「お見事であった、ヤヒロ殿。これならば拙者も、安心してお主にわおん殿を任せられるでござる」

駆け寄ってきたジュウ中尉がどこか上から目線でヤヒロを賞賛し、フォン中尉は後ろで腕組みしながら納得したようにうなずいている。

「おまえらはどういう立場の人間なんだよ」

ヤヒロは刀を収めながら、疲れたように溜息をついた。

古龍が消滅したことで、地下空洞内の様子が変わっていた。黒い靄のような瘴気が晴れて、洞窟の先が見渡せるようになっている。

分かれ道となった上り坂のいくつかには、うっすらと光が漏れ射しているものもあった。おそらく地上へと繋がる道だ。

「大丈夫か、彩葉」

抱き上げていた彩葉を地面に下ろしながら、ヤヒロが訊いた。古龍に自らの姿を重ねていた彩葉が、龍の消滅に対して罪の意識や喪失感を抱いているのではないかと不安になったのだ。

だが、それに対する彩葉の答えは、ヤヒロにとって意外なものだった。

彼女は無言でヤヒロに飛びつき、力強くハグしてきたのだ。

「彩葉……？」

「ありがとう、ヤヒロ。おかげでいろいろ吹っ切れたよ」

「……お互い様だ。俺もおまえに救われた」

ヤヒロは、照れたように視線を逸らしながらそう言った。

魍獣を殺したという罪悪感に押し潰されそうになっていたヤヒロを、救ってくれたのは彩葉だった。罪の意識が消えたわけではないが、覚悟は決まった。

不死者として、罪を背負ったままで生きる覚悟だ。

「ふふふ、耳かき、またしてあげるね」

「そういうことを言ってるんじゃないんだが……」

どこか的外れな彩葉の相槌に、ヤヒロが眉間にしわを寄せた。

「え、わおんちゃんの耳かき⁉」

「なんと⁉　そのようなもの、配信でもやったことがないのに……！」

彩葉の発言を耳ざとく聞きつけて、ジュウ中尉たちが色めき立つ。

「なんか面倒くさいことになってるじゃねーか」

「やったことないから練習してたんだってば」

嫉妬と羨望の視線を向けられたヤヒロが非難がましい目つきで彩葉を睨み、彩葉は気まずげに目を逸らして言い訳した。

そんなヤヒロたちの肩を叩いて、ジュリが天井を見るように促した。

「落ち着いてるところ悪いんだけど、なんかヤバい雰囲気になってない？」

「……え？」

ぱらぱらと落下してくる砂礫に気づいて、ヤヒロと彩葉が表情を凍らせた。

どこからともなく、地響きが聞こえる。脆くなった岩盤に亀裂が入る気配がある。龍気を供給してきた古龍が消滅したことで、冥界門が消滅しようとしているのだ。

「冥界門の内部は、異世界との境界に近い不安定な場所だったみたいだね。このままだと元の世界に戻れなくなるかも。その前に生き埋めになるほうが早そうだけど」

「冷静に分析してる場合か！　逃げるぞ！」

「ヌエマル！　出口はどっち⁉」

相変わらずマイペースなジュリをヤヒロが抱え上げ、彩葉が白い魍獣を呼び寄せて訊いた。

しかし彩葉の無理難題に、ヌエマルが困ったような顔をする。さすがのヌエマルもこの状況下で、脱出経路を嗅ぎ当てることはできずにいるようだ。

そんなヤヒロたちの前に飛び出したのは、狛犬に似た獅子頭の魍獣だった。地上で出会った、グレードⅣの個体だ。

「あなたたち……ついてこいって言ってるの……⁉」

彩葉の質問に短く吼えると、獅子頭の魍獣が姿勢を低くした。ヤヒロとジュリはうなずき合うと、その魍獣の背中へとよじ登る。

「も、魍獣が……」

「我らを助けてくれるのでござるか……！」

ジュウとフォンの二人の中尉も、それぞれ違う魍獣に首根っこをくわえられて運ばれていた。

彩葉は当然、ヌエマルの背中だ。

「壁が……！」

出口に続く洞窟へと駆け込む寸前、巨大な岩盤がヤヒロたちに向かって倒れこんでくる。

刀を抜いたヤヒロが神蝕能を発動してその岩盤を叩き斬り、ヤヒロたちを乗せた魍獣の群れは、どうにか無事に崩壊する地下空洞を抜け出したのだった。

6

弾丸を撃ち尽くしてスライドが後退したままの拳銃を、ジョッシュが忌々（いまいま）しげに睨（ね）めつけた。

正面にいるのは、メローラ・エレクトロニクス所属の襲撃者たちだ。揺光星（ヤオクアンシン）の食堂車に侵入してきた彼らは、金属結晶の刃（やいば）で全身をズタズタに斬り裂かれながらも、平然と動き続けている。

「おいおい、嘘（うそ）だろ……頭を半分吹き飛ばされて、まだ死なないのか……⁉」

ジョッシュのこめかみに脂汗が浮いた。

彼の背後で震えているのは、恐怖に青ざめた子どもたちだ。その中には山の龍（ヴァナグロリア）のレリクトを持つ絢穂（あやほ）もいる。襲撃者たちを串刺しにした金属結晶の刃は彼女の神蝕能（レガリア）だが、ろくな戦闘経験もない絢穂（あやほ）に、これ以上の抵抗を期待するのは酷だろう。

だが、予備のわずかな拳銃弾で、レリクト適合者（ディザーバー）たちを殺しきれるか——

身体（からだ）に染（し）みついた動きで無意識に拳銃の弾倉（マガジン）を交換しながら、ジョッシュは焦燥に歯嚙（はが）みする。と——

「適合者（ディザーバー）は、レリクトから龍因子を与えられた、いわば劣化版の不死者（ラザルス）だ。簡単に殺せると思わないほうがいい」

　すぐ隣で落ち着いた低い声がした。

　そして次の瞬間、不可視の衝撃波が襲撃者たちを襲い、彼らの肉体を、そのまま床まで押し潰した。全身の骨を砕かれた襲撃者たちは、再生能力の限界を超えて動きを止める。

「ファフニール兵と同じってことか。理性があるぶん、始末に負えねえな」

　ジョッシュは安堵の息をつきながら、いつの間にか隣にいたオーギュスト・ネイサンを見た。いったいどんな気まぐれなのか、この天帝家からの使者である黒人男性は、ギャルリーの助っ人としてジョッシュたちに手を貸すつもりになったらしい。

「だが、妙だ」

　圧死した襲撃者たちの死体を見下ろし、ネイサンが独りごちる。

　ジョッシュは、訝るように眉を上げ、

「妙って……なにがだ？」

「彼らの神蝕能が弱すぎる」

「ああ？」

　こいつはなにを言ってるんだ、とジョッシュはネイサンの横顔を眺め、そしてふと思い直したように乱れた前髪をかき上げた。

「……言われてみりゃ、たしかにそうかもな。でなきゃ、この程度の戦力でやつらを抑えこめてる理由に説明がつかねえ」

「そのとおりだ」

ネイサンが、いまだ戦闘が続いているプラットホームを眺めて肯定する。

人数で劣り、神蝕能への対抗手段も持たないギャルリー・ベリトの戦闘員たちだが、意外にも彼らは善戦していた。装甲列車内への侵入こそ許したが、戦況自体は拮抗しているといっていい。

「そもそもレリクト適合者の数が多すぎる……彼らが装備しているのは、原物の遺存宝器ではない可能性が高そうだ」

「原物のレリクトじゃない？　つまりレプリカってことか？」

ジョッシュが呆気にとられたように訊き返す。

「そうだ。それも、粗悪な模倣品だな」

「……なるほどな。この馬鹿でかい要塞は、レリクトの量産工場なわけだ」

要塞の中心部を一瞥して、ジョッシュは短く鼻を鳴らした。

明らかに過剰と思える装甲防壁と駐留戦力。そして巨大な発電施設。中華連邦がこの要塞を人工レリクトの製造施設として建設したのであれば、そのすべてに説明がつく。

「だとすれば、彼らが山の龍のレリクトに固執する理由もわかるな」

ネイサンが、座りこんでいる絢穂を見て呟いた。

「原物（オリジナル）の質がよければ、複製（レプリカ）も多少はマシになるってか？」

心底くだらない、とジョッシュが首を振る。

負の感情に満ちた掠（かす）れた声が、血臭漂う車両内に流れ出したのはそのときだ。

「そんな理由……なんですか？」

「……絢穂（あやほ）？」

ジョッシュが驚いて絢穂（あやほ）を見た。

感情の抜け落ちた虚（うつ）ろな瞳で、絢穂（あやほ）がジョッシュを見返してくる。

「そんな身勝手な理由で私たちは襲われたんですか……？」

「待て、絢穂（あやほ）……まだ、メローラの連中はおまえを連れ去るのを諦めたわけじゃ——」

「許せない……こんなもののために、凛花（りんか）や、蓮（れん）を傷つけて……！」

ジュリから与えられた懐剣（かいけん）を握りしめて、絢穂（あやほ）が声を荒らげた。

怒りに満ちた彼女の視線が、プラットホーム上で交戦中の襲撃者たちに向けられる。

「よせ、絢穂（あやほ）！」

咄嗟（とっさ）に絢穂（あやほ）を引き留めようとしたジョッシュは、絢穂（あやほ）の全身から放たれた龍気に気圧（けお）されて動きを止めた。今の彼女に迂闊（うかつ）に近づけば、神蝕能（レガリア）の攻撃対象になりかねない。

「許さない！　許さない！　許さない！　許さない！　私はあなたたちを絶対に許さない！」

破壊された車両の外壁をくぐって、絢穂（あやほ）は躊躇（ちゅうちょ）なくホームへと降りた。

彼女が放つ異様な気配に、交戦中だった襲撃者たちが動きを止める。

そんな彼らに向かって、絢穂は緋色の紋様が輝く右手を向けた。そしてありったけの龍気を集めて、神蝕能を発動しようとする。

だがそれよりも一瞬早く、のんびりとした声が絢穂を制止した。

「はい、そこまでー」

「……え!?」

そこにいるはずのない意外な人物の姿に、絢穂が動揺した。

絶え間なく銃弾が飛び交うプラットホーム上に、女子大生のような服装をした小柄な女性が立っている。絢穂たちが知っている顔だった。

「丹奈さん……どうして……」

呆気にとられたような表情で絢穂が呟き、姫川丹奈はそんな絢穂に親しげに手を伸ばす。

そして次の瞬間、絢穂の瞳が焦点を失った。なにが起きたのか理解できないまま、彼女は意識を失いその場に倒れこむ。沼の龍の権能が生み出したガスによって酸欠症状を起こしたのだ。

「姫川丹奈……沼の龍の巫女か」

車両の外に出たネイサンが、倒れた絢穂を抱き上げている丹奈に呼びかけた。

丹奈は空いている左手でピースサインを作って、愛想よくネイサンに微笑み返す。

「はいー、お久しぶりですー、ギャルリー・ベリトの皆さん。それにオーギュストくん」

「なぜ、きみが中華連邦の基地にいる？」

ネイサンは、馴れ馴れしい丹奈の呼びかけにも表情を変えなかった。

丹奈もそれを気にすることなく、平然と訊き返す。

「ふふっ、面白い質問ですね、オーギュストくん。あなたこそ、どうしてギャルリーに協力しているんですか？　もしかして、統合体を裏切っちゃいました？」

「……湊久樹はどこだ？」

周囲を見回して、ネイサンが訊いた。

沼の龍の加護を受けた不死者の青年。まるで忠犬のような性格の彼が、理由もなく丹奈の傍から離れるとは思えない。警戒するには充分な理由だ。

「ヒサキくんなら、お姫様の回収に行きましたよー」

丹奈が優しげな微笑みを口元に張りつかせたまま言う。

ネイサンの表情が険しさを増した。

「きみたちの目的は、鳴沢珠依か」

「あなたが統合体のエージェントとしての役目を放棄する以上、珠依さんをこのまま預けておくわけにはいきませんから一」

「連れて行かせると思うか？」

「逆に、私たちを止められるとお思いですか一？」

丹奈(にな)が目を細めてちょこんと小首を傾(かし)げた。そして彼女の声から、温度が消える。

「だとしたら、舐(な)められたものですねー」

「っ……！」

横殴りに吹きつけてきた強烈な殺気に、ネイサンが素早く反応した。反射的に身構えながら、横に跳ぶ。

そんな彼の右腕が鮮血を噴き出した。背後の死角から放たれた大剣(たいけん)の先端が、ネイサンの二の腕を深々と斬り裂いている。骨にまで達する一撃だ。

「おまえ!?　どこから出てきた……!?」

剣を構えるヒサキに銃口を向けながら、ジョッシュが呻(うめ)いた。

ヒサキはネイサンたちがいるプラットホーム上に、前触れもなく突然現れたのだ。ネイサンの背後には分厚い装甲に覆われた揺光星(ヤオクアンシン)の車両があって、人が通り抜けられる隙間はない。車両の外壁そのものをすり抜けたのでもない限り、ヒサキがそこに出現するのは不可能だ。

「沼の龍(ルクスリア)の権能……物質透過か……」

負傷した右腕を押さえて、ネイサンが呟(つぶや)いた。

物質を自在に液状化させる沼の龍(ルクスリア)の神蝕能(レガリア)。ヒサキはその能力を応用し、揺光星(ヤオクアンシン)の外壁を固体でも液体でもない状態に変化させてすり抜けた。

どれほど厳重な牢獄(ろうごく)であろうと、彼の侵入は拒めない。揺光星(ヤオクアンシン)のコンテナ車両など、ヒサキにしてみれば出入り自由な公共空間（パブリックスペース）も同然だ。

その証拠に彼の左腕は、糸の切れた人形のように眠り続ける白い髪の少女を抱いている。昏睡（こんすい）し続ける地の龍（スペルビア）の巫女（みこ）——鳴沢珠依（ナルサワスイ）。

丹奈（にな）とヒサキは、ギャルリーの捕虜となった珠依（スイ）を奪還するために、メローラ社の襲撃に加担していたのだ。

「降伏するなら、早くしたほうがいいですよー。人質がいなくなった以上、中華連邦の人たち、たぶんもう手加減してくれませんからー」

丹奈（にな）が朗らかに笑ってジョッシュたちに手を振った。

山の龍（ヴァナグロリア）のレリクトを持つ絢穂（あやほ）が攫（さら）われ、同じくレリクト適合者（デイザーバー）であるネイサンが負傷した。

今のギャルリー・ベリトには、丹奈（にな）とヒサキに対抗できる戦力がない。

追い詰められて歯軋（はぎし）りするジョッシュの耳に、さらに追い打ちをかけるように耳障（みみざわ）りな笑い声が聞こえてくる。

「そういうことだ。無駄な手間はかけさせてくれるなよ、ギャルリー・ベリト」

「シア・ジーグヴァン……!?」

無造作に歩いて近づいてくる中華連邦の兵士に気づいて、ジョッシュが困惑の声を上げた。

シア・ジーグヴァンはジュリたちに同行して、魍獣（もうじゅう）の群棲（ぐんせい）地に向かったと聞いていたからだ。

「おまえ……うちの姫さんやヤヒロたちはどうした？」

ジョッシュがシアを睨みつけて詰問する。

「姫？　ジュリエッタ・ベリトのことか？」

シアは挑発的に唇の端を吊り上げた。

「あの女なら、冥界門の底だ。鳴沢八尋や侭奈彩葉と一緒に、今ごろは魍獣どものエサになってるだろうよ」

「冥界門……!?　おまえが姫さんたちを突き落としたのか!?」

ジョッシュの頬から血の気が引いた。

冥界門は、異世界に続いているとすらいわれる得体の知れない巨大な縦孔だ。そこに落ちて生還したという人間の話は聞いたことがない。たとえ不死者のヤヒロであっても、あの深い穴から這い上がってくるのは不可能だろう。ただの人間に過ぎないジュリでは尚更だ。

「最初からレリクトを引き渡しておけば、もう少しまともな死に方ができただろうにな」

動揺するジョッシュを嘲笑うように、シアが哀れむような口調で告げる。

「クソが……っ！」

ジョッシュが拳銃をシアに向けた。シアも自分の拳銃を構えた。レリクト適合者の専用装備である大型拳銃だ。まともに撃ち合っても勝ち目はない。

それがわかっていても、ジョッシュは引き金を引かずにいられない。

だが、ジョッシュの拳銃が弾丸を吐き出す直前に、轟音が名古屋駅要塞を震わせた。

巨大な地震を思わせる衝撃と振動。ホームに停車する装甲列車が揺れ、要塞を取り囲む装甲防壁が軋んだ。続いてどこかで断続的な爆発音が鳴り響き、要塞内のあちこちの施設で火の手が上がる。

「なんだ⁉　なにが起きている……⁉」

シアの顔に初めて焦りが浮いた。

ヒサキが周囲を警戒するように目を細め、丹奈が驚いたように目を丸くしている。この状況は彼らにとっても想定外だったのだ。

「魍獣……だと⁉」

炎に巻かれた要塞内の施設を眺めて、ジョッシュが呻いた。

崩壊する施設の外壁を破って姿を現したのは、グレードⅣに相当する巨大な魍獣だ。そしてそれを追いかけるように数体の——否、数十体の魍獣たちが飛び出してくる。

やがて魍獣はさらに数を増し、要塞内のあらゆる建物への無差別攻撃を開始した。

内側からの魍獣の出現という異常事態によって、難攻不落に思えた中華連邦軍の要塞はゆっくりと崩壊を始めていたのだった。

第五幕　ハヴ・イット・ボス・ウェイズ

THE HOLLOW REGALIA

CHAPTER.5

1

古龍が創り出す異空間との接続を失った冥界門（プルトネイオン）は、単なる巨大な洞窟でしかなかった。アリの巣穴のように複雑な構造のその洞窟を、ヤヒロたちは魍獣（もうじゅう）の案内に従って脱出する。

「信じられない！　僕たちが魍獣（もうじゅう）に乗ってる……！」

「これは夢……夢でござるか……⁉」

ジュウとフォンの二人の中尉は、いまだ混乱して騒ぎ続けていた。

しかしヤヒロは、今さら驚く気にもなれない。ジュリに至っては、平然と無線機を操作して部下との通信を始めている。相手は魍獣群棲（もうじゅうくんせい）地の外で待機していたパオラ・レゼンテだ。

「パオラ！　聞こえる？」

『聞こえてる。でも、今は交戦中』

「交戦中？　相手は？」

『シア・ジーグァンの部下。中華連邦軍の歩兵部隊。手強くはない。でも、数が多い。魍獣たちの援護がなければ、保たなかった』

「そっか。彩葉の言いつけを守ってくれたみたいだね」

言葉少なな部下の報告に、ジュリが微苦笑を漏らした。

ヤヒロたちを冥界門に突き落としたシア・ジーグァンは、ついでにパオラたちを殲滅するつもりで歩兵部隊を派遣したのだろう。群棲地の魍獣たちがギャルリーの部隊に協力したのは、彼にとっては想定外だったはずだ。

「でも、もう大丈夫。合流するから、心の準備をしといてね」

『こちらでも視認した。心の準備の必要性も理解』

無線機越しにパオラの疲れたような声が聞こえてくる。

一時は連絡が途絶えたジュリとヤヒロたちが、魍獣の群れを引き連れて戻ってきたのだ。彼女が呆れるのも無理はなかった。

「あんたたちはどうするんだ？　このままだと反逆者扱いになるんじゃないか？」

並走する魍獣の口にくわえられたままのジュウたちに向かって、ヤヒロが訊く。

このままヤヒロたちが中華連邦軍の部隊との戦闘に突入すれば、彼らの立場が微妙なものになるのは想像できた。実際のところ、ジュウたちはシアに裏切られた被害者だが、それを証明できるのはヤヒロたちの証言だけなのだ。

だからといってヤヒロたちと行動を共にすれば、彼らは中華連邦軍を敵に回すことになる。

「僕たちはわおんちゃんについていきますよ。どのみちシア上校に切り捨てられた以上、軍に僕たちの居場所はないですし」

「今さらあの副司令のところに戻る気にはなれないでござるよ」

二人の兵士が口々に言った。異様なほどに割り切りがいいのは、冥界門(プルトネイオン)という異様な環境をくぐり抜けた直後だからかもしれない。

「気持ちはわからなくもないけどな……」

「いえ、これは我々の祖国のためでもあります。独自にレリクトを蒐集(しゅうしゅう)し、適合者(ディザーバー)を個人的な戦力として動かしているシア上校の行動は、明らかに彼の権限を逸脱していますから」

「自分たちは彼の素行を調査するために、本国の指示で動いていたのでござるよ。まあ、そのせいであぁして冥界門(プルトネイオン)に突き落とされたわけでござるが」

「シアを監視してたってことか？　あんたたちが？」

「本国の上層部も、拙者たちのようなキャラであれば疑われないと思ったのでござろう」

はっはっは、とフォンたちが声を合わせて笑い、自分で言うな、とヤヒロは顔をしかめた。

「べつにいいんじゃない？　でも同胞に銃を向けるのは、さすがに気が咎(とが)めるでしょ。というわけで、あとからゆっくり追いかけてきてね」

そう言って二人の兵士に手を振りながら、ジュリが彩葉に合図を出す。

了解、と彩葉はうなずいて、二人の兵士をくわえている魍獣たちに指示を出した。

「うわっ⁉」

「ジュリ殿ぉぉ⁉」

魍獣たちから、ひょいと放り投げられて、ジュウとフォンが悲鳴を上げる。

地面を転がる彼らを無視して、ヤヒロたちは魍獣に乗ったまま森を突っ切った。

その先には装甲トラックを楯にして銃撃戦を行っているパオラの部隊がいる。

彼女たちと銃撃戦を行っていた中華連邦軍の歩兵部隊は、突然現れた猛獣の大群に襲われて、たちまち大混乱に陥った。

グレードⅣを含む数十体の魍獣が相手では、レリクト適合者が数人いたところで意味がない。ろくな抵抗も出来ないまま戦意を喪失し、彼らは散り散りになって逃走を開始する。

「お待たせ、パオラ。負傷者は？」

魍獣の背中から降りたジュリが、ライフルを背負うパオラに近づいて声をかけた。パオラが率いている分隊の隊員は十一名。ざっと見た感じ全員が健在だ。

「全員、軽傷。戦闘に支障はない」

「輸送車もまだ使えそうだね。じゃあ、このまま名古屋駅要塞に戻るよ。魍獣たちもそのつもりみたいだしね。はい、彩葉」

ジュリが制服のポケットから取り出した携帯端末を彩葉に放る。

彩葉はそれを反射的に受け取って、表示されていた地図に怪訝な表情で目を落とした。

「なに、これ？」

「名古屋駅要塞への侵入経路。魍獣たちに教えてあげて。あれだけ大きな要塞だからね。資材の搬入路とか水処理施設とか、探せば抜け道があると思ってたんだよ」

「……そんな情報、どうやって手に入れたんだ？」

ヤヒロが驚いてジュリを見た。ギャルリーが名古屋に到着したのは二日前。いくらなんでも抜け道を見つけ出すのが早すぎる。そもそも魍獣群棲地の調査に人手を割かれている状況で、侵入経路の捜索に回すような余分な人員がいたとは思えない。

しかしジュリは、どこか面白そうに微笑んで、

「ほのかたちが調べてくれたみたいだよ。動物型の生体ドローンを使ってね」

「あの子たちにそんなことさせてたの……!?」

彩葉が唖然とした表情でジュリを睨んだ。保護者である彩葉が知らない間に弟妹たちが危険な任務をこなしていたことに、ショックを受けているらしい。

「うー……まあ、仕方ないか。この子たちの役にも立つからね」

しばらくして、彩葉は、どうにか折り合いをつけたように溜息をつく。

ヤヒロは、そんな彩葉の判断に少し驚いた。魍獣を道具のように利用することを、彼女は嫌

がると予想していたからだ。

「魍獣たちに、人工レリクト工場を破壊させるつもりか？」

「それがこの子たちの望みだからね。この土地にいる魍獣はみんな、最初から人工レリクトを造らせないためにあの要塞を襲ってたんだよ」

「魍獣が人工レリクト製造の邪魔を？」

ヤヒロが困惑に眉を寄せた。

たしかにレリクト適合者が増えるのは、魍獣たちにとっても脅威だろう。だからといって、人工レリクトの製造を前もって妨害しようと考えるほど、魍獣たちが理性的とは思えない。

「人工レリクトってのは、要するに劣化した龍因子の結晶なんでしょ。それを量産すれば当然、排水や排煙に混じって粗悪な龍因子が撒き散らされることになるよね」

ヤヒロの疑問に、ジュリが答える。思いがけない彼女の指摘に、ヤヒロは素直に驚いて、

「魍獣たちはそれを嫌って襲ってきてたのか。じゃあ、彩葉の声が届きにくかったのは……」

「それも龍因子の影響だろうね。もともと古龍の封印が解けてたせいで、この土地の龍因子は異様に濃度が高くなってたから」

そう言って、ジュリは悪い笑みを浮かべてみせた。

「防壁の内部に稼働中の人工レリクト工場があるのなら、そこがあの要塞の最大の急所だからね。魍獣たちが要塞内に侵入して軍が混乱してる間に、名古屋駅を強行突破するよ」

「そんなことをして、中華連邦の恨みを買わないか？」

ヤヒロが不安な眼差しをジュリに向ける。

レリクト適合者の存在を抜きにしても、中華連邦軍の戦力は強大だ。彼らを正面きって敵に回すのは、あまり得策とは思えない。

しかし意外にも、ジュリの言葉に真っ先に賛同したのは彩葉だった。

「向こうが先に喧嘩を売ってきたのに、なにを今さらって感じだよ」

「彩葉？」

「わたしの大切な妹に手を出そうとしたこと、絶対に許さないからね」

彩葉がにっこりと微笑んで、廃墟の奥にたたずむ名古屋駅要塞を睨みつけた。

その姿を見てヤヒロはようやく気づく。中華連邦軍が約束を反故にして絢穂を狙ったことに、彩葉はずっと激怒していたのだった。

2

ヌエマルに乗った彩葉の先導で、ヤヒロたちは名古屋駅要塞の地下へと侵入していた。崩落したと思われていた地下鉄トンネルの一部が生き残っており、要塞の内側に続いていたのだ。

「この通路で合ってるのか？」

「間違いないよ。魍獣（もうじゅう）たちもなにかに気づいてるみたい」

不安げなヤヒロの質問に、彩葉（いろは）は自信たっぷりにうなずいた。

巨大すぎる名古屋（なごや）駅要塞（ようさい）の敷地（しきち）内をすべて新造することは不可能だったのか、要塞（ようさい）内の一部には、かつての名古屋（なごや）駅の施設や地下街などがそのまま流用されている。それらを利用することで、ヤヒロたちは誰にも気づかれることなく、人工レリクト工場の中心部へと近づいていく。

「名古屋（なごや）駅要塞（ようさい）にこんな区画があったなんて」

どうにかヤヒロたちに追いついてきたジュウ中尉が、工場内の風景を驚きの表情で見回した。

「なんであんたたちが知らないんだ？」

ヤヒロが怪訝（けげん）に思って訊（き）く。レリクトの適合者（ディザーバー）であるジュウたちが、レリクト工場の様子を知らないのが意外に思えたのだ。

「この工場はメローラ社の管轄で、レリクト適合者（ディザーバー）でも入れなかったんです」

「副司令は例外でござったがな」

二人の兵士が口々に答えた。ヤヒロは小さく鼻を鳴らす。

「シア・ジーグァンが、メローラ社と個人的な繋（つな）がりを持ってたのは間違いなさそうだな。あいつがあんたたちを冥界門（プルトネイオン）に突き落としたのも、それを隠蔽するためか」

「話が見えてきたね。人工レリクトの製造がメローラ社の独占事業なら、絢穂（あやほ）を狙ったのも、実は中華連邦じゃなくてメローラ社の独断だったのかもね」

「なにそれ⁉　私利私欲のためってことじゃん！」

　ジュリの推測を聞いて、彩葉(いろは)がますます憤慨する。

　そうこうしている間に、ヤヒロたちが通っていた地下通路が行き止まりに突き当たった。やっつけで塞いだだけのほかの場所とは明らかに異質な、分厚い隔壁が通路を堰(せ)き止(と)めている。

　おそらくこの隔壁の先にあるのが、人工レリクト工場の心臓部で間違いないだろう。

「ヤヒロ！」

「わかってる。彩葉(いろは)、魍獣(もうじゅう)たちを下がらせろ」

　刀の柄に手をかけて、ヤヒロが隔壁の前に出た。

　厚さ数メートルにも達する鉄筋コンクリートの隔壁だ。普通なら打刀(うちがたな)一本でどうにかなるようなものではない。しかしヤヒロは、それを打ち破れることを疑っていなかった。あの漆黒の古龍に比べれば、この程度の隔壁など障子紙も同然だ。

「――【焰(ほむら)】！」

　浄化の炎を纏(まと)ったヤヒロの刀が、分厚い隔壁をバターのように融(と)かして斬り裂いた。四角く切り取られた隔壁が地響きを立てて奥へと倒れ、近代的な工場の内部の光景が露(あら)わになる。

　そして破れた隔壁の隙間から、魍獣(もうじゅう)たちが次々に中へと飛びこんだ。

半導体工場を思わせる、陽圧化されたクリーンルームだ。自動化が進んだ工場内に、人間の姿はほとんどない。塵(ちり)ひとつ見当たらない近代的な製造ラインを、魍獣(もうじゅう)たちは目につく端から容赦なく破壊していく。

「も、魍獣!?」

「な、なんだきみたちは!?　こんなことをして、ただで済むとでも……」

工場の管理者らしき男たちが、ヤヒロたちの侵入に気づいて怒声を上げる。ヤヒロはそんな男の喉元をつかんで、乱暴に吊り上げた。

「これはなんだ!?」

ガラスケースに入った工場内の培養槽を指さして、ヤヒロが殺気だった声を出す。

全身をチューブに繋がれた無惨な姿で培養槽に閉じこめられていたのは、魍獣だ。

「なんでこんなところに魍獣がいる？　ここは人工レリクトの工場じゃなかったのか？」

「レ……レリクトを活性化させるには、オリジナルの遺存宝器と、その適合者が必要だ……」

ヤヒロに喉をつかまれたまま、管理者が苦しげな声音で言った。

「そんなことは知ってる！　だから、なんだ!?」

「だ、だが、レリクトに適合する人間が、都合よく現れるとは限らない。適合しない人間に無理やりレリクトを埋めこんだら、肉体が耐えきれずに宿主は死ぬ」

「それで……？」

ヤヒロは管理者の喉を絞め上げる手に力をこめた。恐怖に駆られた管理者が、咳きこみながら早口で説明を続ける。

「だが、魍獣なら……魍獣の体細胞を使えば、あらゆるレリクトの活性化が可能なんだ。複製された人工レリクトは、オリジナルよりも大幅に劣化してしまうのが欠点だが、それさえ克服することができれば――」

「魍獣は、どうなる？」

「……は？」

「レリクトを埋めこまれた魍獣はどうなるんだ？」

管理者は、ヤヒロの質問の意味がわからない、というふうに目を瞬いた。

「それは……当然、死ぬが……埋めこまれてから死ぬまでの時間は最低でも人間の七倍以上で、レリクトの複製には充分な数字なんだ。だから……」

「わかってんのか⁉　魍獣はもともと人間だったんだぞ……？」

「あ、ああ。らしいね」

間の抜けた表情で、管理者がうなずく。魍獣をレリクト製造の材料として使い潰すことに、なんの罪悪感も抱いていないという態度だ。

「そうか。おまえはもういい。黙れ」

「え？」

ヤヒロは静かに呟いて、管理者を絞め上げていた手を放した。突然解放された管理者が、よろめきながらも安堵に目を輝かせる。

そんな管理者の顔面を、ヤヒロは渾身の力で殴りつけた。

ヤヒロ自身の拳が砕けるほどの一撃だ。不死者の再生能力でヤヒロの拳はすぐに治るが、顔面を潰された管理者は、なにが起きたのかもわからないまま床に倒れて悶絶している。

「メローラ・エレクトロニクスが中華連邦本国ではなくて、日本に人工レリクト工場を造ったのは、これが理由だったんだね」

破壊され、燃え落ちていく工場を眺めて、彩葉が悲しげにぼそりと言った。

培養槽の中にいる魍獣たちを、彩葉は助けようとはしなかった。彼らが決して助からないことを彩葉は理解しているのだろう。工場を破壊して安らかに死なせることが、彼らに与えられる唯一の救いなのだ。

「シアを抱きこんで利用したのも、魍獣を生け捕りにするためか」

ヤヒロが怒りを圧し殺した平坦な声を出す。

「魍獣のみんなが名古屋駅要塞の襲撃を繰り返してたのも、龍因子のせいだけじゃなくて、仲間が殺されているのを知ってたからなのかもね」

「そうだな」

祈るような彩葉の言葉に、ヤヒロはそっと息を吐く。

そんなヤヒロたちの言葉を引き継ぐように、頭上から笑い含みの静かな声が聞こえてきた。

「だけど、それももう終わりね……」

「っ……！」

聞き覚えのある大人びた声に、ヤヒロは弾かれたように顔を上げる。

吹き抜けになった工場の天井近く。点検用のキャットウォークに立ってヤヒロたちを見下ろしていたのは、長い髪の美女だった。横浜でヤヒロたちの前から姿を消した風の龍の巫女——舞坂みやびだ。

「みやびさん⁉　どうしてここに……⁉」

彩葉が驚いてみやびに訊く。

ヤヒロは周囲を警戒して身構えた。このタイミングでみやびが名古屋駅要塞に現れる理由がわからない。彼女が中華連邦軍と協力関係にあるのかどうか、それすら不明だ。ただひとつだけ確実に言えるのは、彼女はヤヒロたちの味方ではないということである。

「いちおう補足しておくと、人工レリクト製造を主導していたのは、ライランド・リウというメローラ社の創業者よ。シア・ジーグァンだけでなく、この要塞の行政長官も買収してずいぶん好き勝手にやってたみたいね」

カツカツと甲高い音を立てながら、みやびがキャットウォークを歩いていく。龍人化した左脚が露わになっているが、今さらそれを隠す気はなさそうだ。

「だけどそれももう終わり。次の行政長官は、もう少しマシな人間が派遣されてくるでしょう」

「みやびさん！　待ってくれ！」

　立ち去ろうとする彼女を、ヤヒロが真剣な声で呼び止めた。みやびが愉快そうに振り返り、彼女が両手で抱いていた銀色のケースがヤヒロの視界に入る。

「あんたが持ってるのは、遺存宝器（レリクト・レガリア）だな」

「ええ。ご想像どおりよ」

　ヤヒロの質問に、みやびは悪戯（いたずら）っぽく微笑（ほほえ）んだ。

　彼女が抱いているのは、長さ一メートルあまりの金属ケース。刀剣を運搬するのにちょうどいい大きさだ。

「天帝家秘蔵の三大宝器（レガリア）のひとつ。せっかくだから回収させてもらうわ」

「草薙剣（くさなぎのつるぎ）……！　それを回収するのがあんたの目的か……！」

　ヤヒロがみやびに向かって駆け出した。

　彼女の目的はわからない。しかしヤヒロは、彼女に草薙剣（くさなぎのつるぎ）を渡すべきではないと直感的に判断した。草薙剣（くさなぎのつるぎ）は、あの古龍すら封印する強力な遺存宝器（レリクト・レガリア）なのだ。悪用されれば、なにが起きるかわからない。

「それを誰に頼まれたの？」

　キャットウォークを歩くみやびの前方に、ジュリが突然現れる。壁を蹴った反動とワイヤーを使った曲芸じみた動きで、天井近くのキャットウォークまで一気によじ登ったのだ。

「さっきの口振りだと、ライランド・リウに雇われたってわけではなさそうだね？」

「私の今の雇い主は、サーラスよ。統合体（ガンツアイト）のアルフレッド・サーラス」

「統合体（ガンツアイト）……！」

ヤヒロの目つきが険しさを増した。

レリクトには関わらないというのが、統合体（ガンツアイト）の本来のスタンスのはずだ。それを曲げてまで草薙剣（くさなぎのつるぎ）を回収しようとしている時点で、よからぬ企（たくら）みがあるのではないかと疑わざるを得ない。

「ヤヒロ」

「わかってる。みやびさんを捕まえればいいんだな？」

ジュリと挟み撃ちにする形で、ヤヒロはみやびに近づいていく。キャットウォークの横幅は一メートル足らずだ。どう転んでもみやびに逃げ場はない。

しかしみやびは表情を変えずに、レリクトのケースを抱いたまま悠然と微笑（ほほえ）んだ。

「あら。私なんかの相手をしてていいのかしら？」

「どういう意味だ？」

「統合体（ガンツアイト）が回収しようとしているのは、遺存宝器（レリクト・レガリア）だけではないわよ。彼らが雇った龍の巫女（みこ）も、私だけとは限らない」

「回収……」

思わせぶりなみやびの言葉に、ヤヒロは猛烈な焦燥感を覚えた。

統合体(ガンツァイト)にとって、天帝家の宝器(レガリア)以上に価値のあるものが名古屋(なごや)にあるとは思えない。だが、価値のある人間ならばいる。

それは統合体(ガンツァイト)が保有していた龍の巫女(みこ)——ギャルリーの捕虜になっている鳴沢珠依(ナルサワスイ)だ。

「みやびさん、あんたはなにがしたいんだ⁉　いまさらあんたが統合体(ガンツァイト)に協力する理由なんてないだろ……⁉」

ヤヒロが失望を滲(にじ)ませた声で、みやびに呼びかけた。

「ごめんなさい」

みやびはヤヒロを見返して静かに首を振る。

そして彼女は、左脚でキャットウィークを蹴って跳躍した。人間の限界を遥(はる)かに超えた跳躍力で、破壊された工場の設備を飛び越え、炎の中に姿を消す。

「また会いましょう。それまで、お互いに生きていられたら、ね」

みやびが最後に残した言葉が、ヤヒロの耳に染(し)みついたように残る。

ヤヒロは燃え落ちる工場を見下ろして、無言のまま立ち尽くしていた。

3

ライランド・リウは、VIPの専用通路を使って名古屋駅の駅舎へと向かっていた。メローラ・エレクトロニクス保有の装甲列車——〝T・ブレット〟に乗りこむためである。

「申し訳ありません、会長。ロゼッタ・ベリトを取り逃がしました」

駅舎の入り口で待っていた戦闘服の男が、リウの姿を見て頭を下げた。

男は、リウの護衛を務めていたメローラ民間軍事部門の指揮官だ。彼の戦闘服は血で汚れ、頬には生乾きの傷が残っている。ロゼッタ・ベリトを始末しようとして、逆に手傷を負わされたらしい。

「被害状況は？」

リウは落ち通いた口調で訊き返す。特に落胆は感じていない。ロゼッタを倒しきれない可能性は、想定の範囲内だったからだ。

「重傷者が八人。うち六人は再起不能です」

「メローラ民間軍事部門の精鋭が、その有様ですか。さすがはベリト侯爵家ご自慢の戦闘人形。ギャルリーと手を組めなかったのは、やはり残念ですね」

リウは不満げに唇を歪めながら、自嘲するような溜息を漏らす。

直接会話を交わした時間は短かったが、それでもロゼッタ・ベリトの優秀さは充分に理解できた。ギャルリー・ベリトが揃(そろ)えているほかの手駒も、数は少ないが優秀だ。そうでなければ、魍獣(もうじゅう)たちの助けを借りたとはいえ、名古屋駅要塞(なごやようさい)がこうもあっさりと陥落することなどあり得なかっただろう。

彼女たちの協力があれば、統合体(ガンツアイト)を出し抜いて新たな大殺戮(ジェイノサイド)後の支配者になるというリウの計画は、もっとスムーズに進んだに違いない。しかし手に入らなかったものをいつまでも嘆いていても仕方がないだろう。

そう割り切って、リウはあっさり思考を切り替えた。

世界有数の企業グループの会長として、リウは損切りの重要性はよく知っている。利益を生まない存在を切り捨てることに躊躇(ちゅうちょ)はなかった。

それがギャルリー・ベリトであっても、あるいは名古屋駅要塞(なごやようさい)であっても、だ。

「ライランド・リウ……」

駅のプラットホームへと続く階段の途中で、誰かがリウの名前を呼んだ。まるで死にかけの病人のように憔悴(しょうすい)した声だった。

「これは、長官。こんなところにお一人で、どうなさいました？」

やつれ果てた行政長官——ホウ・ツェミンを見返して、リウは微笑(ほほえ)む。

恰幅(かっぷく)のいい行政長官は、階段を転げ落ちるような勢いで降りてきてリウへと詰め寄った。

「リウ殿！　なんだ、この火災は⁉　いったいなにが起きている⁉」

「人工レリクトのファクトリーに、魍獣が出現したそうですよ」

混乱しているホウを冷ややかに見下ろして、ライランド・リウは淡々と告げた。

「魍獣だと⁉」

ホウの顔が憤激に染まる。行政長官という役職にありながら、彼はようやく自分の要塞になにが起きたか気づいたのだ。

「あの女か⁉　龍の巫女の小娘が、魍獣たちを連れて戻ってきたのか⁉　シ、シア上校は⁉　レリクト部隊はなにをやっている⁉」

「落ち着いてください、長官」

自分の護衛に引き剝がされる行政長官を眺めながら、リウが優しく諭すように呼びかけた。

人工レリクト工場は破壊され、名古屋駅要塞もすでに壊滅寸前だ。この状況で、ホウ・ツェミンに利用価値はほとんど残っていない。それでも彼の肩書きはまだ役に立つ。喚き散らすホウを眺めながら、リウはそう計算する。

「リウ殿！　どうすれば……私はどうすればいい？」

「魍獣の数が多すぎます。要塞内部への侵入を許した以上、やつらを完全に駆逐するのは不可能でしょう」

「不可能……では、この要塞は……」

「ええ。放棄するのが賢明です」

リウが感情のこもらない声で告げた。ホウ・ツェミンが、絶望に顔を歪（ゆが）ませる。

「要塞（ようさい）を捨てて、脱出しろというのか⁉　この私に……⁉」

「オリジナルの遺存宝器（レリクト・レガリア）さえあれば、人工レリクト工場はあとからいくらでも造り直せます。要塞（ようさい）も似たようなものでしょう。それでいいではありませんか」

「そんなことが……そんなことが認められるものか！　この要塞（ようさい）を失ってしまえば、本国が私にどんな処分を下すか……」

「そうですか。残念です、長官。では、私はここで失礼しますね」

リウは突き放すように冷たく微笑（ほほえ）んだ。

ためらいなく背を向けたリウに向かって、ホウ・ツェミンが怒声を上げた。

「わ、私を……いや、中華連邦を裏切るつもりか、ライランド・リウ⁉」

「裏切る？　我々はあくまでも対等の取引相手だったはずですよ」

「レリクト適合者（デイザーバー）を全員呼び戻せ！　魍獣（もうじゅう）どもを駆逐させろ！」

「断る、と言ったらどうします？」

「と、捕らえろ！　長官である私の命令だぞ！」

駅のホームを警備していた兵士たちに向かって、ホウが叫んだ。

しかし兵士たちは困惑したように顔を見合わせるだけだ。文官であるホウ・ツェミンに、軍の直接的な指揮権はないからだ。

「こいつらを捕らえろ。抵抗するなら殺しても構わん。ライランド・リウは我が国の敵だ！」

「やれやれ。ずいぶんな扱いですね」

リウは苦笑して、護衛の戦闘員（オペレーター）に目配せした。

戦闘員（オペレーター）はうなずき、拳銃を抜く。レリクト適合者（ディザーバー）用の大型拳銃だ。銃口から放たれた深紅の閃光（せんこう）がプラットホームを薙（な）ぎ払（はら）い、立（た）ち竦（すく）む兵士たちを燃やし尽くす。

「な……遺存宝器（レリクト・レガリア）……なぜ、貴様らが……」

ホウ・ツェミンが、呆然（ぼうぜん）と目を見開いたままふらふらと後退した。民間軍事会社の戦闘員（オペレーター）が、レリクト装備を使ったことに動揺しているのだ。

「人工レリクトの製造を請け負っているのは、我々メローラ・エレクトロニクスですからね。あなたが把握していないレリクトのひとつやふたつあってもおかしくはないでしょう？」

リウが肩をすくめて言った。

「それにね、レリクト部隊の隊員たちは、皆、私の味方です。当然でしょう。彼らに力を与えたのは中華連邦軍でも、ましてや長官——あなたでもない。我がメローラ社なのですから」

「な……そんな……」

戦闘員（オペレーター）に銃口を向けられて、ホウは見る間に青ざめた。恥も外聞もなくその場に跪（ひざまず）き、必死の形相（ぎょうそう）で命乞いを始める。

「ま、待て、リウ殿！　私が間違っていた。協力する。中華連邦は貴様らに全面的に協力する。だから──」

「中華連邦日本特区の行政長官は、魍獣の侵入により命を落とす。安心してください、長官。これであなたは、もう本国の制裁に怯える必要はない──」

「や、やめろ、リウ殿！　やめてくれ！　やめ……っ！」

泣き叫ぶホウの胸を深紅の閃光が貫いて、彼の悲鳴が唐突に途切れた。

戦闘員は無言のまま拳銃の尾栓を開いて、輝きを失った人工レレリクトを排莢する。粗悪な人工レレリクトは神蝕能の行使に耐えられず、定期的に交換する必要があるのだ。

その様子を無表情に眺めつつ、まだ改良の余地があるな、とリウは考える。死体となったホウのことなど、すでにリウの意識に残ってはいなかった。

魍獣の襲撃により発生した工場火災は、すでに名古屋駅要塞の居住区画にも燃え広がっている。それを消し止められるほどの防災設備は、要塞内には存在しない。行政長官であるホウ・ツェミンが、建設費を流用して私腹を肥やすために設備に回す予算を削ったせいだ。

自業自得ではあるが、仮に防災設備が整っていたところで、魍獣の襲撃に耐えられたかどうかは疑問だった。火の龍の巫女──侭奈彩葉を擁するギャルリー・ベリトを足止めした時点で、この要塞は滅びる運命だったのだろう。

「よう、大将。待たせたか？」

目的のホームにたどり着いたリウが装甲列車に乗りこむ直前、逆方向から歩いてきた士官服の兵士に声をかけられる。

長身の兵士の肩には、意識をなくした佐生(さしょう)絢穂(あやほ)が荷物のように無造作に担(かつ)がれていた。山の龍(ヴァナグロリア)の遺存宝器(レリクト・レガリア)を回収するという役割を、彼は、きっちりと果たしてくれたらしい。

「いえ、ちょうどいいタイミングです。シア上校」

「悪かったな。冥界門(プルトネイオン)に突き落とした不死者(ラザルス)たちが戻ってくるとは、俺もさすがに予想できなかった」

満足そうに笑うリウに対して、シアがめずらしく殊勝な態度で謝罪した。

彼からもたらされた情報に、リウは驚いて眉を上げる。

「冥界門(プルトネイオン)から戻ってきた？　それはまた聞きしに勝る化け物ですね」

「ああ。おかげで要塞(ようさい)はこのザマだ。あんたの工場も残念だったな」

破壊された工場の方角を眺めて、シアは同情の言葉を口にした。

リウは仕方ないというふうに首を振る。いくら相手が不死者(ラザルス)といえども、冥界門(プルトネイオン)から生還するというのは想定外だ。その結果だけを見て、シアを責めるのは酷だろう。

「正直、痛手ではありますが、やむを得ませんね。不死者(ラザルス)の実力が知れただけでもよしとしましょう。山の龍(ヴァナグロリア)のレリクトは手に入ったようですし」

「そうだな」

「適合者（ディザーバー）つきで、劣化もほぼない完全なレリクト。活性化すらできなかった草薙剣（くさなぎのつるぎ）などよりも、こちらのほうがよほど価値があります。犠牲を払っただけの甲斐（かい）はありました」

気絶したままの絢穂（あやほ）の右手を確認し、ライランド・リウは満足げに笑う。

シアがうなずき、装甲列車の乗降口を指さした。

「そうかい。なら、脱出するぜ。不死者（ラザルス）どもが追いかけてくる前にな」

「ええ、そうしましょう。この土地にはもう、用はない」

シアの部下であるレリクト適合者（ディザーバー）たちを引き連れて、ライランド・リウがＴ（タウ）・ブレットに乗りこむ。

出発準備を終えていた銀色の装甲列車は、大出力ディーゼルエンジンの咆吼（ほうこう）を轟（とどろ）かせ、崩壊を始めた名古屋駅要塞（なごやようさい）をゆっくりと離れていった。

4

ヤヒロたちと一緒に名古屋駅要塞（なごやようさい）に突入した魍獣（もうじゅう）は、合わせて六十体ほどだった。

要塞（ようさい）の防壁の一部が内側から破られたこともあり、時間が経（た）つにつれて、その数は少しずつ増している。しかし人工レリクト工場を破壊したことで満足したのか、彼らは比較的落ち着いていた。そのうちの何割かは、すでに彩葉（いろは）の誘導に従って群棲地（ぐんせいち）への期間を始めている。

それを妨害したのは、要塞を守備する中華連邦軍の一般兵だった。彼らは魍獣の姿を見るなり、問答無用で攻撃を仕掛けたのだ。

「やめて、撃たないで！　やめなさい！　撃つなーっ！」

銃撃を続ける兵士たちに向けて、彩葉が叫ぶ。しかしその声は銃声にかき消されて届かない。攻撃を受けた魍獣たちは、当然、自衛のために反撃を始める。結果として、そこに出現したのは、魍獣と人間たちの殺し合いだった。なんの意味もない馬鹿げた争いだ。

「どうして……あの子たちには、これ以上、人間を襲う理由がないのに……！」

「事情を知らない一般兵士にとっては、魍獣は恐怖の対象でしかないからな。こんだけ殺意を向けられたら、魍獣たちも平静じゃいられないか」

蒼白な顔で立ち竦む彩葉を支えながら、ヤヒロは呟く。

血の臭いで興奮したせいか、魍獣たちはすでに彩葉の制御を離れていた。それでなくてもこの要塞内は、劣化した龍因子の残滓のせいで彩葉の能力が効きづらいのだ。

「わおんさん、僕たちは行きます。民間人を守らないと」

「名残惜しいですが、ここでお別れでござる」

ジュウとフォンの二人の兵士が、不意に立ち止まって彩葉に呼びかけた。

魍獣たちと兵士の争いが収まる気配はなく、被害は民間人のいる居住区まで拡大しつつある。彼らは、その被害を抑えるために居住区に向かうつもりなのだ。

「ここを守るのは我々の責任です。だから、こちらのことは気にせず、行ってください。ほかの兵士たちにも戦闘をやめるように伝えてみますから」

「最後に握手だけお願いしたいですぞ！」

「……ありがとう、二人とも。ちゃんと生き延びてね」

彩葉(いろは)は内心の葛藤を抑えて、握手を求める彼らの手を握り返す。

指揮系統が崩壊した今の中華連邦軍が、魍獣(もうじゅう)たちを殲滅(せんめつ)できる可能性は低い。それよりも、これ以上の戦闘を避けて、魍獣(もうじゅう)たちを群棲地(ぐんせいち)に追い返すほうが安全だ。

だが、それは彩葉(いろは)の役目ではない。兵士たちを説得するのは、同じ中華連邦軍の一員であるジュウたちにしかできないことだ。

「行こ、ヤヒロ。珠依(スイ)さんのことも気になるし」

彩葉(いろは)が迷いを振り切るように顔を上げた。

ヤヒロはうなずき、彩葉(いろは)の前に立って走り出そうとする。それをジュリが不意に制止した。

「待って、ヤヒロ！」

「ジュリ……!?」

立ち止まるヤヒロの足元に、無数の銃弾が降り注ぐ。驚いて顔を上げたヤヒロが見たのは、彩葉(いろは)を見て殺気立つ一般兵の姿だ。

「ギャルリー・ベリトの龍の巫女(みこ)だ！」

「あいつだ！　あいつが魍獣たちを操って、この基地を襲わせてるんだ！」

半ば錯乱した兵士たちが、彩葉を狙って銃を乱射する。驚いて立ち尽くす彩葉を庇いながら、ヤヒロはギリギリと奥歯を軋ませた。

「こんなときに、人間同士で殺し合ってる場合じゃねえだろうが……！」

「——ええ、恐怖に支配された人間というのは、まったく度しがたいものですね」

冷ややかな少女の声とともに連続した銃声が鳴り響き、利き腕を撃ち抜かれた兵士たちが、構えていた銃を取り落とす。

驚くヤヒロの前に現れたのは、華やかなパーティードレスを着たロゼだった。

「ロゼ⁉」

「どうしたの、その服！　可愛い！」

ドレス姿のロゼを見た彩葉が、興奮に鼻息を荒くした。その間に、魏と彼の部下たちが錯乱した兵士たちを制圧し、駅舎に続く通路の安全を確保する。

ロゼはそれを確認して拳銃を下ろし、キョロキョロと周囲を見回した。そしてジュリの姿を確認し、ホッとしたように胸を撫で下ろす。

「無事でよかったです、ジュリ……！」

「まったく、ろーちゃんは心配性だなあ」

いつになく感情的に告げる双子の妹の頭を、ジュリがよしよしと優しく撫でる。いつも冷静沈着なロゼだが、姉を溺愛しているのは相変わらずらしい。

「で、状況は？」

足早に駅舎に向かって移動しながら、ようやく落ち着いたロゼに、ジュリが訊(き)いた。

「揺光星(ヤオクアンシン)が、メローラ社の襲撃を受けています」

「目的は絢穂(あやほ)のレリクトか。予想どおりだね」

「相手がメローラの戦闘員(オペレーター)だけなら、ジョッシュの分隊で抑えきれるでしょう。この状況で、中華連邦軍がメローラ社に手を貸す余裕があるとは思えませんし」

「違う、ロゼ。相手はメローラ社だけじゃない。龍の巫女(みこ)がいる」

ジュリに余計な心配をかけないためか、めずらしく楽観的な口調のロゼに、ヤヒロは苛立(いらだ)ったような早口で警告した。

「龍の巫女(みこ)？」

ロゼが訝(いぶか)るように目を細める。

「人工レリクトの工場でみやびさんを見た。統合体(ガンツアイト)に雇われて、草薙剣(くさなぎのつるぎ)を回収に来たらしい」

「……舞坂(まいさか)みやび以外にも、龍の巫女(みこ)が来ているのですか？」

「ああ。おそらくそいつの狙いは——」

「鳴沢珠依(ナルサワスイ)、ですか」

ロゼの表情が真剣さを増した。

次の瞬間、膨れ上がる龍気を感じて、ヤヒロが弾(はじ)かれたように頭上を見上げる。

「逃げて！」

「下がれ！」

彩葉(いろは)とヤヒロが同時に叫んだ。ジュリとロゼ、そしてギャルリーの戦闘員(オペレーター)たちが、なにも言わずに指示に従う。

その直後、駅舎の天井が崩壊した。ドロドロに融解したコンクリートが、不可視の壁に遮られたように反射して階段から流れ落ちてくる。まるで冷たい熔岩(ようがん)を見ているような光景だ。

「この神蝕能(レガリア)……！　湊久樹(ミナトヒサキ)か!?」

ヤヒロは溶けたコンクリートを避けながら、プラットホームまで駆け上がる。そこには黒いパーカーを羽織って大剣(たいけん)を握る若い男がいた。沼の龍(ルクスリア)の加護を受けた不死者(ラザルス)――湊久樹(ミナトヒサキ)。

彼が左腕で抱えているのは、人形のように眠り続ける純白の髪の小柄な少女だ。

「ネイサンさん！」

「侭奈彩葉(ままないろは)……戻ったか」

ヒサキと対峙(たいじ)していた黒人男性が、わずかに息を弾ませながら彩葉(いろは)の声に振り返った。

彼の右腕には、いまだ乾ききっていない血痕が残っている。珠依(スイ)の強奪を阻止するために、ヒサキと交戦していたらしい。

「鳴沢(ナルサワ)か」

ヤヒロたちの到着に気づいたヒサキが、警戒するように剣を構えた。彼がヤヒロと敵対してまで、珠依を攫おうとしていることは確実だ。

「珠依を離せ、湊！」

ヤヒロも反射的に刀を抜く。そんなヤヒロの接近を阻むように、ヒサキがプラットホームの一部を毒々しい紫色の泥地へと変えた。ヤヒロはその泥地を焼き払おうとするが、浄化の炎が燃え広がる速度が遅い。双方の神蝕能が拮抗しているのだ。

「丹奈さん……!?」

ヒサキの隣にいる姫川丹奈に気づいて、彩葉が混乱したように首を振った。

「はいー、お久しぶりですー。元気でしたか？」

丹奈はなんの引け目も感じていないというふうに、人懐こく彩葉に微笑みかける。

彩葉は、丹奈の態度にグッと息を詰まらせて、

「丹奈さんが、どうして!?　珠依さんを連れて行って、なにをするつもりなんですか……!?」

「説明してあげてもいいんですけどー、私たちと悠長にお話ししてて大丈夫ですかー？」

「それって、どういう意味……？」

気遣うような丹奈の言葉に、彩葉が当惑する。

そこに響いたのは、まだ幼さの残る声だった。

「彩葉ちゃん！　お願い、助けて……！」

「凜花⁉」

彩葉が、声のしたほうに頬を強張らせながら目を向ける。

破壊された揺光星の車両のすぐ傍に、屈みこんでいる凜花の姿が見えた。彼女が介抱しているのは、額から血を流している弟だ。

「蓮は⁉　まさか、怪我したの⁉」

「蓮の怪我は大丈夫……！　それよりも、絢穂ちゃんが！」

「え……⁉」

「まさか、絢穂まで連れていくつもりか⁉」

ヒサキを睨みつけたまま、ヤヒロが怒りに全身を震わせた。

それをヒサキは無表情に眺める。言い訳するつもりはないらしい。

「シア・ジーグァンだ、ヤヒロ。あの男が絢穂を攫っていきやがった」

ジョッシュが、ヤヒロの誤解を訂正する。

ヤヒロはジョッシュの言葉に困惑しつつも、納得した。シア・ジーグァンが山の龍のレリクトを狙っていたのはわかっていたことだし、絢穂の姿が見当たらないことにも説明がつく。

「すまない、嬢ちゃん、姫さん。絢穂を守り切れなかった」

「いえ、レリクトの適合者たちを相手に、死傷者を出さずによくやってくれました」

悔やむジョッシュを、ロゼが淡々と労った。

実際、ネイサンの援護があったとはいえ、相手はレリクト適合者（ディザーバー）を含む大部隊。おまけにヒサキという予定にない不死者（ラザルス）の相手もしなければならなかったのだ。揺光星（ヤオクアンシン）を防衛していた部隊は、充分過ぎるほどに働いたといっていいだろう。

「シア・ジーグァンを雇っているのは、メローラ・エレクトロニクスです。急いで追いかけないと、手遅れになりますよー」

ヤヒロたちを焦（あせ）りを煽（あお）るかのように、丹奈（にな）が、プラットホームの対岸に停（と）まる銀色の装甲列車に目を向けた。

出発の準備を終えた装甲列車が、エンジンの轟音（ごうおん）を響かせて、ゆっくりと動き出すのが見える。燃え落ちる名古屋（なごや）駅要塞（ようさい）を見捨てて、自分たちだけ脱出するつもりらしい。

「どうしてあんたが珠依（スイ）を連れていくんだ、丹奈（にな）さん」

ヤヒロが低い声で丹奈（にな）に訊（き）く。

丹奈（にな）は、不意に真顔になってヤヒロを見返した。

「古龍には、会いましたか？」

「なに？」

唐突な丹奈（にな）の質問に、ヤヒロは一瞬、虚を衝（つ）かれた。彩葉（いろは）も驚いたように動きを止めている。

「古（いにしえ）の冥界門（プルトネイオン）に潜ったんですよね？　古龍の記憶、のぞき見たんじゃないですかー？」

「丹奈（にな）さんたちも……あれを見たの？」

彩葉(いろは)が震える声で訊(き)き返す。

ヤヒロの脳裏に甦(よみがえ)ったのは、白い闇の中で出会った一人の少女。そして令和(れいわ)と呼ばれていた時代の、知らない日本の街並みだ。

丹奈(にな)たちが目にした光景が、それと同じとは限らない。だがそれは、彼女が、ヤヒロたちの知らないなにかを知っているということだ。

「あの古龍と、あんたが珠依(スイ)を連れ去ることになんの関係がある……？」

わけもなく不安に襲われて、ヤヒロが丹奈(にな)を問い詰める。

しかし丹奈(にな)はただにこやかに微笑(ほほえ)み返すだけだ。

「まさか、冥界門(プルトネイオン)か……！　冥界門(プルトネイオン)を開かせるために、珠依(スイ)を？」

「そうですねー……でも、気にすることはないですよ。きみとは、約束をしましたよね」

丹奈(にな)が、年相応の少し大人びた口調で言った。

ヤヒロは、そんな彼女に少しだけ気圧(けお)される。

「……約束？」

「ええ。きみが珠依(スイ)さんを殺すのに私たちが協力する、って約束です。その約束を果たすだけの話ですよー。だから、こちらのことは気にせず絢穂(あやほ)ちゃんを追いかけてくださいねー」

丹奈(にな)が一方的に告げると同時に、ヒサキが神蝕能(レガリア)を解放した。沼沢地(しょうたくち)と化していたホームの床面が禍々(まがまが)しい緑色の霧を噴き出して、ヤヒロたちの視界を完全に奪う。

強烈な腐臭を伴うその濃い霧が晴れたとき、丹奈(にな)たちの姿は消えていた。

そして呆然(ぼうぜん)と立ち尽くすヤヒロたちを嘲笑(あざわら)うように、絢穂(あやほ)を乗せた装甲列車も、駅から走り去っていくのだった。

5

「ヤヒロ……」

誰もが言葉を失う中、最初に口を開いたのは凛花(りんか)だった。

縋(すが)るような瞳でヤヒロを見つめたあと、彼女は、遠ざかる銀色の装甲列車に目を移す。連れ去られた姉を取り返して欲しい——そう言いたいのに声に出せない、という表情だ。

「行こう、ジュリ」

ヤヒロは打刀(うちがたな)を鞘(さや)に収めて、ジュリを呼ぶ。

「メローラの装甲列車が出て行った。今追いかけないと、絢穂(あやほ)を取り戻せなくなる」

「ヤヒロ⁉」

彩葉(いろは)が驚愕(きょうがく)に目を見開いた。

メローラ社に連れ去られた絢穂(あやほ)を追いかけるということは、丹奈(にな)たちに攫(さら)われた珠依(スイ)を諦めるということでもあるからだ。

「珠依(スイ)ちゃんを失えば、もう日本人を生き返らせることができなくなるけど、いいのかな」

ジュリが念押しするようにヤヒロに訊(き)く。ロゼも、無言のまま、咎(とが)めるようにヤヒロを見つめている。

「で、でも、このままじゃ絢穂(あやほ)ちゃんがどんな目に遭わされるか……！」

凛花(りんか)が弱々しい声で、ヤヒロの意見に賛同した。言葉にはしないが、蓮(れん)やほかの子どもたちも凛花(りんか)と同じような表情を浮かべている。

だが、真っ先にヤヒロに同調すると思われた彩葉(いろは)だけは、なぜか無言のまま、思案するような表情を浮かべていた。やがて彼女は、なにかを決意したように大きくうなずいた。

「ありがとうね、ヤヒロ。絢穂(あやほ)を大切に思ってくれて」

「……彩葉(いろは)？」

微笑(ほほえ)む彩葉(いろは)を見返して、ヤヒロは訝(いぶか)るように眉を寄せた。彼女の反応が、想像と少し違っていたからだ。

「だったら、わたしもその思いに応えなきゃだね」

彩葉(いろは)はそのまま、戸惑うヤヒロに密着し、耳元で囁(ささや)くように唇を寄せてくる。

そして、がぶっ、と擬音そのままの音を立ててヤヒロの耳に噛(か)みついた。

「痛(い)ってええええっ！」

あまりの激痛に、ヤヒロが叫ぶ。

凛花はもちろん、ジョッシュや魏、それに双子とネイサンまでもが呆然と目を丸くして彩葉の奇行を眺めている。

「なにやってんだ、おまえ⁉　こんなときに⁉」

ヤヒロは噛まれた耳を押さえて彩葉を睨みつけた。危うく喰いちぎられる寸前だった耳には、くっきりと彩葉の歯形が残り、うっすら出血もしているようだ。

いくら不死者とはいえ、痛みを感じないわけではない。生命活動に支障がない程度の傷の治りは、普通の人間と大差ないのだ。

しかし彩葉は反省した素振りも見せずに、なぜか得意げに胸を張り、

「甘噛みです！」

「あ、甘噛み……？」

ヤヒロは唖然として彩葉の言葉を繰り返した。

凛花が、思わずというふうに目元を覆って、

「彩葉ちゃん……甘噛みは、本当に噛んだら駄目なやつ……」

「え、そうなの⁉」

なぜかショックを受けたように訊き返す彩葉。ヤヒロの非難がましい視線を感じたのか、彼女は少し慌てて姿勢を正す。

「えっと、とにかく、こんなときだからだよ。それだけくっきりマーキングしとけば、わたし

としばらく離れててもヤヒロは神蝕能(レガリア)が使えるでしょ」

「……どういう意味だ？」

ヤヒロが彩葉(いろは)の言葉にハッとする。彼女がヤヒロと別行動するつもりだと気づいたのだ。

彩葉(いろは)は、驚くヤヒロを少し楽しそうに見返して、

「どっちか片方しか助けられない、なんてことはないんだよ。ヤヒロはもう一人じゃないんだからね。わたしが珠依(スイ)ちゃんを助けるから、ヤヒロは絢穂(あやほ)のことをお願い」

「おい、待て！　なんで、おまえが珠依(スイ)を助けるんだ？　絢穂(あやほ)のことを助けに行けよ！」

「お互いがお互いの妹を助けるんだから、べつにおかしくないでしょ。ヤヒロ一人に任せてたら、珠依(スイ)ちゃんを見殺しにしないとも限らないし」

彩葉(いろは)が意固地になったように告げる。強引な理屈にも思えるが、ヤヒロは彼女の言葉を完全には否定できなかった。ヤヒロが珠依(スイ)を殺すための協力を、丹奈(にな)に依頼したのは事実だからだ。

「だからって、おまえ一人で、湊(ミナト)や丹奈(にな)さん相手になにが出来る!?」

「一人じゃないもん。ヌエマルがいるし」

彩葉(いろは)はそう言って、足元にいる白い魍獣(もうじゅう)を抱き上げた。

「誤差の範囲だ、そんなもん！」

ヤヒロは、呆(あき)れを通り越して激しい目眩(めまい)に襲われた。

ヌエマルはたしかに彩葉(いろは)の優秀な相棒だが、グレードⅣを超えるような規格外の魍獣(もうじゅう)という

わけではない。彩葉が使える神蝕能は浄化がメインで、そもそも性格的に彼女は戦闘に向いていない。一人でのこのこと丹奈たちを追いかけていったら、返り討ちに遭うだけだ。

だが——

「いや、二手に分かれるというのは悪くないアイデアだ」

「ネイサン？」

彩葉に賛同した思いがけない人物の姿に、ヤヒロは目を丸くした。

しかしネイサンは、普段と変わらぬ冷静な態度でヤヒロたちを見回して、

「佐生絢穂の回収には、私が行く。きみと侭奈彩葉は、鳴沢珠依を奪還してくれ」

「……あんたが絢穂を取り戻してくれるっていうのか？　俺たちにそれを信用しろと？」

ヤヒロは疑いの眼差しをネイサンに向ける。

日本人を復活させるという目的のために、彼はたしかに珠依を必要としている。そして彼女を守るために、湊久樹と交戦すらしている。

一方でネイサンには、絢穂を保護する理由がない。山の龍のレリクトは、彼にとっては無価値な代物だからだ。いくら交換条件とはいえ、そのために彼が命を賭ける理由がないのだ。

「取り戻すという約束はできないが、メローラ社の足止めは期待してもらって構わない。私のレリクトは、そういう仕事に向いているのでね」

ネイサンが自分の左肩を押さえて言った。

彼の自信の根拠はわからない。だが、嘘をついているわけではない、とヤヒロは感じる。

「わたしは信じるよ、ネイサンさんのこと。ネイサンさんが、今までわたしたちに嘘をついたことないもんね」

彩葉がそう言ってヤヒロの腕を取る。

ヤヒロは、静かに息を吐いた。

誰よりも弟妹たちを大切にしている彩葉が、その妹の奪還をネイサンに任せると決めたのだ。ここでヤヒロが手を貸さないわけにはいかないだろう。

「頼んでいいか、ジュリ、ロゼ」

「仕方ありませんね」

「このまま舐められっぱなしで終わるのは、うちの信用にも関わるからね」

ベリト家の双子が、同時にうなずく。たしかに今回のギャルリーは、メローラ社に一方的に喧嘩を売られた形である。人工レリクト工場を潰しただけでは、帳尻が合わない。ジョッシュたち歴戦の戦闘員も同じ気持ちなのか、彼らの士気も高そうだ。

「凜花、みんなのことをお願いね。珠依さんを取り戻したら、すぐに追いかけるから」

彩葉が、強気な笑みを浮かべて凜花に言う。

根拠のない自信に満ちた彩葉のいつもの表情に、凜花はどこか安堵したようにうなずいた。

「信じてるからね、お姉ちゃん」

6

名古屋(なごや)駅要塞(ようさい)政庁ビルの屋上に駐まった軍用ヘリのローターが、ゆっくりと回転を開始する。

ヘリの客室(キャビン)に乗っているのは、丹奈(にな)とヒサキ。そして死んだように眠り続ける鳴沢珠依(ナルサワスイ)だ。

この土地まで同行してきた舞坂(まいさか)みやびは、ここから別行動する手筈(てはず)になっている。回収した遺存宝器(レリクト・レガリア)を持って、彼女は独自に統合体(ガンツアイト)と接触することになるのだろう。統合体(ガンツアイト)は基本的に、複数の龍の巫女(みこ)が一カ所に集まることを嫌うのだ。

龍の巫女(みこ)の性質を考えれば、統合体(ガンツアイト)が警戒するのも理解できない話ではない。彼らは自分たちの予期せぬ形で、世界が終わるのを恐れているのだから。

「砲撃？　ギャルリー・ベリトか……」

丹奈(にな)の隣にいたヒサキが、窓の外を眺めて呟(つぶや)いた。

ギャルリー・ベリトの装甲列車が、搭載された戦車砲で門を破壊し、名古屋(なごや)駅要塞(ようさい)から強引に脱出する。強行突破する可能性に備えて、門にはあらかじめ爆薬を仕掛けてあったらしい。さすがは歴戦の民間軍事会社だけあって、用意周到なことである。

その直後、装甲列車に搭載された機関砲が旋回し、丹奈(にな)たちが乗っているヘリに向かって威嚇射撃を開始した。

狙って命中させられる距離ではないが、分厚い弾幕を突っ切って飛び立つことは不可能だ。結果、丹奈たちのヘリは離陸できずに、政庁ビルの屋上でホバリングを続けるしかない。

「嫌がらせのつもり……というだけではないみたいですねー」

丹奈が残念そうに首を振って苦笑した。

メローラ社の装甲列車を追うだけなら、ギャルリーが丹奈たちを攻撃する必要はない。機関砲の弾丸とて安くはないのだ。それでも威嚇射撃をしてヘリを足止めしたということは、彼らが鳴沢珠依の奪還を諦めたわけではないということだ。

そんな丹奈の予測を裏付けるように、純白の巨大な魍獣に乗った少年と少女が、政庁ビルの屋上へと現れる。

「ヌエマル！　お願い！」

侭奈彩葉が、丹奈たちのヘリを指さして魍獣に命じる。魍獣の白い毛並みが逆立って、その巨体を青白い稲妻が包みこんだ。

吐き出された雷撃に襲われて、丹奈たちのヘリが激しく揺れた。

雷対策が施された軍用ヘリは雷撃に耐えたが、その衝撃でエンジンが止まった。ホバリングの続行は不可能になり、眼下のヘリポートに不時着する。

「まだ、飛べますかー？」

ヘリのパイロットに向かって、丹奈が訊いた。

「エンジンの再始動をかけます。時間をください」

ひどく慌てた様子で、パイロットが答える。彼が座るコクピットは無数の警告ランプで赤く染まり、耳障りな警告音が鳴り続けていた。魍獣の雷撃のせいでヘリの電装系は深刻なダメージを受けており、すぐに飛び立つのは難しそうだ。

「だそうですよ、ヒサキくん」

「了解だ、丹奈」

ロックされたハッチを手動で無理やりこじ開けて、ヒサキがヘリから飛び降りた。鳴沢八尋も魍獣から降りて、刀の柄に手をかける。

「丹奈さん！　珠依さんを返してください！」

一方の彩葉は魍獣の背に乗ったまま、ヘリの中の丹奈に呼びかける。

丹奈は、ヘリのステップにちょこんと腰掛けて、少し困ったように頬に手を当てた。

「うーん、これは意外な展開になりましたねー……こんなところで、きみたちと戦う予定ではなかったんですけどー」

「だったら、珠依を返して、そのまま俺たちに協力してくれ！　魍獣の正体は人間なんだ！　日本人はまだ死に絶えたわけじゃない！」

ヒサキを睨んで身構えたまま、ヤヒロが丹奈に向かって叫んだ。

丹奈は緊張感の乏しい顔でヤヒロを見返し、不思議そうに目を瞬く。

「魍獣の正体が人間？　それがどうかしましたか？」

「丹奈……さん？」

「あんたは、最初から知ってたのか？」

彩葉とヤヒロが、動揺に声を震わせた。

丹奈はそんな二人を見つめて、なぜ驚くのかわからない、というふうに首を傾げる。

「論理的に考えれば、誰でも思いつくことですよー。情報の収集と分析は基本ですからー」

「だったら……！」

「それで、魍獣に変えられていた日本人を元の姿に戻して、どうするんです？　まさかそれだけでめでたしめでたしってなるとは思ってないですよね？」

丹奈が冷静に質問した。彼女の指摘に、ヤヒロたちは言葉を詰まらせる。

本当は、言われるまでもなくわかっていたことだった。

魍獣化して生き延びた者がいるとはいえ、その何倍もの数の日本人がすでに死んでいる。

建物やインフラは崩壊し、再建できるかどうかもわからない。日本を分割統治する各国の軍隊が、大人しく引き揚げてくれるという保証もない。

日本人を復活させるだけでは、なんの解決にもなりはしないのだ。むしろ新たな悲劇を招くことにもなりかねない。

「残念ですけど、その程度の浅い考えの人たちに従う気にはなれませんねー」

「悪いが、あんたをのんびり説得している時間はないんだ……」

ヤヒロが開き直ったように呟(つぶや)いて、刀を抜いた。

丹奈(にな)の意見は、おそらく間違っていないのだろう。だとしても、ヤヒロたちが日本人の復活を諦める理由にはならない。そして丹奈(にな)が珠依(スイ)を強奪する正当な理由にもなり得ないのだ。

「力ずくでも、珠依(スイ)は返してもらうぞ」

「どちらかといえば、彼女は早めに殺してあげたほうがいいと思うんですけどねー……」

丹奈(にな)が苦笑して首を振る。

ヤヒロは構わず彼女に駆け寄ろうとした。

その前に、黒パーカーの青年が立ち塞がる。

「彼女に近づくな、鳴沢(ナルサワ)！」

「邪魔をするな、湊(ミナト)！」

ヒサキがヤヒロの接近を阻(はば)むため、ビルの屋上を毒沼へと変えた。

しかしヤヒロは、構わずその中へと突っこんでいく。

互いに同じ不死者(ラザルス)だ。ヤヒロの神蝕能(レガリア)で、ヒサキの毒沼すべてを焼き払うことはできない。

しかしヤヒロの周囲のわずかな空間だけなら、完全に浄化し尽くすのは難しくなかった。ヤヒロを阻止できないことに気づいて、ヒサキが不快げに顔をしかめる。

「退(ど)け、湊(ミナト)！」

「黙れ！」

炎を纏(まと)うヤヒロの刀を、ヒサキが低く沈みこんでかわした。沼の龍(ルクスリア)の権能による物質透過で、屋上のコンクリートへと潜ったのだ。

一瞬、相手の姿を見失ったヤヒロに、ヒサキがは期せぬ方角から攻撃を仕掛けた。反応が遅れたヤヒロの背中を目がけ、大剣(たいけん)を矛のように叩(たた)きつけようとする。

そんなヒサキの眼前を、灼熱(しゃくねつ)の炎が吹き抜けた。

彩葉(いろは)が放った浄化の炎だ。

半液状化していた屋上が焼かれて元のコンクリートに戻り、そのせいでヒサキの動きが阻害される。同時に反撃に転じたヤヒロの刀を、ヒサキは後退して回避した。

「ヤヒロ、大丈夫⁉」

「すまない。油断した」

崩れていた体勢を立て直しながら、ヤヒロが彩葉(いろは)に礼を言う。

単純な破壊力だけで比較するなら、風の龍(イラ)の衝撃波や、水の龍(アシーディア)の凍結のほうが上だろう。しかし厄介さでは、ヒサキの神蝕能(レガリア)は図抜けていた。変幻自在で攻撃パターンが読めない上に、浄化の炎をぶつける以外に攻撃を防御できないのが痛い。真正面から刃(やいば)をぶつければ、ヤヒロの九曜真鋼(くようまさかね)ですら溶かされてしまう可能性があるからだ。

「くそ……のらりくらりと……！」

「あはは、丹奈さんらしい神蝕能だね。でも……」

「ああ。攻撃範囲を絞れば、あいつの能力を焼き切れる」

ヤヒロが刀を腰だめに構えて姿勢を低くした。

沼の龍の物質液状化は脅威だが、効果範囲が広いぶん、ピンポイントの影響力ならヤヒロの神蝕能が有利である。接近戦に持ちこめば、ヒサキの防御を破るのは不可能ではないだろう。

が、

「あとは……あいつに、接近……できれ……ば……」

急激な目眩に襲われたように、ヤヒロがその場に膝を突いた。

「なんで、急に身体が重く……」

「ヤヒロ……!?」

彩葉が慌てふためいたように、ふらつくヤヒロに駆け寄った。

そんなヤヒロたちを眺めて、丹奈が、どこかホッとしたように微笑んだ。

「沼の龍の権能で生み出した沼気です。人体にとっては致命的な酸欠症状の原因になりますけど、きみたちなら少し休めばよくなるはずです。いい夢を見てくださいねー」

丹奈が勝ち誇ったように説明し、ヒサキが大剣を鞘に収めた。

ヤヒロは必死で二人に這い寄るが、その動きはあまりにも鈍い。

「待……て……」

ヤヒロと彩葉が戦闘能力を喪失したのを確認して、丹奈とヒサキが背中を向ける。

その瞬間、ヤヒロの口元に浮かんだのは、勝利を確信した獰猛な笑みだった。

「……なんてな！」

失神寸前だったはずのヤヒロが地面を蹴り、それに気づいたヒサキが愕然と振り返る。

「丹奈！」

「つかまえたぞ、湊！」

浄化の炎をまとったヤヒロの刀が、ヒサキの身体を横薙ぎに斬り裂いた。咄嗟に丹奈を庇ったヒサキは、その攻撃をまともに喰らう。普通の人間ならば一瞬で絶命。不死者であっても、回復には相応の時間が必要になるはずだ。

「ヒサキくん……!?」

驚く丹奈の喉元に、ヤヒロが刀を突きつけた。

丹奈が諦めたように動きを止める。この距離で彼女が能力を発動しても、ヤヒロの攻撃を防ぐのは不可能だからだ。

「なるほど……自分たちの足元のコンクリートを炎で温めてあったんですね。そうやって生み出した上昇気流で、沼気を散らしたわけですか。私が無色無臭のガスを使うことを、前もって知っていたわけですね」

少し面白そうにヤヒロを見上げて、丹奈が訊いた。絶体絶命のこの状況でも、彼女の好奇心が衰えることはないらしい。

「丹奈さんたちに逃げられたときの話は、澄華ちゃんから聞いてたからね！」

演技をやめて立ち上がった彩葉が、取り出したスマホを丹奈に見せつける。

必ずしも良好とはいえないヤヒロと相楽善の関係だが、それとは対照的に、彩葉は水の龍の巫女である清滝澄華と親しく連絡を取り合う仲だった。

追い詰めていた舞坂みやびを丹奈たちに目の前でかっ攫われたときの経緯は、澄華の口から愚痴という形で彩葉に伝達されている。その情報をもとにヤヒロに演技を強要したのは、彩葉だった。さすがに彩葉の慌てる演技が過剰すぎてバレるのではないかとヒヤヒヤしたが、どうにか騙し通すことができたらしい。

「女の子同士のネットワークってやつですかー。私には友達がいないから、その発想は盲点でした。これだから若い子たちは苦手なんですよ……」

丹奈が少しむくれたように唇を尖らせる。

「珠依の身柄は返してもらうぞ」

ヤヒロはそんな丹奈の首筋に、刀を当てた。

その直後、吹きつけてきた強烈な殺気に、ヤヒロはゾッとして振り向いた。

重傷を負って倒れていたはずのヒサキが、大剣を杖代わりにして無理やり立ち上がる。

彼の傷は癒えてはいない。まだ戦えるような状態ではない。

それなのに、ヤヒロはヒサキの気迫に圧倒された。

否、彼が放つ膨大な龍気に恐怖を覚えたのだ。

「彼女に、触れるな、鳴沢八尋！」

紫色の炎に似たヒサキの龍気が、空中に幻影を描き出す。

巨大な九頭竜の幻影だ。その幻影の龍は広大な政庁ビルの屋上を覆い尽くし、ヤヒロたちを睨んで咆吼する。

「これが沼の龍本来の権能か！」

ヤヒロは、丹奈から離れて後退した。

沼の龍の巫女である丹奈を、ヒサキの神蝕能が傷つけることはない。しかしヤヒロと彩葉は別だ。たとえ不死者といえども、あの九頭竜の攻撃を喰らって生き残れるという保証はない。

「ヤヒロ！」

「ああ」

胸の中に飛びこんでくる彩葉を、ヤヒロが抱き止めた。

この状況で九頭竜の攻撃を防ぐ方法など、ひとつしか思いつかない。それはヤヒロ自身も龍を召喚し、ヒサキの攻撃を相殺することだ。

彩葉を守らなければという使命感と恐怖で、ヤヒロが爆発的な量の龍気を撒き散らした。

その深紅の龍気がヒサキの龍気を押し返し、拮抗する圧力に大気が軋む。

そしてヤヒロの龍気が巨大な龍の幻影を生み出そうとしたときに、突然、場違いな柏手がパンと鳴り響いた。

「はいー。やめやめ。そこまでですよ、ヒサキくん」

半ば怒りに我を忘れているヒサキの右腕に、丹奈が豊かな胸を押しつけた。

ヒサキが撒き散らしてた龍気が緩み、紫色の九頭竜が姿を消す。

「丹奈……」

どこか納得いかないという表情で、ヒサキが丹奈を物言いたげに見つめた。常に丹奈に忠実なヒサキにしてはめずらしい反応だ。

しかし丹奈は、幼子を諭すような表情で首を振る。

「この状況では仕方ないですね。珠依ちゃんのことは今回はあきらめましょう。サーラス翁も、草薙剣があれば文句は言わないでしょうしね。というわけで、休戦です」

丹奈が最後に告げた言葉は、ヤヒロたちに向けられたものだった。

ヤヒロは、苦いものを噛んだような表情で丹奈を睨みつけ、

「平気で毒ガスを使うような相手に、今さらそんなことを言われて信用できるかよ」

「きみたちと戦う予定はなかったって、最初から言ってたじゃないですかー」

丹奈が拗ねたように頬を膨らませた。

ただでさえ童顔な彼女が、その表情のせいで余計に幼く見える。

「まあ、そうは言っても疑われるのは無理もないですね。なので、埋め合わせのために、ちょっとだけサービスしちゃいます」

「……サービス？」

ヤヒロと彩葉(いろは)が、困惑に顔を見合わせた。彼女がなにを言い出すつもりなのか、脈絡がなさ過ぎてまったく予想できない。

「はいー。絢穂(あやほ)ちゃん、取り返したいですよね」

戸惑うヤヒロたちを見つめて、丹奈(にな)はにっこりと微笑(ほほえ)んだ。

そして彼女は、ようやくエンジンの再始動に成功した軍用ヘリへと視線を向ける。

7

装甲列車〝T(タウ)・ブレット〟が、名古屋(なごや)駅要塞(ようさい)を出てゆっくりと加速していく。

T(タウ)・ブレットの指揮車両に乗っているのは、ライランド・リウとシア・ジーグァンだ。彼らの目的地は大阪港(おおさかこう)。阪神地域を統治しているイギリス軍に、リウは強いコネクションを持っており、メローラの支部も置かれている。仮に人工レリクト工場を失うことがなくても、リウは大阪(おおさか)に移動する予定だったのだ。

「よかったのか、大将。ギャルリーの連中をあのままほっといて」

シアが愛用の大型拳銃を手入れしながら、リウに尋ねた。

名古屋駅要塞を放棄する羽目になったのは、シアも仕方がないことだと理解している。防壁内部に魍獣の侵入を許した時点で、要塞が陥落するのは時間の問題だった。

だが、そのせいでギャルリー・ベリトを潰しきれなかったのは不満だった。不死者を殺しきれるかどうかは微妙なところだが、レリクト適合者を総動員すれば、ギャルリーの装甲列車を破壊することはできたはずなのだ。

「問題ありません、シア上校。鳴沢八尋と侭奈彩葉は、姫川丹奈たちが足止めする手筈になっています。せいぜい不死者同士で永遠に殺し合ってもらいましょう」

年代物のワインをクーラーから取り出しながら、ライランド・リウが蔑むように笑った。

「仮にギャルリーが追いかけてきたところで、不死者抜きなら、あなたの部隊でどうにでもなるでしょう。それとも同胞を見捨ててきたことに、罪の意識を感じているのですか？」

「無能どもが何人死のうが、どうでもいい。問題は、あんたがどれだけのものを俺たちに与えてくれるかだ」

シアが不機嫌な顔でリウを見た。

元より暴力的で独断専行が目立つシアは、軍の上層部の受けが悪い。人工レリクトの実験に回された上に、日本の自治領などに追いやられたのもそのせいだ。

その境遇に不満を抱いていたぶん、名古屋駅要塞を見捨てることには迷いを感じなかった。

今のシアにとっての唯一の興味は、レリクト部隊という手駒を使って、どこまで成り上がれるかということだけだ。突き詰めてしまえばメローラ社すら、シアにとっては、そのための道具のひとつでしかない。

「安心してください。責任はすべて死んだホウ長官がとってくれますよ。あなたは私の護衛についていたために、魍獣襲撃時には、あの要塞にはいなかったことになっています。中華連邦軍の総参謀部には私の友人が大勢いますし、あなたの立場は悪いようにはなりませんよ」

「だといいがな」

「そもそも魍獣を利用した人工レリクトの製造は、すでに技術的な限界に達していました。あの拠点を放棄するのは、たいした痛手にはなりません。草薙剣を失ったのは残念でしたが、代わりに彼女が手に入りましたしね」

リウは、グラスに注いだワインを光に透かし、満足そうに口元を緩める。

彼の背後のシートに無造作に転がされていたのは、両手脚を縛られた佐生絢穂だった。沼気の影響が抜けた彼女は、今は薬で眠らされている。山の龍の遺存宝器の暴走を防ぐためである。

「魍獣の次は、その小娘の肉でレリクトを培養するのか？」

シアが皮肉な口調で訊いた。リウはその質問を否定しない。

「彼女のレリクト適合率は凄まじい。おまけに山の龍の遺存宝器は、現存するもっとも新鮮な龍因子結晶です。彼女の肉体から得られたデータを使えば、レリクト部隊はもっと強くなりますよ」

「そう願いたいものだな」

テーブルに置かれたワインボトルをつかみ上げて、シアはそれを水のように喉に流しこむ。

砲撃音が、Ｔ・ブレットの車窓を揺らしたのはそのときだ。ロケットランチャーによる至近弾。加速中の装甲列車に対してそんな攻撃が出来るのは、同じ装甲列車だけである。

「来たか、ギャルリー・ベリトの装甲列車」

赤く濡れた唇を舐めながら、シアは愉快そうに歯を剥いた。

Ｔ・ブレットが走っているのは、かつてのＪＲ東海道線の線路である。ギャルリー・ベリトが追跡できないように、Ｔ・ブレット通過後、その線路は破壊したはずだった。

しかしギャルリーの装甲列車は、ＪＲ線のすぐ隣を並走する旧・名鉄名古屋本線の線路を使って、シアたちを追跡してきたのだ。

「しつこいですね。連中が佐生絢穂を取り戻すインセンティブなどないでしょうに」

ライランド・リウが、初めて苛立ったように声を荒らげた。

並走するギャルリーの装甲列車と、Ｔ・ブレットの距離は、ほんの数百メートルしか離れていない。しかもその距離は次第に近くなっている。

両者が近づけば、当然、砲撃の正確さも増す。何発もの至近弾が次々に炸裂し、そのたびに

T（タウ）・ブレットの車体が大きく揺れた。結果的にT（タウ）・ブレットは速度を落とすことになる。

「侭奈（ままな）彩葉（いろは）の心証を気にしているんだろう。その小娘のことを妹と呼んでいたからな」

シアが、眠っている絢穂（あやほ）を見下ろして答えた。ライランド・リウが荒々しく舌打ちする。

「実にくだらない……！　なにをしているのですか。早く応戦を！」

「それが、こちらの砲撃はすべて撃ち落とされています！　まるで見えない壁にぶつかったみたいに……！」

火器管制席に座っていた戦闘員（オペレーター）が、声を上擦らせながら報告した。

リウの頬が、それを聞いてかすかに痙攣（けいれん）する。

「オーギュスト・ネイサンのレリクトか。厄介だな」

シア・ジーグァンが、整備を終えた拳銃を握って立ち上がった。

ネイサンが保有するレリクトは、絢穂（あやほ）のものと同じオリジナルの龍因子結晶だ。彼の斥力（せきりょく）障壁を通常攻撃で打ち破るのはほぼ不可能だし、劣化した人工レリクトでも難しい。

対抗できるとすれば、シアが持つ、指揮官用にチューンされた強化人工レリクトだけだろう。

「シア上校」

「ああ、わかってる。俺が出よう。ほかに使える適合者（デイザーバー）は何人だ？」

待機していた部下に、シアが訊（き）く。

「七人です。ギャルリーを襲撃した際に適合者（デイザーバー）の娘にやられた損耗がひどく、あとは……」

「ああ……俺が冥界門に突き落としたんだっけか」

言い淀む部下を見て、シアは苦笑した。

侭奈彩葉のファンを自称するふざけた二人組。シアの行動を監視するような怪しい動きをしていたのでとりあえず始末したつもりだったが、案外、連中も鳴沢八尋たちと一緒に生還している可能性もある。早めに片付けておかなければ——そんなことを考えながら、シアは装甲列車の屋根に上った。

屋根に備え付けの機銃座は、ギャルリーの砲撃で破壊されている。仮に機銃が無事だったとしても、ネイサンの斥力障壁が相手では豆鉄砲ほどの役にも立たないだろう。

「まあ、問題ねえだろ。連中の動力車を走行不能にして、それで終わりだ。レリクト部隊は、全員散開しろ。同時に攻撃を仕掛けるぞ。ネイサン一人で、守り切れるものかよ」

シアが無線で部下たちに指示を出す。

並走していた線路が合流したことで、ギャルリー・ベリトの装甲列車は、目と鼻の先にまで近づいている。

もっとも線路の並走区間は、残り少ない。ここで彼らを突き放せば、二度と追いつかれることはないはずだ。

「終わりだ、ギャルリー・ベリト」

シアが大型拳銃を構えた。

強化人工レリクトから放たれる衝撃波は、余裕でギャルリーの動力車を吹き飛ばすだけの威力がある。部下たちが陽動の攻撃を行うことで、ネイサンの斥力(せきりょく)障壁を飽和させ、その隙にシアが本命の攻撃を放つ。単純だが間違いのない作戦だ。

だが、シアが引き金に指をかけたとき、思いがけない角度から爆音が聞こえてきた。

ヘリコプターの飛行音だ。

「なに⁉」

頭上を見上げたシアの視界に、黒塗りの軍用ヘリの姿が映る。

開けっぱなしのハッチから見えたのは、ここにいるはずのない日本人の少年と少女。そして、純白の魍獣(もうじゅう)の姿だった。

「てめえら……っ！」

青白い雷撃が魍獣(もうじゅう)から放たれ、シアの部下たちが声もなく打ち倒されていく。

そして魍獣(もうじゅう)の背に乗ったまま、少年と少女はT(タウ)・ブレットの屋根へと飛び降りた。

日本刀を握る黒髪の少年と、シア・ジーグァンの視線が交錯する。

「てめえか、不死者(ラザルス)！」

拳銃を構えて、シアが吼(ほ)えた。

「今度こそ、絢穂(あやほ)を返してもらうぞ、シア・ジーグァン！」

ヤヒロはシアの殺気を正面から受け止めながら、銀色の装甲列車に降り立ったのだった。

8

「その小娘、鳴沢珠依(ナルサワスイ)だな……姫川丹奈(ひめかわにな)が寝返りやがったのか、クソが！」

ヌエマルの背中に乗せられた昏睡(こんすい)状態の珠依(スイ)を見て、シア・ジーグァンが言葉を吐き捨てた。

丹奈(にな)たちの乗った軍用ヘリは、ヤヒロたちを下ろして用は済んだとばかりに飛び去っていく。さすがにギャルリーとメローラ社の争いにまで介入するつもりはないらしい。あるいは、自分たちが手を貸すまでもない、と判断したのかもしれない。

「副司令！」

「ああ、やれ！」

シアの部下のレリクト適合者(ディザーバー)が、大型拳銃を彩葉(いろは)たちに向けた。

しかし彼らが引き金を引いても、神蝕能(レガリア)が発動することはない。彩葉(いろは)の放った浄化の炎が、彼らの拳銃を包みこんでいたからだ。

拳銃内に装填されていた劣化レリクトのカートリッジが砕け散り、銃を構えていた適合者(ディザーバー)たちが悲鳴を上げた。彼らの手の甲の人工レリクトが焼け焦げて、バラバラと剝がれ落ちていく。

「どうやら、人工レリクトは、彩葉(いろは)の炎で消滅させられるみたいだな」

苦悶(くもん)するシアの部下を哀れむように眺めて、ヤヒロが静かに息を吐いた。

人工レリクトの欠点を、ヤヒロたちに伝えたのは丹奈(にな)だった。

オリジナルの龍因子結晶である遺存宝器(レリクト・レガリア)と違って、人工レリクトは不安定な劣化品だ。彩葉(いろは)の炎は、その劣化をさらに加速する。その状態で神蝕能(レガリア)を無理やり発動しようとしたせいで、反動が適合者(デイザーバー)たちを襲ったのだ。

「なんだ、そりゃ……そんな話は聞いてねえぞ、リウの野郎……！」

シアが苛立(いらだ)ったように顔を歪(ゆが)めた。

人工レリクトの欠陥は、それ自体が彼の弱点に繋(つな)がる。シアが焦(あせ)らないはずがない。だからといってヤヒロには、彼を気遣うつもりなど毛頭なかった。

「さあ、復讐(ふくしゅう)の時間だぜ、シア・ジーグァン！　冥界門(プルトネイオン)に突き落とされた借りと、彩葉の弟妹(きょうだい)を傷つけられた恨み、きっちり返させてもらうぞ！」

「ちっ、冥界門(プルトネイオン)の底でくたばってりゃいいものを……！」

シアが拳銃の引き金を引いた。

放たれた衝撃波の弾丸を、ヤヒロが爆炎を纏(まと)った刃(やいば)で叩(たた)き切(き)る。正面からの神蝕能(レガリア)同士の激突はヤヒロに分(ぶ)があった。

シアの衝撃波は爆風に押し負けて砕け散り、一方のヤヒロには余裕がある。

だが、その直後、全身から鮮血を噴いたのは、ヤヒロのほうだった。

「ヤヒロ!?」

彩葉が目を見開いて絶句した。

慌てて駆け寄ろうとする彼女を、ヤヒロは「来るな！」と制止する。

「驚いたか？　俺のレリクトは特別製でな。紛い物だと思って舐めてると痛い目を見るぜ」

シアが、自分の両腕を掲げてヤヒロに見せつけた。

彼の手の甲に描かれていたのは、絢穂のものによく似たレリクトの紋様だ。しかしその紋様は、どこか画一的で機械的な印象を受ける。

「複数の人工レリクトを埋めこんであるのか……！」

「ああ、そうだ。おかげでこういう芸当もできる！」

困惑するヤヒロに向かって、シアが無造作に左手を向けた。

そして次の瞬間、閃光がヤヒロの右肩を撃ち抜いた。

肉が爆ぜ、焦げた臭いが周囲に漂う。しかしヤヒロは苦痛よりも驚愕を覚えていた。シアが使った神蝕能は、雷龍の権能と同じ雷撃だったからだ。

「馬鹿な……一人で二種類のレリクトと適合してるのか……!?」

「いいや。誰が二種類だけだと言った……？」

シアが瞳を嗜虐的に輝かせながら、右足を乱暴に踏み出した。その爪先から禍々しい龍気が溢れ出し、装甲列車の屋根が変形する。そして突き出された金属結晶の刃が、ヤヒロの足を浅く切り裂いた。小規模だが、間違いなく山の龍と同じ権能だ。

「なっ……」

「便利なもんだよな、レリクト適合者の肉体ってのは。こんな無茶苦茶な改造を施しても、あっという間に治るんだからよ」

そう言ってシアが士官服の袖口をまくる。そこからのぞいた彼の左腕は、どこかアンバランスな印象があった。奇妙に細くしなやかな骨格は、明らかに女性のものである。

「まさか……他人の腕を移植して……!?」

ヤヒロは強烈な嫌悪感と吐き気に襲われた。

レリクト適合者の腕を切り落とし、それを自分の腕に移植する。たしかにそれなら複数のレリクトを、一人の人間に埋めこむことが可能だろう。

だがそれが、まともな人間のやることとはとても思えない。

しかしシアは、移植した腕を誇らしげに撫でさすり、

「人工レリクトに適合したおかげで、化け物じみた回復力が手に入ったんだ。好きなだけ改造しなきゃ、勿体ないだろ？　不死者には及ばないかもしれないが、適合者の身体も捨てたもんじゃないぜ？　なにせ好きなだけ神蝕能を増やせるんだからよ！」

「馬鹿な……そこまでして神蝕能なんてものが欲しいのか……？」

「欲しいね。なにしろ、こいつは〝力〟そのものだからな」

言い放つシアの全身から、強烈な龍気が放たれた。活性化した複数のレリクトが生み出す、

不協和音のような異様な龍気だ。

「いくぞ、不死者（ラザルス）。てめぇの不死身がどの程度のものか、細切（こまぎ）れの挽肉（ひきにく）にして確かめてやる！　死んどけ！」

「よせ、シア・ジーグァン……！　そんな身体（からだ）で神蝕能（レガリア）を使い続けたら……」

制止しようとするヤヒロの声を、爆発的な衝撃波がかき消した。爆炎でそれを迎撃するヤヒロを、装甲列車の屋根から生えた金属結晶の刃（やいば）が刺し貫く。さらに飛来する雷撃が、ヤヒロの筋肉を痙攣（けいれん）させて動きを阻害した。

個々の神蝕能（レガリア）の威力は低い。だが、それらの同時発動は脅威だった。ヤヒロが不死者（ラザルス）でなかったら、とっくに四、五回は絶命しているはずだ。

しかし、その無謀なレリクトの酷使は、シアの肉体にも過度の負担を強いていた。移植された左腕が白く結晶化し、砂のように崩れ始めている。

「ちっ、適合限界か……！」

自分の左腕を睨（にら）んで、シアが忌々（いまいま）しげに舌打ちした。

神蝕能（レガリア）の過剰使用による龍因子の暴走。龍人（りゅうじん）化に近い状態だ。適合者（ディザーバー）の再生能力は、不死者（ラザルス）に遠く及ばない。そのため限界を超えた細胞が崩壊を始めたのだ。

「もうやめて！　やめなさい！」

なおも戦闘を続けようとするシアに向かって、彩葉（いろは）が叫んだ。

「お願い。もうやめて。絢穂(あやほ)を返して。そんな目に遭ってまで、わたしたちと戦う理由なんてないでしょう⁉」

「理由は……あるぜ」

蔑むように彩葉(いろは)を睨(にら)んで、シアは嗤笑(ししょう)した。

「力を手に入れるためなら、なんだってするさ。圧倒的な力を見せつけて、相手を屈服させる！　それが出来ない人間は！　民族は！　国は！　どんな綺麗事(きれいごと)をぬかそうが、永遠に奪われ続けるだけなんだよ！　おまえらは誰よりもそれを知ってるはずだろうが、日本人！」

シアが再び神蝕能(レガリア)を発動する。彩葉(いろは)を狙って放たれた雷撃だ。

全身に血の鎧(ゴア・クラッド)をまとったヤヒロが、それをギリギリで受け止める。

「下がれ、彩葉(いろは)！」

「ヤヒロ⁉　でも……！」

反論しようとした彩葉(いろは)が、途中で言葉を失った。

シアの全身から放たれる異様な龍気の圧力に気づいたのだ。

「なんだ、この力は……」

ヤヒロが掠(かす)れた呻(うめ)き声を漏らした。

膨れ上がるシアの龍気の総量は、レリクト適合者(ディザーバー)の限界を超えている。複数の龍の属性が入り混じった歪(いびつ)な龍気だ。それでも単純な出力だけなら、名古屋(なごや)駅要塞(ようさい)で戦ったヒサキと同等か、それ以上かもしれない。

「勝負だ、不死者。俺が適合限界でくたばるのが先か、てめえらの絶望が先か！」

「あいつ……何個のレリクトを埋めこんでるんだ……」

両腕や右脚だけでなく、シアの胸や腰、全身の至るところで移植されたレリクトが不気味に輝いていた。

もちろん、そのぶんシアの負担は大きい。結晶化は彼の肉体全体に広がり、頬にも大きな亀裂が走る。彼の髪は白く染まっている。

それでもシアは猛々しく笑う。

「言ったろ、力のない人間は永遠に奪われ続けるだけだってな！　ギャルリーの装甲列車ごと、おまえらを吹き飛ばしてやるよ。さっさとあの小娘を見捨ててれば、無駄な犠牲を増やさずに済んだのにな！」

「……そんなことは、ないよ」

荒れ狂うシアの龍気の中に、少女の澄んだ声が響き渡った。

長い髪を風の中に泳がせながら、彩葉は揺るぎのない口調で告げる。

「あなたがどんなに力を振りかざしても、本当に大切なものは手に入らない。暴力に頼らなければなにも手に入れられないのは、あなたが弱くて、間違っているから。そんな弱いあなたは、わたしたちからなにも奪えない」

「黙れえええええええええええっ！」

シアが右手の大型拳銃を構える。

彼の膨大な龍気が銃身の一点に収束し、超高密度の神蝕能（レガリア）の弾丸を生み出した。

それが解放されれば、ヤヒロや彩葉（いろは）だけでなく、揺光星（ヤオクアンシン）の大部分も——そしてシア自身が乗っているメローラ社の装甲列車も消滅することになるだろう。

それでもヤヒロは奇妙に穏やかな心境で、鞘（さや）に収めた刀を構えた。

寄り添うように背後に立っている彩葉（いろは）から、温かな力が流れこんでくる。

「焼き切れ、【焔（ほむら）】——」

シアが弾丸を撃ち放つ。その前に自らを閃光（せんこう）と化したヤヒロが、彼の横を走り抜けていた。

呆然（ぼうぜん）と目を見開くシアの手の中で、彼の拳銃が崩壊する。彼の全身に埋めこまれた人工レリクトの結晶が、連鎖するように次々と砕け散る。

荒れ狂う龍気が嘘（うそ）のように消滅し、歪（いびつ）な神蝕能（レガリア）の弾丸が発射されることはなかった。

刃先の一点に集中したヤヒロの浄化の炎が、シアの龍気をすべて焼き尽くしたのだ。

「いいぜ、不死者（ラザルス）……たいした〝力〟だ」

胸に深々と刻まれた傷を押さえ、鮮血を吐き出しながらシアは満足げに微笑（ほほえ）んだ。

「そうやってこの腐った世界のすべてを焼き尽くしてくれ、化け物め……」

白く結晶化した肉体から、細胞の破片を撒（ま）き散（ち）らしながら、シアが倒れる。

ヤヒロが彼に与えた傷は致命傷ではない。しかし体内のレリクトを破壊されたことで、彼は、再生能力を失った。適合限界によってボロボロになった肉体が、再び回復することはない。兵士としては、もはや再起不能だ。

彼の最後の言葉を噛み締める(かしめる)ように、ヤヒロは苦い表情でそれを見下ろしている。

揺光星(ヤオクアンシン)の放った砲撃が着弾し、動力車を破壊されたT(タウ)・ブレットがゆっくりと減速を始めた。

列車が完全に停止して、ヤヒロたちがライランド・リウを確保したのは、それから間もなくのことだった。

終幕 Epilogue

「いや、参りました。降参です。まさか我がメローラ社の適合者(ディザーバー)部隊がこうも完全に無力化されるとは……」

銀色の装甲列車の指揮車両に残っていたライランド・リウは、なぜか余裕を残した朗らかな態度でギャルリー・ベリトの面々を出迎えた。

「絢穂(あやほ)を返して」

中型犬サイズに縮んだヌエマルをリウに突きつけて、彩葉(いろは)が真剣な声を出す。

いちおう魍獣(もうじゅう)をけしかけて脅しているつもりなのだろうが、ぬいぐるみを抱いて凄(すご)んでいる謎の少女にしか見えない。リウは面喰(めんく)らったように笑顔を引き攣(つ)らせながらも、愛想(あいそ)よく彩葉(いろは)にうなずき返した。

「もちろんです。さっそく交渉といきましょう」

手脚を縛られたままの絢穂(あやほ)を背後に隠したまま、リウが言う。

「交渉？」

リウの口から出てきた意外な言葉を、彩葉(いろは)は当惑したように繰り返した。

「そうです。日本政府が消滅している以上、この国に誘拐を禁じる法律はありませんからね。彼女を返還する条件は、個別の交渉で決めることになります。佐生(さしょう)絢穂(あやほ)くんの解放交渉ですね」

「勝手なことを……」

リウの詭弁(きべん)に、ヤヒロが憤(いきどお)りを露(あら)わにした。

たしかに今の日本には、誘拐犯を裁く法律が存在しない。だが、同時に殺人を禁じる法律もない。ここでヤヒロがリウを殺して絢穂(あやほ)を奪い返したとしても、誰にも咎(とが)められることはない。

もちろんリウはそれをわかっているのだろう。そして彼は、ヤヒロがリウを殺せないことも知っている。平和だったころの日本の価値観で育った絢穂(あやほ)は、ヤヒロが自分のために殺人を犯すことに耐えられない。リウはそれを理解しているのだ。

「いいよ。交渉に応じてあげる」

黙りこむヤヒロの代わりに、ジュリが答えた。

「ジュリ!?」

ヤヒロは驚いてジュリを見る。いくら絢穂(あやほ)を取り戻すためとはいえ、彼女が、リウの身勝手な交渉に応じるとは思わなかったのだ。

しかしジュリは構わず続けた。

「内容としては即時の戦闘停止。それに報復行為の禁止。あなたの安全の保証でどう？　損害賠償の請求もなしでいいよ。ほかになにか要求はある？」

「い、いえ……私はそれで構いませんが……」

ライランド・リウが困惑したように目を泳がせる。ジュリが提示した条件が、あまりにもリウに都合のいい内容だったからだ。

揺光星(ヤオクアンシン)の損傷も含めて、今回のメローラ社の行動でギャルリーは少なからぬ損害を受けている。その賠償金すら請求しないというのは、信じがたい破格の条件だ。

「本当に条件はそれだけ……なのですか？」

リウが胡乱(うろん)な表情を浮かべてジュリを見た。だからそう言ってるじゃん、とジュリが笑う。

「もちろん絢穂(あやほ)はすぐに引き渡してもらいます。それで今回の件は手打ちにしましょう。装甲列車の修理費くらいは要求したいところですが、どうせあなたには支払えないでしょうし」

ロゼが冷徹な口調で告げて、溜息(ためいき)を漏らす。

ライランド・リウは、引(ひ)き攣(つ)るように眉を震わせた。ロゼがさりげなく口にした言葉が、彼の自尊心を傷つけたらしい。

「支払えない、というのはどういう意味です？　装甲列車の一編成や二編成の建造費用、この私が用意できないとでも？」

「ええ。ですから、そう言っています。ニュースをご覧になっていないのですか？」

「ニュース……？」

戸惑うリウに、ロゼが自分のスマホを手渡した。

画面に表示されているのは、中華連邦本国のニュースサイトだ。

「メローラ・エレクトロニクスの全資産凍結……特許無効……株式上場廃止に損害賠償請求、集団訴訟……なんだ、これは……なんなんだ!?　なにが起きている!?」

「統合体（ガンツァイト）を敵に回すというのは、そういうことです、ライランド・リウ。あなたの贈賄工作やインサイダー取引などの犯罪行為も公表され、国際指名手配が成されています。その罪が真実かどうかは、我々の関知するところではありませんが」

「貴様ら……か……貴様らギャルリー・ベリトが、統合体（ガンツァイト）に報告したのか……！　私が連中を出し抜こうとしていることを……！」

取り乱すライランド・リウの姿を、ジュリとロゼは冷ややかに眺めていた。

リウの力の源泉である世界有数の個人資産はもう存在しない。メローラ・エレクトロニクスという企業の存続すら危うい状況だ。

今のリウは、落ちぶれた企業経営者に過ぎない。装甲列車の運転士たちを含めたメローラ社のスタッフや戦闘員（オペレーター）たちは、とっくにリウを見捨てて逃げ出している。そしてそれは現在の日本という無法地帯で、彼の身を守る力のすべてが失われたということだ。

彼が生きてこの国を脱出できるかどうかも、もはや定（さだ）かではない。

「ふ、ふざけるな！　私は、ライランド・リウだぞ！　そ、それを貴様らのような薄汚い死の商人ごときが……！」

罵詈雑言を喚き散らしながら、リウはテーブルの上のソムリエナイフを手に取った。

そして拘束した絢穂の傍に駆け寄って、彼女の喉にナイフを突きつける。絢穂を人質にするつもりなのだ。

「絢穂！」

「大丈夫だよ、彩葉ちゃん……」

悲鳴を上げる姉に向かって、瞼を開けた絢穂が小さく微笑んだ。

彼女の意識を奪っていた麻酔は、すでに切れている。レリクト適合者の持つ回復能力が、麻酔成分を分解して無効化していたのだ。

リウがそれに気づいたときには手遅れだった。

装甲列車の壁から生えた金属結晶の刃が、ソムリエナイフを握るリウの手首を切り裂いた。たいして深い傷ではない。しかしリウはナイフを取り落とし、情けない悲鳴を上げて尻餅をつく。

「私はもう、彩葉ちゃんに守られてるだけの子どもじゃないから」

手脚を縛っていたテープを自らの神蝕能で切断し、絢穂がゆっくりと起き上がる。

彼女から這いずって逃げようとしたリウを、ジョッシュたちがあっさり取り押さえた。もはや命乞いする気力すらないリウを、適当に縛り上げて放り出す。

「よかった……よかったよぅ、絢穂……」

「彩葉ちゃん……心配かけてごめんね。もう泣かないで……」

顔をグチャグチャにしながら泣き出した彩葉を、絢穂がよしよしと抱きしめて慰める。

姉としての威厳どころか、もはやどちらが人質になっていたのかわからないような状況だ。

「絢穂ちゃん！」

「絢穂姉ちゃん！」

「ただいま、みんな」

揺光星に帰還した絢穂を、彼女の弟妹たちが迎え入れた。泣きながら抱きついてくる彼らを、絢穂は微笑みながら抱き止めていた。

昏睡状態の珠依を横抱きにしたまま、ヤヒロはそんな仲睦まじい子どもたちの様子を眺めている。同じきょうだいでありながら、笑いたくなるほどの温度差だ。ヤヒロが、珠依の無事をあんなふうに心から喜べる日が来ることは、おそらく二度とないだろう。

それでも珠依を無事に連れ戻せたことに、ヤヒロはかすかな安堵を覚えていた。

「ありがとう、彩葉」

弟妹たちを見ながら、まだグスグスと泣いていた彩葉が、ヤヒロの言葉に驚いて顔を上げる。

彼女は泣き腫らした目を怪訝そうに細めて、

「なんでヤヒロがお礼を言うの？」

「おまえが諦めないでいてくれたから、両方助けることができた。絢穂も、珠依も」

「だけど、上手くいったのは、ヤヒロやみんなが頑張ったからだよ」

そう言って彩葉が、ヤヒロの肩にこつんと額をぶつけてきた。頭を撫でて欲しそうな仕草だが、あいにくヤヒロの両手は塞がったままである。

「あー……またママ姉ちゃんがヤヒロとイチャイチャしてる！」

どことなくいい雰囲気だった彩葉を茶化すように、京太が叫んだ。

彼の言葉につられて、子どもたちが一斉に振り返る。

「い、イチャイチャなんかしてないでしょ……！」

彩葉が顔を真っ赤にしながら、京太に向かって拳を振り上げた。

京太たち九歳児トリオが面白がって彩葉をからかいながら逃げ回る。

彩葉は彼らを追いかけ回して折檻したあと、息を切らせながら戻ってきて、それからふと絢穂の前で立ち止まった。ほかの弟妹たちが楽しそうに笑っている中、絢穂だけが真面目な顔をしていることに気づいたからだ。

「絢穂、あのね、本当にイチャイチャとか、そういうんじゃないからね」

なぜか妹を気遣うように、怖ず怖ずとした口調で彩葉が言う。

絢穂（あやほ）はそんな彩葉（いろは）をじっと見返して、それから不意に悪戯（いたずら）っぽく笑った。

そして彼女はヤヒロに向き直り、綺麗（きれい）な所作でお辞儀をする。

「あの、ヤヒロさん。助けてくれてありがとうございました」

「ああ」

よかった無事で、とうなずくヤヒロ。美しく微笑（ほほえ）んでいる絢穂（あやほ）からは普段のおどおどした雰囲気が消えて、少し大人びたように感じられた。

「もちろん彩葉（いろは）ちゃんも、ありがとう」

「どうしたの、絢穂（あやほ）。急にあらたまって」

他人行儀な妹の態度に、彩葉（いろは）が少し戸惑ったように尋ねる。

絢穂（あやほ）はそんな彩葉（いろは）の耳元に唇を寄せて、小さな声で囁（ささや）いた。

「でも、私、負けないからね」

「え？」

「なにそれ、絢穂（あやほ）。どういう意味？」

「ふふっ、さあ」

絢穂（あやほ）は意味ありげな微笑を浮かべたまま、逃げるようにその場から立ち去った。

その場には困惑の表情で立ち尽くす彩葉（いろは）だけが残される。

「ようやく出発できるな」

昏睡(こんすい)状態の珠依(スイ)をネイサンに預けて、ヤヒロがジュリとロゼの双子に呼びかける。

「そうですね。実にいい迷惑でした、今回の出来事は」

「ずいぶん時間もロスしたしね。得るものがなかったわけじゃないけどさ」

ジュリが思わせぶりな瞳でヤヒロを見た。

結果的に絢穂(あやほ)と珠依(スイ)を奪還したとはいえ、攫(さら)われるのを防いだだけで、新たになにかを得たわけではない。草薙剣(くさなぎのつるぎ)は結局みやびに持ち去られ、メローラ社の人工レリクト工場を破壊したからといって、それでギャルリーに儲(もう)けが出たわけでもない。

しかしヤヒロたちは今回の事件で、冥界門(プルトネイオン)の中の世界を見た。そして古龍と言葉を交わした。今はまだ、彼女との会話になんの意味があったのかわからない。だがそれは、もしかしたらヤヒロたちにとって切り札となり得る情報だ。おそらくジュリが言っているのは、そのことだろう。

放棄されたメローラ社の装甲列車から、利用価値のある物資だけを回収し、揺光星(ヤオクアンシン)が出発の準備を整える。

ヤヒロは列車に乗りこもうとして、一人の少女が車外に残っていることに気づいた。

瀬能瑠奈(せのうるな)。彩葉(いろは)の弟妹(きょうだい)の中でいちばん幼い彼女は、彩葉(いろは)の代わりにヌエマルを抱いて、遠くの空を見上げていた。

ヤヒロたちの目的地である京都(きょうと)方面。夕陽(ゆうひ)に照らされた西の空が、どこか不吉な深紅に染

まっている。

「嫌な空だな」

ヤヒロは無意識に呟いた。

その言葉が聞こえたわけではないのだろうが、瑠奈はヤヒロと目を合わせて小さく微笑んだ。

幻のように儚げな、どこか寂しい笑みだった。

†

虹色に輝くパソコンの筐体が、冷却ファンの低い唸りを響かせていた。

閉め切った薄暗い部屋の隅で、青年がガチャガチャと乱暴にキーを操作する。

「ふーん……今のをよけるのか。やるね。さすがトップランカー……だけど、それはちょっと甘いんじゃない？」

青年が、抑揚の乏しい声で呟いた。

覇気のない目をした若い男だ。色素の薄い灰色の髪は、中途半端に長く伸びている。身につけた安物の長袖Tシャツは、サイズが合っていないのか袖口がずいぶん余っていた。

「うわー……やられたー……」

轟音とともにパソコンの画面が赤く染まり、青年がマウスを放り投げて仰向けに倒れこむ。

それきり彼はピクリとも動かず、ただぼんやりと天井を眺めた。

独房を思わせる狭い部屋。天井に嵌めこまれた窓には、太い鉄格子が嵌まっている。部屋の壁は剝き出しの分厚い鋼板だ。檻は檻でも囚人ではなく、魍獣を捕らえておくためのもの——そんな印象を受ける部屋だった。

「トオル、お食事の時間です」

独房めいた部屋の扉が開いて、鹿島華那芽が顔を出す。袴姿の小柄な少女である。

彼女が両手で運んでいるのは、高級料亭を思わせる漆塗りのお膳台だ。お膳の上には湯気の立つ色鮮やかな料理が並んでいる。

「お夕飯、手をつけなかったんですか？　炊事頭の二ノ瀬がまた泣きますよ」

部屋の中央に置かれた冷めた料理に気づいて、華那芽が呆れたように眉を寄せた。

「ああ、ごめん。食べるの忘れてた……ていうか、食事って面倒じゃない……？」

灰色の髪の青年——投刀塚透は、寝転んだまま子どものように言い訳する。

「ゲームもほどほどにしてくださいな。まさか昨日から休みなしに続けてたんです？」

「どうだっけ……ていうか、もう朝なのか……おかしいな……」

「相変わらずですね」

運んできた朝食のお膳を、手つかずの夕飯と入れ替えながら、華那芽は小さく首を振る。

この自堕落な暮らしをしている青年が、実は不死者だといわれても信じる者はいないだろう。

しかも彼はあまりの凶暴さゆえに、統合体によって幽閉された最強の不死者なのだ。

そんな投刀塚が唯一心を許している相手が、華那芽だった。

それは華那芽が雷龍の巫女であり、彼に不死者としての加護を与える存在だからだ。どれだけ危険な猛獣でも、餌を運んでくる飼育員には懐きもする。要はそれだけのことである。油断すれば殺されるのも、魍獣の飼育員と同じだ。

「そういえばさ、あいつ、捕まったんだって？」

投刀塚が、上体を起こして華那芽を見た。

華那芽は眼を瞬いて訊き返す。

「あいつというのは、誰のことです？」

「あれだよ、ネイサンがお守りをしていた白髪のクソガキ。地の龍の巫女」

「鳴沢珠依が捕虜になったことを、どうしてトオルが知ってるんです？」

「チャットで教えてもらった。さっきの対戦相手に」

驚く華那芽の問いかけに、投刀塚は平然と答えてくる。

「あなたの対戦相手というのは、いったい……」

華那芽は内心の動揺を抑えて、対戦のリプレイを流しているパソコンの画面を見た。

投刀塚の目つきがすっと細くなり、部屋の空気が帯電したように張り詰める。

「ふーん……やっぱり本当なんだ。ねえ、その話、華那芽も知ってたの？」

「隠していたわけではありませんよ。私がそれを知らされたのもついさっきですから」

「そっか……それならいいや」

投刀塚は、へらっ、と口元を緩めた。

「それで、鳴沢珠依は誰に捕まったのさ」

「ギャルリー・ベリトです」

「誰だっけ……そいつ……？」

「武器商人ですよ。日本独立評議会の一件で、あなたも会ったことがあるはずです」

「ああ……あの二重属性がいるところか……」

「はい。統合体は風の龍の巫女、舞坂みやびと、不死者の山瀬道慈を利用して地の龍を顕現させようとしたようですが、どうやら失敗したようですね。鳴沢珠依は昏睡状態に陥って拘束され、舞坂みやびは行方不明。山瀬道慈は死んだそうです」

「山瀬道慈が……死んだ？」

華那芽の説明を聞いた投刀塚が、意外そうに声を低くした。

「驚くようなことではないでしょう？　あの男の実力は、あなたも知っているはずです。身の程知らずにも迦楼羅様に挑んで、惨めに敗れ去った男ですよ？」

「違うよ、華那芽。そうじゃない。そういうことじゃないんだよ」

投刀塚が突然立ち上がる。普段の彼からは想像もできない俊敏な動きだ。彼の気迫に、華那芽(め)は背筋が寒くなるのを覚えた。自分が彼の逆鱗(げきりん)に触れたのではないかと恐れたのだ。

「……トオル？」

「山瀬(ヤマセ)を殺したのは、ヤヒロなんだろ？」

「え、ええ……おそらく」

華那芽(かなめ)は戸惑いながら肯定した。

投刀塚(なたづか)の表情に怒りはない。むしろ彼はいつになく楽しげだ。

「面白いな、あいつ……面白いよ、鳴沢八尋(ナルサワヤヒロ)……」

「ええ。たしかに、あの少年が、この短期間にほかの不死者(ラザルス)を殺しきるほど力をつけるというのは予想外でした。水の龍(アシーディア)の巫女(みこ)たちもその場に居合わせたそうですから、彼女たちが協力した可能性は否(いな)めませんが」

「なんだよ、それ。ずるいなあ……」

投刀塚(なたづか)は、お膳の上の朝食に手を伸ばした。

朝食のメニューは、海鮮系の和食だ。しかし投刀塚(なたづか)は箸には目もくれずに、素手でガツガツと刺身や米をかっ喰(く)らい始める。

「ねえ、華那芽(かなめ)。ネイサンは？」

「オーギュスト・ネイサンなら、鳴沢珠依(ナルサワスイ)と一緒にギャルリーに降(くだ)ったそうですよ」

「ギャルリーに降(くだ)った？　投降したってこと？」

朝食を食べる手を止めて、投刀塚がジッと華那芽を凝視した。

華那芽は小さく首を傾げて、

「鳴沢珠依が昏睡状態に陥った以上、彼女を保護するためには仕方なかったのでは？」

「あり得ない……」

「え？」

「そんなことはあり得ない。ネイサンならあのクソガキ一人くらい、簡単に連れ帰れたはずだ。自分から捕虜になる必要なんかない……そうか……やっぱりそうなんだ……！」

「ネイサンが、統合体を裏切ったということですか？」

華那芽が穏やかに訊き返す。その可能性は彼女も考えていたことだ。統合体もすでに気づいているはずである。

しかし投刀塚は、激しく首を振って否定する。

「違うよ、華那芽。ネイサンが一人で統合体に逆らっても意味がない。裏切ったのは、迦楼羅だよ」

「馬鹿なことを。迦楼羅様が天帝家の意向に逆らうはずがありません」

華那芽は少しムッとして言い返した。

自らが天帝家の傍流であることに誇りを持つ華那芽にとって、妙翅院迦楼羅は憧れの存在だ。迦楼羅を疑うような言動は、たとえ相手が投刀塚であっても見過ごせない。

しかし投刀塚は、意外なほど落ち着いた声で訊く。

「ねえ、華那芽……雷羽はどこ？」

「え？」

華那芽は意表を突かれて固まった。

雷羽とは、翼長十メートルを超える猛禽。妙翅院迦楼羅が彼女の権能で手懐けた魍獣だ。

その雷羽は、今は華那芽たちに移動用の足として貸し与えられている。

だがその魍獣の気配を、華那芽は感じることができなかった。

「雷羽が、いない……？」

華那芽が震える声を出す。投刀塚は手を叩いて笑い出す。

「ははっ……サーラスの言ったとおりだ。迦楼羅は僕たちを騙してたんだ。最初から天帝家に従うつもりなんてなかったんだよ」

「嘘……です……迦楼羅様が……鹿島家を見捨てるなんて……」

華那芽は唇を蒼白にして呟いた。

妙翅院迦楼羅が、華那芽たちに下賜していた魍獣を取り上げた。

それは、迦楼羅が投刀塚の移動手段を奪ったというだけではない。自分が彼女に信用されていないという事実を、華那芽に突きつけたということだ。

動揺する華那芽の横をすり抜けて、投刀塚が部屋の出口へと向かう。

出口の扉には、鍵がかかっている。だがそれはなんの意味もない鍵だ。投刀塚透が本気になれば、どんな頑丈な扉でも彼を阻むことなどできないからだ。

「トオル、どこに行くつもりです？」

華那芽の質問に、投刀塚は振り返って楽しげに笑った。

「ヤヒロに会いに行くんだよ」

「許可なく結界を破る気ですか？」

「そんなの僕には関係ない」

耳朶を打つ轟音とともに、金属製の扉が外側へと弾け飛んだ。

投刀塚透の――雷龍の神蝕能だ。強力な電磁界を操る彼にとって、金属の檻など紙にも等しい。彼は最初から檻に繋がれてなどいなかった。ただ飼われているふりをしていただけだ。

「みんな好き勝手にやってるんだ。僕たちも好きにやらせてもらおうよ」

投刀塚が、華那芽に向かって手招きする。

それは悪魔のように甘美な誘惑だった。

天帝家への忠誠も、統合体の支配をも振り切って、心の赴くままに行動するのだ。自分を切り捨てた迦楼羅の真意を問い質すために。自分たちには、その力がある。龍の力が。

「ねえ、華那芽」

投刀塚が、躊躇する華那芽の手を取った。そして彼は、華那芽の耳元で優しく囁く。

「大丈夫だよ。僕は華那芽(かなめ)を裏切らないから――」

その日、統合体(ガンツアイト)が保有する施設のひとつが、落雷が原因の火災によって焼失した。

火災の被害は甚大(じんだい)で、多数の民間軍事会社を動員しての捜索にもかかわらず、生存者は発見できなかった。同施設に保管されていた遺存宝器(レリクト・レガリア)――神剣(しんけん)〝別韴霊(ことふつのみたま)〟も、この火災によって喪失したと報告されている。

なお、施設の行方不明者リストに、すでに死に絶えたはずの日本人二名の名前が乗っていたという噂(うわさ)が流れているが、その真偽は一切不明。

後日、統合体(ガンツアイト)は、施設に関するすべての記録を抹消した。

あとがき

そんなわけで『虚ろなるレガリア』第四巻をお届けしております。

副題の「Where Angels Fear To Tread」は（英辞郎によると）天使が足を踏み入れるのを恐れるところ、という意味らしく、転じて賢い人間なら近づかない場所、すなわち愚か者が飛びこむ場所というニュアンスで使われるそうです。今回のエピソードでいえば、ストレートに魍獣群棲地のことを表しているようでもあり、彩葉たちが迷いこんだあちらの世界のことでもあり、あるいは龍の力そのものの暗喩でもあるのかなあ、などと思っております。

それはさておき今回の舞台は名古屋です。いろいろあってここしばらくは訪問できていないのですが、個人的に名古屋はとても好きな街で一時期は足繁く通っておりました。食べ物がね、美味しいのよ……味噌カツ、手羽先、台湾ラーメン、ひつまぶし……話題のぴよりんはまだ食べたことがないので、ぜひともチャレンジしてみたいですね（作中で廃墟にしてしまったので、埋め合わせとして名古屋に媚びを売っていくスタイル）。

この四巻では企画段階から描きたかった要素がようやく思いどおりの形になって、個人的に少しだけ満足しています。それぞれの思惑で勝手に動き出す龍の巫女と不死者の陣営、統合体や日本を分割統治する各国政府の目的、そして龍と神蝕能の秘密——それぞれの情報が出そろって、ようやく物語のお膳立てが整った感じ。

あとは以前からやってみたかった、装甲列車同士の並走バトルが描けたのが嬉しかったです。それからこのシリーズでは毎回、彩葉に配信者らしいことをやらせるという裏テーマがありまして、この巻でもいろいろ挑戦してもらっています。作品のグッズとして、彩葉の例のやつの音声も配信できたらいいなあと思うのですが、騒々しい彼女のことなのでたぶん安眠用には向かないだろうなあ……

さて、大変ありがたいことに、『虚ろなるレガリア』のコミカライズが『電撃マオウ』二〇二三年十一月号からスタートしています。コミカライズを担当してくださっているのは、うがつまつき先生。殺伐とした世界観が巧みに再現されつつ、ヒロインたちが大変可愛く描かれた魅力的な作品になっていると思います。原作既読の皆様も、ぜひ読み比べていただければ！

イラストを担当してくださった深遊さま、今回も魅力的な作品をありがとうございます。カバーデザインの別バージョンも素晴らし過ぎて、最後まで悩みまくりました。サブキャラクターたちのデザインも、本当に原作のイメージにぴったりで最高です！

それから本書の制作、流通に関わってくださった皆様にも、心からお礼を申し上げます。

もちろん、この本を読んでくださった皆様にも精一杯の感謝を。

それではどうか、また次巻でお目にかかれますように。

三雲岳斗

ようやく
会えましたね、
鳴沢八尋

天帝領が
包囲されたのか

天の龍、
なぜ今になって
現れたの

大好きだよ、
彩葉ちゃん。
でも、ごめんね

きみを殺しに来たんだよ。
それが不死者の役目だろ？

ギャルリー・
ベリトは
この国から
手を引くよ

兄様は誰にも渡さない。
私には兄様しか
いないのだから

俺たちに
触れるな

我々は待ち続けていたのだ
世界を喰らう龍の復活を

05
天が破れ落ちゆくとき

悪いな、
最後まで
一緒にいて
やれなくて

このまま
逃げちゃおうか、
つちらだけで

世界には、
次なんて
もうないんだよ

さあ、
復讐の
時間だよ

虚ろなるレガリア
THE HOLLOW REGALIA

2023 SUMMER

シア・ジーグァン

Xia Ji Guang

年齢	32	誕生日	10/23
身長	182cm		

城塞都市の守備隊副指令を務める中華連邦軍の軍人。遺存宝器(レリクトレガリア)の適合者で、風の龍(イラ)の権能に似た神蝕能(レガリア)を操る。

CONFIDENTIAL

ライランド・リウ
Ryland Liu

年齢	36	誕生日	5/20
身長	173cm		

世界的な情報産業機器の大手、メローラ・エレクトロニクスの創業者。ギャルリー・ベリトが保有する遺存宝器(レリクトレガリア)の強奪を画策する。

ホウ・ツェミン
Hou Ze Ming

年齢	49	誕生日	3/3	身長	166cm

中華連邦〝名古屋特区〟の行政長官。ライランド・リウから多額の政治献金を受け取る代わりに、メローラ社に様々な便宜を図っている。

ジュウ中尉＆フォン中尉

シア・ジーグァンの部下でレリクト適合者(ディザーバー)。伊呂波わおんの熱狂的なファン。

衣装設定

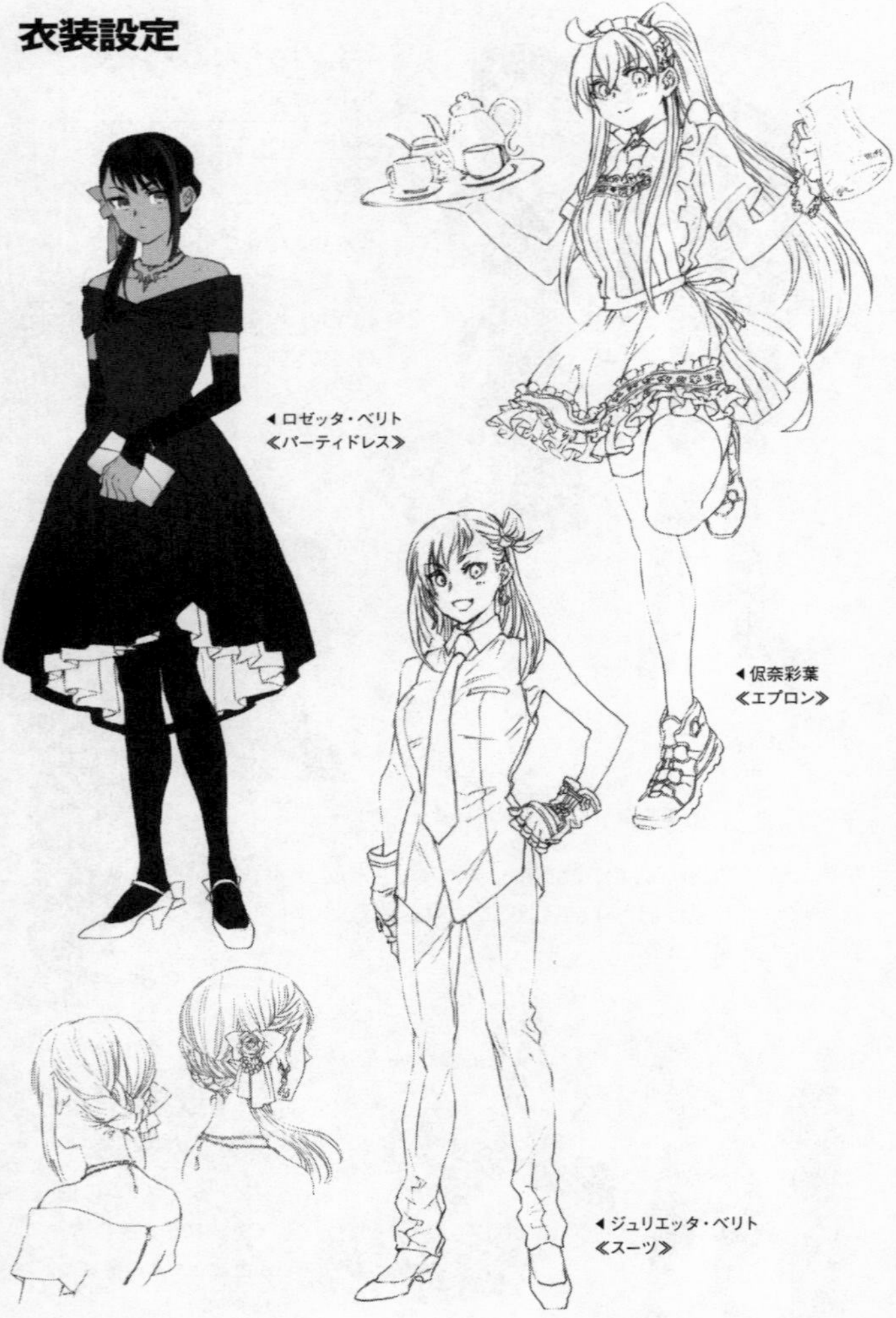

CONFIDENTIAL

おまけコミック

わおんちゃんが!!
本物が目の前にいる!!
えへへ
ふへへ
三次元で動いているでござるよ〜
古参勢はマウント取らなくていいの？
えっ
いや別に…
古参とか新参とか…競い合うもんじゃないだろ
おー余裕だね
まあ俺は配信でメール読まれた事もあるし…？
顔に出てるよ
マウント

◉三雲岳斗著作リスト

「コールド・ゲヘナ①〜④」（電撃文庫）
「コールド・ゲヘナ　あんぷらぐど」（同）
「レベリオン1〜5」（同）
「i.d. I〜III」（同）
「道士さまといっしょ」（同）
「道士さまにおねがい」（同）
「アスラクライン①〜⑭」（同）
「ストライク・ザ・ブラッド1〜22　APPEND1〜3」（同）
「サイハテの聖衣（シュラウド）1〜2」（同）
「虚ろなるレガリア　1〜4」（同）
「M.G.H　楽園の鏡像」（単行本　徳間書店刊）

「聖遺の天使」（単行本　双葉社刊）
「カーマロカ」（同）
「幻視ロマネスク」（同）
「煉獄の鬼王」（双葉文庫）
「海底密室」（デュアル文庫）
「ワイヤレスハート・チャイルド」（同）
「アース・リバース」（スニーカー文庫）
「ランブルフィッシュ①～⑩」（同）
「ランブルフィッシュ　あんぷらぐど」（同）
「ダンタリアンの書架1～8」（同）
「旧宮殿にて」（単行本　光文社刊）
「少女ノイズ」（同）
「少女ノイズ」（光文社文庫）
「絶対可憐チルドレン・THE NOVELS」（ガガガ文庫）
「幻獣坐1～2」（講談社ノベルズ）
「忘られのリメメント」（単行本　早川書房刊）
「アヤカシ・ヴァリエイション」（LINE文庫）
「RE：BEL ROBOTICA―レベルロボチカ―」（新潮文庫NEX）

本書に対するご意見、ご感想をお寄せください。

ファンレターあて先
〒 102-8177　東京都千代田区富士見 2-13-3
電撃文庫編集部
「三雲岳斗先生」係
「深遊先生」係

本書は書き下ろしです。

電撃文庫

虚ろなるレガリア4
Where Angels Fear To Tread

三雲岳斗

2022年12月10日　初版発行

発行者　山下直久
発行　株式会社KADOKAWA
〒102-8177　東京都千代田区富士見2-13-3
0570-002-301（ナビダイヤル）
装丁者　荻窪裕司（META＋MANIERA）
印刷　株式会社暁印刷
製本　株式会社暁印刷

ISBN978-4-04-914577-9　C0193　Printed in Japan

電撃文庫　https://dengekibunko.jp/

電撃文庫創刊に際して

文庫は、我が国にとどまらず、世界の書籍の流れのなかで〝小さな巨人〟としての地位を築いてきた。古今東西の名著を、廉価で手に入りやすい形で提供してきたからこそ、人は文庫を自分の師として、また青春の想い出として、語りついできたのである。

その源を、文化的にはドイツのレクラム文庫に求めるにせよ、規模の上でイギリスのペンギンブックスに求めるにせよ、いま文庫は知識人の層の多様化に従って、ますますその意義を大きくしていると言ってよい。

文庫出版の意味するものは、激動の現代のみならず将来にわたって、大きくなることはあっても、小さくなることはないだろう。

「電撃文庫」は、そのように多様化した対象に応え、歴史に耐えうる作品を収録するのはもちろん、新しい世紀を迎えるにあたって、既成の枠をこえる新鮮で強烈なアイ・オープナーたりたい。

その特異さ故に、この存在は、かつて文庫がはじめて出版世界に登場したときと、同じ戸惑いを読書人に与えるかもしれない。

しかし、〈Changing Times,Changing Publishing〉時代は変わって、出版も変わる。時を重ねるなかで、精神の糧として、心の一隅を占めるものとして、次なる文化の担い手の若者たちに確かな評価を得られると信じて、ここに「電撃文庫」を出版する。

1993年6月10日
角川歴彦

虚ろなるレガリア

04

Where Angels Fear To Tread

三雲 岳斗
MIKUMO GAKUTO
[絵] 深遊
MIYUU

オーギュスト・ネイサン
Auguste Nathan
ロゼッタ・ベリト
Rosetta Berith
侭奈彩葉
Mamana Iroha